음천音天

음천音天

이매자 장편소설

문학세계사

차례

Part 1
한국전쟁 전前

서울
1949년 6월, 혼인 전날
수양

"이를 훤히 드러내고 웃지 마라."

어머니가 일렀다. 남의 첩으로 들어가는 내 팔자에 뭐가 신나서 실실거리고 웃냐고 지레 걱정하시는 어머니께 짜증이 났다.

"숨은 죽이고 눈은 내리깔고."

내일은 유부남 귀용 씨의 작은집이 되는 날이다. 혼례식은 없더라도 나에게는 또 있을 수도, 또 있어도 절대로 안 되는 중요한 날이니 내일은 귀빠진 날 다음으로 금쪽같은 날이다. 그래서 어머니가 마당에서 창포물로 머리를 감겨 주셨다.

그런데 하필이면 그이는 왜 조강지처와의 금실이 유별나게 좋단 말인가? 요사스럽게. 동네가 떠들썩할 정도였다. 아이고, 팔자야. 휘이 하고 한숨이 나왔다.

"금실이 돈독한 건 너한테도 잘 된 거야. 남자가 정이 많다는 거 아냐? 그럼 너한테도 정을 쏟을 거야. 암. 잘 된 거지." 어머니의 의견이었다.

어림도 없는 말씀. 어떤 쓸개 빠진 인간이, 더구나 남자가 간에 붙었다가 쓸개에 붙었다 할까? 남잔 빳빳해야 한다. 불알처럼. 에구머니. 얼굴이 확 달아올랐다. 그렇게 꿋꿋한 남자라면 뱀 담장 넘어가듯 스르륵 정을 다른 여자한테로 옮기진 못할 것이 아닌가. 그렇다면 나에게는 하늘이 무너질 일이었다. 그래도 도마뱀같이 싸늘한 사람보다는 정 있는 사내에게 몸을 던져보고 싶었다.

팔 년 전 그날 새벽에도 어머니께서 이렇게 창포물로 머리를 감겨 주셨다. 그날 밤. 소박맞던 밤. 그 생각 안 하려고 나는 이를 뽀드득 갈았다. 다행히 대야 위로 드리워진 머리카락이 얼굴을 가려줘 눈물을 감출 수가 있었다. 어머니도 그때를 생각하시나 보다.

“이번엔 그때하고 비교도 할 수 없이 힘들 거다. 첩으로 들어가니. 그 남자의 여편네가 눈을 시퍼렇게 뜨고 소나무같이 싱싱하게 살아 있는 집이니.”

이런 날에도 차분하기 그지없는 어머니의 목소리가 야속했다. 내 나이 스물다섯. 같은 나이 또래들은 애가 딸려도 셋은 될 거다. 한 녀석을 업고, 똥오줌 못 가리는 녀석은 아랫도리 벌거벗고 철없이 뛰어다닐 거고. 하나는 뱃속에서 불끈불끈 발길질하고 있을 만한 나인데. 이 나이에…… 그 첫날 밤…… 울음이 솟아올랐다. 아닌 척하느라고 손을 물에 넣고 휘저었다.

“그 집 들어가 흥부같이 횡재를 해서 두꺼비 같은 아들을 기름 바른 송편처럼 미끈둥하게 잘 빼놓는다고 하더래도 가슴 미어질 일이 한둘이 아닐 거다. 네 이름은 그 사람 호적 근처에도 못 갈 거고, 작은집도 처는 천데 그 사람 처라는 것도 네 애들 어미라는 것도 호적엔 말짱 헛거 아니냐. 그 애들 이름이 그 사람하고 그 사람 처 이름으로 된다고 한을 안고 이를 북북 갈아선 절대 안 된다. 왜냐고? 그런 거보다 훨씬 중요한 일에 정신을 바짝 차려야 하니까. 네 자식한테 그 사람 처를 '큰어머니'라고 부르게 할 뿐 아니라 그 여자를 너보다 더 높이 받들고 하나밖에 없는 입의 혀처럼 애지중지 모시라고 회초리로 때려가면서라도 가르치고 또 가르쳐야 하고. 애들이 머리가 커지면 첩의 자식이라는 서러운 몫을 잘 참아내게 손잡아 줘야 하고. 너도 이런 거 다 네 손바닥에 난 손금처럼 뻔히 다 알고 있는 거지만 말이다. 그래도 얘기하고 또 얘기할 수밖에 없다. 눈물 흘려봐라. 흘리면 흘릴수록 한이 목걸이 구슬처럼 주렁주렁 달릴 테니." 어머니가 코를 풀곤 또 말을 이으셨다.

"또 당부할 필요 없어도 또 당부하마. 시어머니 잘 모시고 남편 하늘같이 떠받들고. 그 사람 처도 떠받들어야 하는 건 물론이고. 그 여자가 말을 개떡같이 껄껄히 해도 넌 찰떡같이 말랑말랑하고 붙임성 있게 해야 하고. 그 여자를 보살님같이 모시면 그 여자도 너를 보살같이는 아니래도 조심스레 대할 거다. 여자 가슴에 못을 박으면 어찌 되는지 알잖냐. 오뉴월에도 서리가 내린다지 않냐.

무엇이든지 건네줄 땐 두 손으로 받치고 끼니땐 혼자 부엌에서 먹어라. 같은 자리에 펄썩 앉으면 얼마나 건방져 보이겠니. 소박맞은 년을 알면서도 받아주니 얼마나 고마우냐. 그렇지만 네가 절대 복종해야 하는 이유로 이런 것들은 다 저리 가라가 아니냐. 문제는 네가 아들을 낳으리라는 보장이 없다는 것. 그것 때문이잖냐. 안 그러냐? 그러니 네가 아들 못 낳아봐라. 쫓겨날 건 삼척동자도 다 알잖냐. 그러고 딸만 낳는다 치자. 다음엔 아들 낳을 걸 기다려 준다더냐? 아이고 맙소사. 그런 청천벽력 같은 생각은 하지도 말자. 게다가 아예 애를 못 낳는다면? 네가 그래도 쫓겨나지 않을 오직 한 길은 네가 목숨 걸고 매일매일 손이 발이 되도록 순종하는 수밖에 없다. 네 팔에 난 사마귀를 알듯이 네가 이런 거 뻔히 안다는 거 나도 안다."

천 번 만 번 맞는 말씀이시다. 그렇다. 소박당한 년을 받아주는 너그러운 분들이셨다. 썩은 고기같이 퉤 뱉어진 년. 아직도 처녀라는 게 무슨 소용이 있을까. 신랑도 단 열일곱 살 어린애에 불과했었으니 신혼 밤 어둠 속에서 신부의 허벅지에 푹 들어간 상처 구멍에 손이 미끄러져 들어갔을 때 기겁을 하고 달아난 걸 이제 조금 알성싶기도 했다. 널뛰다 넘어졌을 때 의사라는 인간이 잘못해서 주먹 반만큼 팬 허벅지가 소박맞을 구실이 될 줄이야. 그래. 시어머니와 그이와 그이의 처를 칠성님같이 모셔야 한다.

어머니가 따뜻해지라고 부뚜막에 놔뒀던 흰 수건으로 머리를 말려주셨다. 금쪽같은 남동생이 있어도 나는 옥같은 딸이었다.

"그리고."

어머닌 기승이 뻗치신 듯했다.

"그 집에 발을 들여놓자마자 넌 네 남편의 물건이다. 죽으나 사나 몸뚱이고 혼이고 모두 다 그 사람 없인 너도 없다. 팔 년 전에 네가 집으로 돌아왔을 때 받아준 건 네가 거의 코 흘리는 개나 마찬가지였기 때문이었잖냐. 꼭 한 번만 봐 준 거다."

자주색 반회장을 한 노란 저고리를 넘겨주셨다.

"첩이 돼서 한이라고? 팔자 한탄이라고? 그래. 그렇고말고. 그래도 그럴 때마다 이렇게 마음을 돌려야 한다. '내 꼴이 상 위에 올라앉은 푹 삶아진 돼지머리 꼴 된 지 오래다. 그러니 뭐가 더 날 푹푹 삶겠느냐.' 이렇게 생각 돌리고 또 돌려라. 그게 또 사실이고. 그 문둥이 염병할 날 네가 소박맞아 삶은 돼지머리같이 멀겋게 죽은 모양으로 내 문 안에 발을 들여놨을 때 나도 그렇게 고아져서 하는 말이다. 알겠냐?"

미나

"미나는 좋겠다. 내일 작은엄마 오고. 금방 남동생도 볼 거고."

할머니 말씀이었다.

할머니의 가짜 이빨은 할머니 손톱같이 누렇고 입술은 물고 있는 담뱃대 때문에 말할 때마다 한쪽만 열렸다 닫혔다 했다. 할머니는 종일 담배를 피웠다. 아침에 제비가 울기 전부터 시작해서 세끼 밥 먹은 후에, 또 자기 전에 피웠다. 변소에 앉아서도 폈다.

남동생 얘기를 들을 때마다 그네 타고 쏴악 내려올 때처럼 배꼽이 간질거렸다. 그래도 재떨이를 비우지 않았다거나 다른 잔심부름을 안 했다고 야단을 치지 않으니 다행이었다. 작은엄마가 온다고 한 후부터는 야단을 치지 않았다.

동생 보는 건 어떤 땐 괜찮을 것 같기도 했다. 그렇지만 아빠를 뺏기면 어떻게 해? 그런 생각 하면 콩나물 줄거리가 목에 걸린 것 같았다. 아빠가 말타기 안 해주면 어떻게 해?

부엌에서 엄마가 접시 달가닥거리는 소리가 들렸다. 파리가 부엌하고 장독대 사이에서 윙윙거렸다. 오늘은 유치원에서 새로운 것을 하나도 안 배웠다. 가나다라 몇 번 쓰고 귀에 손을 대고 〈산토끼〉를 불렀다.

"그 여자 내일 언제 와?"

"그 여자? 아니 그 여자가 뭐야! '작은엄마'라니까. '작은엄마'라고 해봐."

"왜? 내 엄마 아닌데?"

동네 사람들은 벌써 엄마를 '큰집'이라고 했다.

땅바닥에 배를 깔고 그림을 그리다 말고 일어나 앉았다. 개구리가 다리가 부러진 것같이 그려져서 지워야겠다.

"작은엄마가 네 남동생 낳을 거라니까. 네 남동생 낳는 사람은 네 엄마가 되잖아."

할머니가 미웠다. 침을 튀기면서 남동생 얘기하는 사람은 모두 다 싫었다. 불알, 고추, 불알, 고추. 진희 이모가 아들 낳았을 때 봤다. 빵빵하게 살이 찐 지렁이 같았다. 아유, 징그러워! 다리 없이 우물우물 기는 건 다 소름이 끼쳤다. 그러니까 거미나 지네같이 다리가 있는 건 보고도 꽥 소리가 저절로 나오지 않았다.

길 건너 방 씨 아주머니가 제일 미웠다. 볼 때마다 혀를 찼다. "넌 아들로 나아야 하는 건데" 했다. 지렁이 같은 여자였다. 한번 발길로 정강이를 딱 차고 도망갔으면 속이 시원할 거 같았다. 요샌 또 이랬다. "네가 고추를 달고 나왔으면 작은엄마가 안 와도 될 걸 그랬잖아." 어떻게 했으면 고추를 달고 나올 수 있었는데? 엄마한테 물어봤더니 내 잘못이 아니라고 했다. 그럼 왜 방 씨 아줌마는 내 잘못인 것처럼 야단일까? 막 물어뜯어도 시원찮은 여자였다. 할머니도 그랬다.

그렇지만 할머니가 해주는 옛날 이야기는 재미있었다. 밤에 잠들 때까지 심청전, 흥부 놀부, 은하수 밑의 은토끼 얘기가 제일 좋았다.

"할머니, 나 공기하러 나갈래."

툇돌에서 고무신을 신었다.

"얘! '작은엄마'라고 해 보고 가!"

할머니가 버럭 소리를 질렀다. 엄마가 부엌에서 얼굴을 내밀더니 "할머니 말 들어!" 했다. 엄마가 하라면 할 수밖에 없었다.

"자아…… 작은……"

그러다가 밖으로 뛰어나갔다. 말이 목구멍에 착 달라붙어서 안 나왔다. 대문을 여는데 동네 계선 아줌마하고 부딪쳤다. 아줌마의 물렁물렁한 배를 머리로 박고 말았다. 얼결에 더듬거리고 물었다.

"엄마…… 요?"

"그래. 일꾼들이 우리 집에서 방공호 파거든. 네 엄마도 그 일꾼들 쓰시려나?"

"네, 우리 엄마도 쓸 거예요!"

요새 어른들이 빨갱이 얘길 밥 먹듯이 했다. 어찌나 겁이 났는지 하루는 가위에 눌려 오줌을 쌀 뻔해서 엄마를 깨웠다. 방공호를 팔 건가 궁금해서 아줌마를 좇아 집으로 다시 들어갔다. 방공호 파는 구경은 재미있을 것 같았다.

엄마가 부엌에서 나왔다.

"엄마, 우리도 방공호 팔 거지?"

계선 아줌마도 물었다.

"우리 집에 방공호를 파는데, 이왕 우리가 하는 김에 여기도 하면 좋으련만…… 요새 여긴 정신이 없으실 테니……"

할머니가 엄마 대신 대꾸했다.

"내 우리 아범하고 의논해 봄세. 아무래도 좀 있어야 우린 뭘 해도 할 건데. 저 개가 뜯어 먹어도 아까울 빨갱이 놈들이 쳐들어오기 전에 손자 하나 보게 정성 좀 드려주시게나."

방공호 파는 거 보는 건 글러서 아줌마를 따라 다시 밖으로 나갔다.

음천

"내 남편 잠자리를 잘 부탁하오."

이렇게 내일 올 여자한테 해야 할 말을 나는 연습했다.

"아들 잘 낳아 줘."

수돗가로 가서 시멘트 개수대를 붙잡고 구역질을 하고 가슴을 문질렀다. 그 속이 벌겋게 타고 있었다.

소문대로 된다면 공산당이 남한으로 쳐들어와 풍비박산을 낼 게 오늘내일이었다. 서울 거리에 피홍수가 날것이다. 이런 상황에 이게 무슨 짓인가. 첩 얻는 남자가 하나둘인가. 그걸 가지고 울고 짜고 있지 않은가. 뭐? 가슴이 탄다고? 아들 못난 게 누구 잘못인데?

새벽하늘이 불그레해졌다. 감에서 뚝뚝 떨어진 감물이 헝겊에 배어드는 것같이. 지붕엔 기왓장들이 이슬을 먹고 가지런히 엎드려 있었다. 어느 집안이나 아들이 없으면 지붕에 구멍이 뻥 뚫린 거나 마찬가지다.

십오 년 전, 시집오던 날. 첫눈에 어찌 그리 헤프게 신랑한테 마음을 홀랑 줬을까. 참하디참한 규수라고 동네 칭찬이 자자 했었는데. 낮에는 눈에 꿀물 칠을 했으니 온종일 눈을 내리깔고 있어서 신랑을 볼 수 없었다. 신랑 신부가 살 맞대고 살면서 스름스름 정이 들면 더 바랄 것도 없었다. 그런데 왜 마음 알맹이를, 그것도 첫날밤에, 게다가 일도 채 보기도 전에 빼줬을까.

새까맣고 숱한 눈썹 밑에서 바라보던 그이의 눈. 언젠가 몇 번 봤다는 듯 따스름하게 보던 시선. 절대로 봤을 리가 없었는데. 그때 실망했던 건 그이의 눈이었다. 자그마한 눈. 마음에 안 드는 모양이었지만 의외로 거기에는 장난기가 구수하게 숭글거렸다. 윗입술 한쪽을 약간 올리며 뭔가 숨기면서 농담을 걸어오는 듯했다. 거기에 그만 철없이 킥킥 웃음을 터뜨렸었다. 그 순간 달콤한 뭔가 가슴 아래를, 더 아래를 슬쩍 만지고 갔다. 얼마나 부끄러웠는지.

부엌으로 들어가 국물 낼 동태 한 마리를 더 물에 담갔다. 먼저 담가놨던 두 마리는 젓가락으로 뒤집어보니 살이 벌써 물러 부스러졌다. 눈은 아직도 똘똘히 떠 있는데.

바보 천치 같으니라고. 나는 저렇게 부서져서는 안 된다. 그럴 자격도 없잖아? 한번 유산을 한 후로는 임신이 안 되었다. 지붕에 구멍을 뻥 뚫어놓아 밥상에 우박이 쏟아질 정도로 집안을 망쳐 놨잖은가. 남편이 끔찍한 삼대독자니 더 말할 필요도 없지 않은가. 아들 없이는 늙었을 때 누가 따끈한 밥 한 끼 들고 와 받칠까? 병 들고 돈 떨어졌을 때 누가 거지 행세를 면해 줄까? 죽은 다음엔 누가 제사를 지내 저승에서 잘 있게 해줄까? 서방국도 못 들어가고 갈데없이 남을 해코지하고 빙빙 돌고 배곯는 귀신이 될 거 아닌가? 딸은 시집가면 출가외인 젖어 빠진 짚신이나 마찬가지.

그러니 첩이 오는 날 잔치라도 버젓하게 차려서 큰집 노릇이라도 제대로 해야 한다. 안 그러면 누워서 침 뱉기가 된다. 부모님들의 얼굴에도 침이 튈 것이고.

남편하고 홍시같이 말랑말랑하던 세월 뼛속까지 스몄겠지. 그 유자차같이 향기롭던 나날들이 나를 버티게 도와주리라. 십 년이면 강산도 변한다는데, 십오 년이면 당연히 긴 세월인데 왜 한여름 낮잠같이 짧게 느껴질까.

솥뚜껑을 열고 주걱으로 밥을 저었다. 시어머님과 딸이 일어나 아침 식사를 하기 전에 밥이 잘 퍼져야지. 아, 예쁜 내 딸. 내 보배. 하늘에서 내 무릎 안으로 똑 떨어진 옥 이파리. 첫애를 유산한 지 오 년 되던 날 새벽에 누가 핏덩이를 문가에 놓고 사라졌다. 이제 남편을 첩한테 내주게 됐으니 이 세상에 하나 남은 것이라곤 이 딸뿐이었다. 또 누가 알까. 딸도 아들만큼 잘되지 못하라는 법 있나? 더 잘될 수도 있을까? 판사도 될 수 있을까? 국회의원은? 아들 많이 낳았다고 뻐기는 여자들한테 보여 줄 수 있는 딸 될 수 있을까? 아들처럼 제사 차려 놓고 술 따르고 큰절은 못 하더라도 좋은 학교만 잘 나오면 아들보다 훨씬 잘 될 수 있지 않은가? 달팽이가 질질 남기고 지나간 가래침같이 끈끈한 진액처럼 하찮은 희망일지도 모르지만 미나가 유명해진다고 말한 쟁쟁한 점쟁이들이 한둘이 아니지 않은가? 그런데 이 모두 다 남의 문전에 던져졌다는 사실을 미나가 몰라야만 가능한 일이다. 피붙이가 저를 버렸다는 걸 알면 성공은커녕 제대로 자라지도 못하고 물에 빠져 죽을지도 모른다.

아궁이에다 나뭇가지 하나 더 쑤셔 넣고 솥뚜껑을 행주로 닦으니 스스스 소리를 냈다.

내가 학교를 그만둔 건 국민학교 삼학년 때였다. 그만두기 전 어느 날 선생님이 물으셨었다.

"중국하고 우리나라에서 성벽을 쌓을 때 벽돌과 벽돌을 붙이는 풀은 어떤 걸 썼을까요? 몇천 년이 지나 아직도 튼튼합니다."

"흙하고 짚이요."

한 아이가 대답했다.

"아니, 찹쌀로 만든 풀이에요. 그걸로 붙여 놓으면 절대로 떨어지지 않아요. 중국 남경 성문 앞에 있는 안내판에도 그렇게 씌어 있어요."

애들은 깔깔거리고 웃어넘겼지만 나는 선생님 말씀을 믿었다. 선생님의 성은 진 씨였고 진은 참이라는 뜻이었으니. 이제 작은집이 온 다음에도 남편하고의 금실이 찹쌀풀로 붙여 놓은 것같이 절대로 떨어지지 않게 해주십사 속으로 빌었다. 내일 상에 올라갈 잔치국수는 색깔도 좋고 보기에도 탐스러워야 했다. 첩이 낳을 아들만큼이나.

빨갱이들아. 차라리 오늘 빨리 쳐들어와서 모두 쳐부숴라! 이렇게 속으로 빌었다. 그러면 내일 그 여자가 오지 못할 테니까.

이런 천벌을 받을 생각을 하고 있으니 남도 다 하는 일을 가지고 징징댄다고 무당 고모님이 모시는 신령님들이 노하셔서 벼락을 맞게 하실 것 아닌가.

나는 부엌 흙바닥 짚방석에 풀썩 주저앉아서 아궁이 불을 쳐다봤다. 사람들이 빨갱이라고 숙덕거리는 김구가 부대통령 선거에서 낙선했다.

김구의 반대편은 남한하고 김일성이 협력해야 한다고 주장했다는 이유로 김구가 오뉴월 삼복에 얻어맞고 죽은 개같이 거꾸로 나무에 매달려서 개죽음을 당해야 한다고 했다. 그런가 하면 김구를 따르는 사람들도 무수했다. 국회에도 당이 갈라졌다는데 그중에 하나는 공산당이랬다. 자기 생각만 하고 하늘이 무서울 엉뚱한 마음을 먹는 것이 어이없었다. 하지만 나라가 빨갱이한테 먹히기 바로 전이었고 정말로 그렇게 되면 내가 원하는 대로 내일 일은 폭삭 가루가 될 거였다.

해가 솟아서 솥 한쪽으로 비쳐 들어왔다.

둘만 깜깜한 방에 누워 있을 때 귀용의 입술을 더듬는 걸 왜 그렇게 좋아했을까. 코 바로 밑 오목하게 패인 인중엔 하루 된 수염이 까끌까끌해서 김에 뿌린 소금을 만지는 것 같았다. 입술 저쪽으로 손가락을 움직여 살금살금 갔을 때, 남편이 갑자기 손을 꽉 붙잡곤 자기 배 아래 쪽으로 쓸어 내려가곤 했다. 더 아래로. 더. 더. 내일 올 그 여자도 남편의 입술 만지기를 좋아할까? 남편이 그녀의 손을 꽉 잡고…….

별안간 짚방석에서 벌떡 일어나 담가놨던 동태 한 마리를 꺼내 맷돌 속에 처박고 손잡이를 돌렸다. 말짱 갈아 버리자. 갈아서 뒷간 똥통 안으로 확 끼얹어버리자. 차라리 곳간에 가두고 굶어 죽게 해줘요. 죽고 싶어. 이렇게 외치고 싶었다.

그러면 지나가던 똥개도 웃을 것이었다. 수천수만의 아낙네들이 벌써 이런 일을 당해온 지가 몇백 년도 넘지 않는가. 여왕같이 위엄 있게 처신한 여인들도 많았고 어떤 이들은 빼짝 말라비틀어진 나무처럼 허깨비 노릇을 했고 또 어떤 이들은 살쾡이같이 앙탈을 부리고 남편의 눈을, 아니 그보다 더 중요한 것을 할퀴어 뽑아버리려 하지 않았는가. 어느 쪽을 택할 거니, 너는?

슬그머니 동태를 다시 물에 담갔다.

귀용

아무래도 아랫도리에 이상이 생긴 것 같았다. 나이가 들면 오장육부에서부터 온몸이 시원찮아진다더니. 그렇지 않고야 왜 수양과 잠자리할 생각을 해도 아래가 별로 크게 요동을 치지 않을까. 음천과의 혼인 며칠 전, 그녀를 처음 봤을 때는 아래가 바지를 뚫고 튀어나오려고 했었는데 그래야 하지 않는가. 이게 뭔가. 사내대장부가.

이만큼 살 맞대고 살았으면 부부관계가 시들해지고도 남을 때인데 아직도 그렇지 않은 건 참 겸연쩍었다. 사랑이라는 것하고 재수라는 건 그런 거 같았다. 한 놈도 다른 놈들보다 잘난 거 없으련만, 사랑도 재수도 사람한테 차별대우한다. 직장 동료 국수다리는 마누라 냄새에 속이 메슥메슥해진다고 했고 그래서 바람을 피운단다. 나도 바람피울 기회는 많았다.

트럭을 시청 운수과 옆에 세웠다. 오늘은 내일 하나 더 늘 식구 없이 음천하고 오붓이 저녁을 먹을 수 있는 마지막 날이었다.

십오 년 전, 음천과의 혼인을 앞두고 얼굴이라도 한번 보고 싶어 중매쟁이를 졸라서 신붓집 주소를 알아냈었다. 왜 그리 유난을 피웠는지. 다른 사내들은 혼인 전에 신부 얼굴 안 보고도 잘만 사는데. 그런데 음력 삼월 삼짇날 제비가 남쪽에서 돌아오던 때 혼인을 앞으로 일주일 두었던 날 몇 번이나 허탕을 친 후에 그 처녀를 마침내 훔쳐볼 수가 있었다. 싸리나무 울타리 너머에서 줄에 널어놨던 빨래를 걷고 있었다. 제비는 각각 소리를 냈다. 옆 모습을 먼저 보니 머리를 땋아서 자주색 댕기를 드리고 보라색 저고리에 까만 치마 차림이었다. 키는 의외로 컸다. 울타리 가까이 왔을 때 보니 얼굴이 넓적했다. 실망해서 가슴이 한번 뒤트는 것 같았다. 눈썹꼬리도 아래로 좀 처져 입맛이 씁쓸했다. 다행히 코는 자그마해서 시원스럽게 큰 눈을 돋보이게 했는데 눈꼬리는 가늘었다. 어머니가 '흐르는 눈'이라고, 그래서 눈물을 흘릴 상이라 했었다. 다행히 신부의 뱀띠와 신랑의 용띠가 그럭저럭 맞는 편이기 때문에 눈꼬리 생김새를 무시하고 혼사를 치러도 된다는 결론을 내렸다. 사실은 용과 뱀 띠는 궁합이 맞지 않지만 신부의 생일이 음력 이월이라 뱀이지만 잠들어 있어서 용하고 결혼해도 괜찮다고 했던 거였다. 그렇게 해서 성사가 되자 어머니는 신부의 눈이 사실은 원앙의 눈이라고도 한다며 그런 눈이 부귀를 불러온다고 자랑까지 하기 시작했다.

그녀의 젖통은 어떻게 생겼을까? 자꾸 그런 생각이 들었다. 그렇지만 워낙 치맛말기에 꽉 눌려 얼마나 큰지 짐작도 안 됐다. 그런데도 그 생각만 하면 몸에 불이 붙어 올라왔다. 내일은 수양의 젖을 만지게 되겠지. 음천은 신경이 촉새처럼 예민한데 혼자 옆방에서 잠을 못 자겠지. 귀신이니 신령님이니 그런 것들은 다 웃어넘겼는데 이제 머리에 털 나곤 처음으로 기도란 것이 간절해졌다. 신령님, 잘 참아낼 수 있게 그 사람을 좀 붙들어주십시오.

숨을 몰아쉬고 사무실 안으로 들어섰다.

"야, 이게 누구야? 왕불알 멧돼지!"

사무실 사람들이 모두 다 듣는데 국수다리가 큰소리를 쳤다. 처녀 사무원들이 얼굴을 붉혔다.

"나같이 재수가 개떡인 놈은 뒤로 자빠져도 코가 깨지는데."

파견 책임자의 책상 앞에서 내가 뒤를 돌아봤다.

"내일도 쉴 거 아냐? 그런데 오늘도 단거리를 주라는 말이야?"

파견 책임자가 눈살을 찌푸렸다.

"어딜 가라는 거요?"

국수다리가 껴들었다.

"어디든지 내 거하고 바꿔 주쇼. 내가 장거리 뛸 테니. 내일 이 친구 새장가 또 들잖소. 잔칫날 하루 앞뒀으니 봐주쇼."

책임자가 종이에 뭘 쓰더니 "그럼 남원. 사무 필수품, 국군 자동차 부속품. 목재는 관두고. 돌아올 땐 석탄"이라 했다.

"예, 예."

남원? 삼척동자도 다 아는 춘향이의 고향. 오늘 같은 날 그런 유명한 사랑 이야기가 나온 곳에 가라는 게 우연인가. 소설에서나 나올만한 이몽룡과 춘향의 이야기. 춘향의 눈물이 한강 물을 메우고도 남았지만 결국 팔자를 고쳤다. 누가 만들어 낸 얘긴지 술에 잔뜩 취해서 써낸 걸 거다. 실제로는 그렇게 양반 도령과 기생 딸의 관계가 잘 될 수가 없다. 그러니 음천이 제일 좋아하는 연극일 수밖에. 수양을 작은집으로 앉혀 놓은 후에도 우리 부부는 계속 금실이 좋을 수가 있을까? 연극같이? 두 여자가 머리카락을 쥐어뜯고 싸움이라도 벌인다면 누구 편을 들어야 할까?

국수다리가 운송부 부장이자 수양의 아버지인 정부장이 없나 한 번 획 둘러본 다음에 내 어깨를 잡고 걸쭉한 말을 터뜨렸다.

"내일 두 여자 다 해낼 자신 있어? 좀 도와줄까?"

전봇대도 지나가다가 멈칫하곤 내리닫이 입은 내 등을 쳤다.

"나도 거들지."

책상 뒤에서 여자들이 킬킬거렸다. 미스 진의 뺨이 발그레해졌다. 야간학교 다니는 열다섯 살밖에 안 된 학생 아가씨였다.

나는 씁쓸히 웃었다. 그래, 다들 까불어보소. 하늘이 노래지듯이 속이 노래지는 건 내 탓이니까. 저 녀석들이 내 속이 이렇다는 걸 알면 날 불알 없는 놈으로 몰아칠 건 뻔하다. 그 녀석들은 둘 다 아들 낳아준 마누라가 있는데도 바람을 피웠다. 첩을 들여놓고 싶어도 그럴만한 사정이 못 돼서 머무적거리고 있었다. 또 그렇게 한다 해도 아들을 번듯이 낳아준 여편네들이 가만히 있지 않을 거였다. 첩의 얼굴을 할퀴고 눈을 빼버리려고 할지도 몰랐다. 그러니 할 수 없이 돈 몇 푼 주머니에 있으면 그걸 던져주고 여자들을 건드렸다. 국수다리가 끼고 노는 여자는 술집에서 한 번 본 적 있었다. 그 후 얼마 안 돼서 국수다리의 마누라가 술집으로 쳐들어가 그 여자의 머리채를 낚아챘다. 그때 국수다리는 허허 웃어버리며 "남자가 바람을 안 피우면 그게 남자야?"라고 했다.

나는 운수물 상자를 어깨에 둘러메고 밖으로 나갔다. 아침에 먹은 콩나물국이 뱃속에서 출렁거렸다. 시원하게 개트림도 나왔다.

"나도 도움세."

국수다리가 뒤에서 따라왔다. 어릴 때 소아마비를 앓았다는 그가 소매를 걷어 올렸다.

"낼 밤 생각해 기운 미리 빼지 말라고."

"자네 장거리 내가 언제 대신할 것이."

"아, 그럼."

국수다리가 문턱을 넘어갔다.

내일 밤 어떻게 수양의 방으로 들어가 까놓은 잣 먹는 것처럼 쉽게 잠자리를 한다? 햇빛이 시청 꼭대기를 황달 색깔로 비추고 있었다.

이미 실어놓은 상자 옆에다 국수다리가 짐을 철컥 놓았다. 하얀 얼굴을 한 사무직원들이 쓰는 물건 열네 상자를 더 실었다. 빨간 줄 공책, 까만 복사판 종이, 도장밥. 이런 것들은 읍, 면, 시 사무소에 배달하고, 자동차와 트럭 배터리, 크랭크, 타이어 등은 전라도 군기지에 배달한다.

"빨갱이 놈들하고 마주치지 말게나. 산속에 득실득실하니까."

운전대를 잡고 후진하다 백미러로 보니까 국수다리가 주먹에 엄지를 빼 보이고 서 있었다.

미나

공기를 누구하고 할까 두리번거렸다. 길 건너 방 씨 아줌마 딸 순자가 마당에서 오자미하는 게 보였다. 순자는 지기만 하면 생떼를 써서 광호하고 공기놀이하는 게 좋았다. 그런데 걔는 어디 간 거지? 할 수 없이 순자하고 그 애 집 앞에서 놀기 시작했다. 등꽃 나무 아래 방석만 한 그늘이 져 있었다. 그래서 거기 쪼그리고 앉았다. 순자가 세 차례나 지니까 생각했던 대로 뻘떡 일어났다. 그러더니 땅바닥에 발질해서 먼지가 얼굴로 올라왔다. 기겁해서 눈을 비비며 나도 벌떡 일어났다. 이 계집애는 꼭 이랬다. 그런데 오늘은 한술 더 떴다. 뭐라고 쌍소리 같은 말을 퍼부었는데 무슨 말인지도 몰랐다.

"누구누구는 업둥이래요! 업둥이래요!"

그리곤 손바닥을 탁탁 털어서 먼지를 더 풍겼다.

"야!" 하고 소리를 치고 그냥 울어 버렸다. 그리고 "울 엄마한테 이른다!" 했다.

"일러? 그래. 일러봐, 쓰레기! 너 진짜 엄마 누군지도 모르지?"

순자가 혀를 날름거렸다.

"가! 가서 빨리 일러!"

너무 억울해서 집으로 뛰어 들어갔다.

엄마와 할머니가 부엌에 있었다. 나는 엄마한테로 가서 쓰러져 버렸다.

"아니, 얘가 왜 이래?"

엄마와 할머니가 한꺼번에 소리를 질렀다.

울음에 숨이 막혀 말을 할 수가 없었다. 숨을 간신히 쉬곤 말을 털어놨다.

"날 보고 업둥이래, 엄마! 쓰레기래, 엄마! 그년 때려줘! 거짓말이잖아, 엄마? 할머니?"

할머닌 홱 돌아서더니 쾅 하고 대문을 밀치고 나가셨다. 그러면서 "고년 입을 지져야지!" 했다.

엄마는 한숨을 휘 쉬고 나를 안았다. 어찌나 꼭 껴안았는지 기침이 나왔다.

"너무 세게 말고, 엄마. 숨 못 쉬어. 코, 코 닦아줘."

"순자 그 애는 참 우습다, 그지?" 하면서 엄마는 살짝 웃기까지 했다. 그리고 소매에서 손수건을 꺼내 내 코를 닦아줬다.

"뭐가 우스워? 그 계집애가 날 보고 쓰레기라는데?"

"왜냐고? 순자가 원숭이 엉덩이같이 새빨간 거짓말을 했으니까!"

그걸 듣고 나니 콧등이 새큼해지고 웃음이 나왔다.

"네 이마를 봐. 꼭 아빠 같지? 네 손도 봐. 꼭 엄마처럼 빼빼하잖아?"

엄마가 손을 짝 펴 보여줬다.

"네 입술 좀 봐. 할머니 걸 쏙 빼닮았잖아. 순자는 쥐틀에 꼬리가 걸린 생쥐같이 우스운 꼴이 됐잖아. 안 그래?"

엄마는 꼭 이랬다. 나쁜 것도 별로 나쁘지 않게 했다. 이렇게 해서 내일 온다는 그 여자도 못 오게 할 수 있나? 그렇게만 되면, 고추를 안 달고 나왔다고 성화 듣는 것 조금 참을 수 있을 것 같은데.

음천

대문이 열리더니 동네 여자 계선이 부엌으로 들어왔다.

"괜찮아?"

계선이 꿀을 탄 약수 대접을 건네주면서 물었다.

"이거 쭉 마셔요. 오늘 기운 차려야 해."

왼손에는 빨간 실로 발목이 묶인 암탉이 퍼드득거렸다. 놀라서 눈도 새빨갰다.

"혼인 잔치하는 건 아니지만 그래도 이게 복을 내린다니 가져왔어."

"뭘 가져와."

대접을 받으며 감사 치레를 했다. 계선이 암탉을 광 앞에다 놓았다. 계선은 아들 다섯에 딸 셋을 둔 내가 세상에서 가장 부러워하는 여자였다. 게다가 그의 남편은 늑대같이 바람을 슬슬 피우지도 않는 완벽한 남자였다. 그이가 안사람보다 키가 거의 반 뼘은 작고 똥배가 좀 나오긴 했지만.

"빨리 마셔요…… 마시기 전에는 안 갈 거요…… 내일 쓰러지면 큰일 날 테니……"

말하는 도중에도 계선의 눈이 스르르 감겼다. 졸음병이 오늘따라 더 심한 것 같았다.

"오늘도 쓰러지면 큰일이고…… 내일도 큰일…… 절대로 쓰러지면 안 돼요."

그리고 내 어깨를 쓰다듬어 줬다.

목구멍이 아려왔다. 그래서 꿀물이 잘 안 내려갔지만 몸에 좋은 것이니 간신히 다 마셨다. 제일 가까이 지내는 이웃의 눈을 쳐다보니까 속이 가라앉는 듯했다.

"소리 음音 하늘 천天…… 미나 엄마 이름이 이렇게 좋으니 복이 터질 거요. 하나님이 미나 엄마가 힘내라고 보내주신 이름 아니요."

그리고 음천의 손을 도닥여주었다.

그렇지만 그런 좋은 이름이 마른 뼈다귀이지 않은가. 술독에 빠져 사시던 아버지가 어느 날 꼭 한번 들려주신 적이 있었다. 술에 곤드라졌던 어느 날 옆에서 마시던 어떤 엉터리 점쟁이가 그 이름을 지어 주었다고. 그때부터 그 이름이 어떤 때는 고맙고 어떤 때는 진저리가 처졌다. 내 이름대로 잘 살아야지 하다가도, 왜 하늘은 아들 하나 안 주셨을까 하고 원망하게 됐다. 아들을 꼭 낳아야 한다는 것을 하늘의 목소리로 엄포하실 거였으면 아들도 보내주셔야 하지 않았는가.

나는 아궁이 앞에 풀썩 주저앉았다. 걱정이 태산이라 엊저녁에는 악몽까지 꿨다.

"아무래도 내 여동생한테 무슨 일이 생긴 것 같아요"라고 계선에게 털어놓았다.

"이렇게 일찍이 소식 왔어? 진희한테서?"

"그런 건 아니고, 그냥 어젯밤 꿈에서 신령님을 봤어요. 신령님이 나를 위로해 주려고 오셨구나 하고 반가워했는데 그분이 내 쪽을 보면서 웃으시는데 입이 새까맣게 뻥 뚫려 있지 뭐예요. 이가 하나도 없고. 아마 진희한테 생각했던 대로 큰일이 벌어진 게 분명해요. 진희하고 살림하던 사장이 애를 결국 뺏어 간 것 같아요. 본처한테 아이를 준 거지."

계선이 아궁이 턱에 앉더니 내 어깨에 팔을 둘렀다.

"아이고, 성주대감님, 어여삐 봐 주십사…… 이 집 일이 엉망인데…… 그래도 아직 확실하지 않으니 안심하고 우선 미나 엄마 걱정이나 해요…… 미나를 생각해서라도."

말이 떠듬떠듬 나왔다.

"미나 엄마뿐만이 아니라도 그 애 때문에라도 정신 바짝 차려야 해요. 미나 엄마한테 무슨 일 있으면 미나는 어떻게 해? 그 애를 길러 줄 핏줄이 있소. 우선 내일 다가오는 일만 잘 넘깁시다. 진희 걱정은 그다음에 해도 돼요. 안 그렇소?"

그 말이 옳았다. 계선이 간 후 행주로 상을 닦고 마루에 놓았다. 아무래도 진희의 그 사람, 김 씨가 진희를 순전히 씨받이로만 이용한 게 틀림없고 이제 아들만 뺏고 진희를 팽개친 거다. 그렇지만 계선의 말마따나 다른 사람보다 먼저 미나 생각을 해야 한다. 나한테 무슨 일이 있으면 미나를 누가 챙겨줄까. 누가 그 애에 대한 비밀을 목숨을 걸고 지켜줄까. 안 돼, 안 돼. 나한테 무슨 일이 있으면 절대로 안 돼. 내가 정신 바짝 차려야 해. 이런 생각에 힘이 솟아나는 것 같았다. 이런 때 쓸데없이 징징거릴 수 없었다. 미나가 만약 업에 대한 비밀을 알게 된다면 검사가 되기는, 한강에 빠져 죽을지도 모른다. 그러면 소리 음 하늘 천, 하늘의 목소리, 음천은 뭘 바라고 살겠는가? 아니, 아니. 힘내야 한다. 코앞에 닥칠 내일 일을 잘 처리하고 난 다음 진희의 갓난애를 찾아오겠다. 우선할 일은 내일 손님 치를 잔치국수 준비하는 일이다. 나는 시장바구니를 집어 들고 시장으로 향했다.

오늘 아침엔 그이가 일찍 시청 트럭을 끌고 출근을 했다. 그이가 흐뭇할 정도로 요리를 잘해 놓아야 했다. 노란 계란지단은 금실같이 가늘게 썰어 넣고, 푸른 파 채 썰고, 빨간 고추 종종 썰어야 했다. 사발 하나하나마다 빨강, 노랑, 녹색으로 색깔 맞춰 신부 족두리같이 예뻐 보이게 해야 했다. 손님들이 백년해로를 외칠 것이다.

시장 봐와서 아침밥을 먹고 시어머니와 함께 귀용이 작은집하고 신혼방으로 쓸 아랫방 도배를 끝내야 했다.

신혼이라? 물론, 신령님을 부르며 기도했다. 우리 그이와 그이의 작은댁이 첫날 밤 재미가, 깨가 쏟아지게 도와주시옵소서.

수양

머리를 감은 후 방에 들어와 빨간 저고리 고름을 천천히 매기 시작했다. 어머니가 몇 번이나 하고 또 한 말씀이었다. 그런데 오늘은 바가지 속에서 달달 거리는 복숭아씨 소리같이 더 지겨웠다. 그래도 아무튼 귀지같이 작더라도 한 가닥의 희망은 있었다. 편찮으신 아흔 된 할머니는 손녀가 의지할 수 있는 남자를 만났다고 안심하고 눈을 제대로 감으시고 편히 서방국으로 가실 거니까.

옛날 이야기에 나오는 딸과 손녀들은 노인들의 병을 고친다고 꽝꽝 언 길을 걸어가 마른 지네나 두꺼비가 들어간 약도 구해다 드렸다고 한다. 돌아가시게 된 노인을 살리기 위해서 손목의 핏줄을 끊어 그 피를 노인 입에다 흘려 넣어 살려드리기도 했다는데. 그런데 비하면 내가 하겠다고 하는 건 아무것도 아니었다. 겨우 했다는 게 두려움과 자존심을 내던지고 부모님의 말씀을 따라 그 남자의 작은집으로 들어가는 것밖에 아니니까. 어깨를 펴고, 한강 건너편에 계신 할머니에게 마음속으로 빌었다. 할머니 안심하고 가세요. 서방국으로 훨훨 날아가세요. 한 마리 학같이 평화롭게 날아가세요.

또 한 가지 다행인 건 그 남자의 인품이었다. 아버지가 직장에서 몇 번 데리고 오셨을 때 봤었다. 오징어와 고추장 안주를 상에 얹고 들어가 술을 따를 때 그이를 곁눈질해 봤었다. 술은 한 모금 마시고는 얼굴을 찌푸렸는데 밥은 허기진 지게꾼같이 탐스럽게 먹었다.

키는 컸고 눈썹은 아주 실했지만 끝이 갑자기 뚝 끊어진 걸 봤을 때는 손으로 입을 가리고 혼자 웃을 수밖에 없었다. 관자놀이는 좁았지만 이마는 널찍한 걸 보니 마음이 넓고 익살스러울 것 같았다.

그런데 부모님이 딸을 그이에게 준다는 말이 나오고부터는 그이의 얼굴에서 장난기가 가셨다. 그게 마음에 걸렸지만 같이 살면서 세월이 가면 마음 한 켠을 내주겠지 하고 믿었다. 그냥 가물에 콩 나듯 만이라도 정을 보여주면 그걸로 만족하리라. 그이의 처가 그것도 안 된다고 원망을 할까?

화로에 인두를 올려놨다. 조금 있다가 손가락에 침 칠을 해서 인두에 대보니 치지직 소리가 났다. 내일 입고 갈 연초록색 치마저고리를 다림질했다. 사람들이 첩이라 부르겠지. 첩. 소똥이 땅바닥에 철떡 떨어지는 소리 같았다. 소실이라고도 하겠지. 소실. 이 말은 옛날 조선 시대 때 양반들이 마음대로 소실을 삼아 집안이 그런 여자들로 우글거렸던 시절을 연상케 했다. 그런 여자한테서 낳은 자식들은 소실의 자식이라고 멸시를 당했었지. 과거시험도 제일 하층과만 칠 수 있었다고 들었다. 그래서 맺힌 소실들의 한, 그들의 눈물의 바다, 이루 말할 수 없었지. 또 소실을 시앗이라고도 했지. 이 말은 돼지 암컷을 연상시킨다. 돼지 암컷. 그래, 돼지 암컷밖에 안 되는 게 사실이었다.

치마를 다리다가 손목에서 힘이 빠져나가 나른해졌다. 금쪽같은 금실엔 근처에도 못 가더라도 아주 조금만이라도 비비고 들어갈

자리가 있을까? 만약 딸만 낳는다면? 그래도 말자니 끝자니 하는 이름이라도 지어 주고 그 이름이 남동생을 낳게 해주리라 희망하며, 또 한 번의 기회를 그이가 줄까? 그이의 처가 나를 얼마나 미워할까. 음식에 독이라도 넣지 않을까? 어떤 여자들은 첩을 때려 패기도 하고 또 혀를 놀리는 것으로 사람을 죽이는 이도 있다는데.

인두에 뚝 떨어진 눈물이 스스스 소리를 냈다.

음천

마당에서 하늘을 쳐다봤다. 지붕 너머로 유월 하늘이 포살스레 푸랬다. 나는 보자기를 들고 서둘러 집을 나갔다. 입술이 탔다. 시장은 언덕 아래로 좀 걸어가야 하는데 벌써 시장 냄새가 나는 것 같더니 문어젓이 생각나고 입에 침이 돌았다. 그걸 한 숟가락 먹었으면 다리가 속이 빈 대나무처럼 후들거리진 않을 것 같았다. 그동안 해온 백일기도에다 문어젓 한 젓가락 보태면 배 속이 좀 든든해지지 않을까. 기도를 많이 해서 입술이 해어진다면 이맘때쯤엔 입술이 아예 다 없어졌을 거다.

몇 집 건너 최 씨네 집 앞을 지나갈 때는 그 집 대문을 쳐다보면서 부처님같이 평온한 최 씨 댁 얼굴이 보고 싶어졌다.

최 씨 댁은 문어젓이 "돼지도 못 먹일 썩은 음식"이라고 했다. 그렇지만 최 씨 댁이 아무리 모두에게 본받을만한 이웃이었더라도 문어젓에 대해서만은 그이의 말이 말짱 틀렸다. 다른 것에 대해서 그 여자는 지혜롭기가 백 년 묵은 거북이었다. 그렇지 않고야 어떻게 자기 손으로 직접 여자를 골라 집으로 데리고 와 시앗을 봤을까. 그것도 최고로 매운 겨자라도 삼킨 것처럼 눈물을 흘리면서. 자기가 낳은 아이들이랑 첩이 낳은 아이들이 다들 한 집에서 불평 없이 구순히 잘 살고 있었다. 최 씨 댁이 일일이 다 손을 봐주니까.

건강한 아들까지 낳아줬는데 어떻게 그렇게 첩까지 얻어줬냐고 사람들이 물으면 최 씨는 이렇게 대답하곤 했다.

"아, 왜 남편을 밖에서 바람피우게 해? 여자들이 아귀같이 덤벼들어 그 사람 주머니를 톨톨 털어가는데 가만둬? 아예 바람피울 거면 여자 하나 집에 두는 게 낫지."

똑똑한 말이었다. 그런데 나는 귀용의 첩을 손수 골라 들여 앉힌다는 게 팔을 거꾸로 굽히기라도 하는 것처럼 할 수가 없었다. 그렇게 하려면 벌써 몇 년 전부터 애를 쑥쑥 빼놓을 수 있게 엉덩이가 대문짝만한 젊은 여자를 찾는다고 여기저기 말해 놨어야 했다. 최 씨 댁 얼굴을 잠깐 보기만 하더라도 아, 나도 내일 다가오는 고비를 넘길 수가 있겠다, 그런 힘이 생길 것 같았다.

입에 고인 침을 삼켰다. 욕심부리지 않고 딱 두 숟가락이라도 먹었으면. 부처님도 그런 정도의 어리광은 받아주실 거다.

신당동 사무소 앞에서 남자들이 게시판에 붙어 서서 신문을 읽고 있었다. 또 무슨 큰일이라도 났나? 지리산 빨치산들이 또 내려와 끔찍한 짓을 했나? 그놈의 공산당에선 부자간에도 사상이 다르면 아버지가 아들을 고발해서 고문을 당하게 하고 아들도 아버지를 고발한단다. 살이 헐어 푸슬푸슬 뭉그러지는, 개도 그런 짓은 못할 거다. 이게 사실이라면, 왜 일제 강점기 때 독립운동을 했던 김구, 박헌영, 여운형 같은 인사들이 빨갱이 쪽이 됐을까. 그렇다는 소문이 자자했다. 그런 빨갱이가 득시글거리는 지리산이 귀용이 오늘 차를 몰고 간 방향이었다. 생각만 해도 소름이 끼쳐 부르르 떨렸다.

한 달 전에 시삼촌이 오셨을 때 한밤에 동네 남자들하고 계선이네 이 씨 집에서 모인 적이 있었다. 자정에 시삼촌이 거울을 가지고 달빛에 맞춰 이리 저리로 돌리셨다. 그러더니 그 거울 속에 둥그런 모양이 나타났고 그것의 위쪽 반은 붉은색이었고 아래쪽은 파랬는데 우리가 쳐다보고 있는 동안 붉은색이 푸른색을 잡아먹어 전부 빨간색이 되었었다. 모두 숨을 죽이고 있는데 귀뚜라미만 법석이었다.

"전쟁이야. 전쟁."

시삼촌이 나지막이 말씀하셨다.

"빨갱이가 이기려나 보다."

대감님, 나는 기도를 했다. 제 남편이 돌아와서 내일 밤은 그 여자하고 첫날을 치르더라도 그이를 무사히 돌아오게 하소서.

그이가 그 방엘 들어가 문을 닫겠지. 불을 끄고 그 여자를 끌어당겨 품겠지. 난 어떻게 될까. 빨갱이 폭탄이라도 맞은 것처럼 폭삭 고꾸라질까. 천 년 동안이나 여자에게 금지되었던 질투에 휘몰려 물에 빠진 사람같이 허우적거리겠지. 부처님이 엄벌 내리시리라. 공자님도 꾸짖으시리라.

문방구점을 지나고 나니 장사들의 목소리가 확 다가왔다. 천막으로 된 조그마한 칸막이 상점들과 땅바닥에 널린 상자들을 까딱하면 발로 차고 넘어질까 봐 살금살금 피해가며 걸었다. 달걀들이 짚꾸러미 속에서 빼꼼히 내다봤다.

"아줌마! 달걀 사요. 깐 지 금방 됐어요!"

여자가 애를 업고 서서 소리쳤다.

"하나 덤으로 드릴게요."

"저기 갔다 오는 길에 살게요."

그러곤 보자기를 꼭 쥐고 그 자리를 지났다. 북적거려서 사람들이 서로 팔을 툭툭 쳤다. 날고기 비린내, 오징어와 꽁치 냄새. 겁이 났는지 눈알들이 똥그래져 나무 닭장 속 암탉들이 푸덕거리고 깍깍깍 하기도 했다. 펄펄 끓는 선짓국에서 김이 뭉게구름처럼 피어올랐다. 푸줏간 남자가 소고기와 돼지고기를 썰고 뼈를 탁탁 쳐서 분지르고 있었다.

"곱창이요! 곱창! 맛있는 국거리요!"

고기 파는 남자가 곱창을 물에 씻으면서 노래를 하다시피 했다. 그 사람이 쓰는 커다란 나무 도마는 하도 오래돼서 가운데가 움푹 파였고 거기엔 피가 한 줌 고여 있었다.

'장마다 문어 나랴'라는 옛말이 생각났다. 장날마다 재수가 좋을 수는 없다는 뜻이 아닌가. 그러니 매번 재수가 터지길 감히 기대할 순 없다. 그렇지만 딱 이 한 번만이면 어떨까. 이 한 번만. 만약 한 번만 재수가 터져서 귀용과의 금실을 몇 년 만이라도 더 변함없이 누릴 수만 있다면, 그래서 찬 밥 덩어리가 되는 걸 면할 수 있다면 다신 문어젓을 찾지 않겠다고 맹세하리라.

정신을 이런 데 팔다가 땅에 펴 논 돗자리에 발이 채여서 양은 동이가 엎어져 시금치 덩어리들이 쏟아졌다.

"아니, 눈멀었어?"라고 나물 장수가 악을 썼다. 미안하다고 고개를 숙이며 시금치를 다시 담아주었다. 또 발길에 찰까 봐 치마를 추어올리면서 입술을 꽉 깨물었다. 어떻게 세게 깨물었던지 입술에 구멍이 뻥 뚫린 것같이 아팠다. 애를 안 나아 본 사람이 알 리는 없지만 애 날 때 이렇게 아프리라. 흐르는 피의 맛 때문일까? 그 순간 펄떡 결심이 굳어졌다.

징징거리는 것 끝! 그래, 이 개똥 같은 팔자야. 와 봐라, 와서 날 쓰러뜨리려고 해 봐라. 도둑놈이 닭 목을 비틀어 울지 못하게 한다고 하더라도, 내일 새벽은 틀림없이 동이 트고 그 여자는 올 거다. 그러려면 그러라지. 내가 누군가 보여줄 테니! 마음은 철같이 강하지만 또 여자 넓적다리 안쪽같이 부드러운 여자다!

귀용

서울역을 휑 지나면서 보니 시골에서 서울로 올라와 일거리 찾는 사람들로 왁자지껄했다. 조선이 해방된 다음부터 일본 군대에 끌려가 싸웠던 병사들이 중국 필리핀 월남 같은 데서 기차로 수두룩이 돌아왔다. 일본으로 유학 갔던 학생들, 일하러 갔던 이들 모두 귀국하고 있었다. 게다가 북한에서도 각양각색 피난민들이 내려오고 있었다. 서울로 밀고 들어 온 인구가 1948년만 해도 십만이었다고 국수다리가 떠들었다. 삼팔선에선 개미 한 마리도 움직이지 못하게 하고 움직이기만 하면 들입다 따발총을 쏴 대는데도 자꾸자꾸 남한으로 도망쳐 내려왔다. 북한에서는 김일성하고 소련 놈들이 국민한테 강제노동을 시키고 세금은 자꾸 올려 굶어 죽게 하니까 그럴 수밖에 없지 않은가. 혓바닥을 빼서 모가지를 묶는 짓도 할 공산당 놈들이지만 왜 그런 지랄을 해야 하는지. 사무실에서 동료들이 정치 얘길 밥 먹듯이 꺼내는데, 그럴 때마다 마르크스니 스탈린인지 그런 놈들 이름이 왔다 갔다 했다.

"여보시오, 참 운들 좋소이다."

코주부가 가끔 말을 꺼냈다.

"이북에 누구 식구 두고 온 사람 없으면 천만다행인 줄들 알아요."

코주부는 처자식에, 부모에, 조부모까지 다 두고 월남을 했으니 식구들은 다 총살당했을 거다.

이북에 아무도 아는 사람이 없다는 것만 해도 얼마나 다행인가. 이 시청 트럭 운전하는 것도 하나님이 도우신 거다. 혼인한 후 첫해에 처한테서 글 읽고 쓰기에 눈을 떴다. 그렇잖았으면 이런 자리 어림도 없었다. 아마 돈에 정신이 팔린 어느 택시 주인 밑에서 지금 버는 거에 반도 못 받고 고생만 죽도록 했을 거다.

내일 수양의 방에 잘 들어가려면 음천의 얼굴을 마지막으로 한 번 더 봐야 했다. 아니면 외면을 하고 새로 꾸민 방으로 들어가 뭐 별거 아닌 것처럼 새 여자의 옷을 벗긴다? 귀할 귀貴 자에 용 용龍 자에 이름은 허울이 훤히 좋다만 참 한심한 놈인 게 틀림없다. 사내대장부가 걱정할 게 따로 있지 이런 걸 가지고 골치를 앓는단 말인가. 서울 한가운데 있는 시청 앞에서 길을 막고 지나가는 남녀노소에게 다 물어보자 치자. 사내가 두 여자하고 살게 되는 걸 가지고 머리통이 터지려고 한다면 "에끼. 불알이 반쪽 아닌가. 어디 봄세"라고 할 거다.

그래도 사내 중에도 두 여편네와 사는 게 그렇게 쉽지는 않다는 걸 알긴 아는 이도 있었다. 그러니까 두 여편네 끼고 살던 놈은 호랑이도 안 물어간다는 옛말까지 있지 않은가.

어, 운전하는 것같이 머리를 깨끗하게 해주는 건 없다. 음천한테 남원에서 뭘 갖다 줄까? 깨진 쪽바가지처럼 마음이 처량할 텐데. 내가 "당신 죽을 때까지 사랑할 거야"라고 하면 그 사람이 믿어줄까?

믿어준대도 불알을 단 사내가 어떻게 그런 야사스러운 말을 할 것인가.

미군 지프가 쌩 지나간다. 운전사 얼굴이 떡가루같이 하얗다.

"미국 애들은 말이야 여편네 하나만 하고 살아도 잘 살고, 딸만 있어도 만뗑이라고. 거 참 귀신이 곡할 일이지?"라고 어느 날 트럭 옆에 둘이 서 있을 때 국수다리가 말했었다.

야! 거참 귀신이 곡할 노릇 아닌가!

"뭐 예수쟁이 짓이겠지. 서양 예수쟁이."

국수다리 말이 분명 맞을 거였다. 그는 배운 게 많았다. 중학교까지 다녔다니까.

"그게 말이지 무슨 뜻인지 알지, 자네. 외국 놈들이 여편네 하나만 데리고 사는 거 말이야."

국수다리가 땅에 침을 탁 뱉었다.

"그게 말이야, 그놈들 불알이 가을 서리 맞은 고추같이 늘어졌다는 거 아니겠어? 히히."

사실 생각해보니 만약 서양 땅에서 산다면 음천하고 미나하고만 살아도 모자람이 없을 것 같았다. 뭐 그러는 게 국수다리 말대로 예수쟁이들이 생각하는 것처럼 옳은 일이라는 건 아니다. 만약 이런 생각을 어머니나 무당이라는 음천의 고모님이 들으시면 예수쟁이가 된 줄 알고 "에끼, 아귀 귀신 떨어져라!"라고 소리를 길길이 지르며 빨간 흙 한 광주리를 끼얹을 거다.

동쪽 한강 나루터에서 강을 건너 남쪽으로 가는 큰 도로로 들어섰다. 쫙쫙 선 배나무들 사이로 강물이 하늘색으로 파래서 꼭 하늘 조각들을 보는 거 같았다. 음천이 배를 무척 좋아했다. 구월이었더라면 좀 사다 줄 텐데.

음천

"새우젓요!"

젓갈 장사 여자가 손님을 불렀다.

그래. 내일 오는 여자가 더 예쁘고 더 젊어 보라지. 게다가 그 여편넨 얼굴도 미인형으로 갸름했다. 나는 아버지를 닮아서 얼굴이 호박같이 둥글둥글했다. 동생 진희는 예쁜데.

그렇지만 내 코는 안쪽으로 오므라들고 입은 촌 여자같이 커다랗지 않고 서울 여자답게 조그마했다. 입술도 너무 두껍지도 얇지도 않았다. 그런데 그 여자 몸매 하나는 월등했다. 엉덩이가 넓어서 시어머님이 좋아하셨다. 저래야 애를 참기름 바른 송편처럼 쉽게 쑥쑥 잘 빼낸다고 미리부터 김칫국을 마셨다.

진희도 아들을 그렇게 쉽게 낳았다. 아이고, 우리 여동생 어떻게 됐을까? 불길한 꿈을 꿨지만, 이번만은 맞지 않는 개꿈이었으면 한이 없겠다.

솔직히 생각해 보면 아무리 죽겠다고 아끼는 동생이라도 어쩌자고 그렇게 제 인생을 시궁창으로 첨벙첨벙 끌고 들어갔는지 모를 일이었다. "이 속바지 단추 스물아홉 개 달아준 거 왠지 안 잊을 거지?" 하면서 어머님이 어렸을 때부터 신신당부하셨잖은가. "이거 아무도 손대지 못하게 해야 해. 애고 어른이고 남자는 다 똑같으니 아무도 절대 만지게 하면 안 된다"라고 매일매일 침이 마르게 타이르시질 않았던가. 그런데 어떻게 해서 처녀 때 바람둥이 유부남하고 눈이 맞아서 놀아났는지. 딸년까지 하나 낳고 그게 아들이었으면 뺏어다 제 마누라한테 줬을 텐데. 무당 고모님이 그 애를 리호라고 이름을 지셨다. 자두나무 아래 호랑이라는 뜻이다. 호랑이처럼 눈에 불을 켜고 인생에서 네 몫을 실컷 찾아 먹고 배불리 살라는 의미다. 만약 내가 귀용의 여자를 비단같이 고운 마음으로 대하면, 그 선행이 진희한테로 몰려가 김 씨가 애를 뺏어가지 못하게 할 수가 있을까.

"아줌마!"

젓갈 장사 여자가 젓갈이 든 독 다섯 개를 행주로 반짝반짝하게 닦으면서 불렀다.

"오늘은 뭐 드릴까요?"

열린 독들을 들여다보며 냄새를 맡아봤다.

"문어젓 없소?"

"아이고 다 팔았죠. 조개젓 사세요. 오늘따라 특별히 맛이 훤칠

해요."

손으로 독을 쓸어 보니 오들오들했다.

"굴젓 좀 주세요."

귀용이 잘 먹을 거였다. 남자한테 좋은 음식이라고. 최 씨 여자는 돼지고기가 그렇다고 했다. 그래서 남편한테는 절대로 더 이상 안 준단다.

"아이고, 돼지 안 먹고도 어찌나 바람을 피우는지 내가 평생 이를 갈고 살고도 남는다고요" 하며 신세타령을 했다. 그렇지만 마누라 몰래 최 씨가 돼지고기를 아침부터 온종일 먹어댄다고 동네 여자들이 쑥덕거렸다. 최 씨 여자는 남편한테 닭고기도 안 줬다.

"돼지고 닭이고 그인 남자한테 좋다는 거 필요가 없는 사람이라오. 아무것도 없이도 바람만 잘 피우고도 남는걸."

나는 굴을 사고 돌아섰다.

"내일모레 오시면 문어젓 좀 남겼다 드릴 게 꼭 오세요. 아주머니한테만 특별 서비스할게요."

장사가 설레발을 쳤다.

내일모레. 그때면 그이가 그 여자하고 잠자리한 후일 것 아닌가. 그럴 텐데 시장까지 걸어올 기운이 날까.

언덕을 올라와서 최 씨 집 앞을 지나쳤다. 대문이 조금 열려 있는 걸 보니 최 씨 여자가 일어나 밥을 짓고 무럭무럭 올라오는 김을 들이마시고 있으리라. 잠깐이라도 뛰어 들어가 그 여자의 얼굴을 볼 수 있었으면. 그렇게만 하면 하늘이 무너져도 솟아날 구멍이 있다고 믿을 수 있을 것 같고, 그이가 첫날밤을 치를 방에 도배를 오늘 잘 마칠 수가 있을 것 같았다. 그런데 최 씨네 들릴 시간이 이제는 없었다. 미나가 학교에 늦을까 봐.

미나를 학교에 데려다주고 와선 채소랑 고기랑 달걀을 제자리에 놓았다.

"벌써 왔니?"

시어머니가 긴 담뱃대를 물고 마루에 앉아 있다가 말을 건네셨다.

어머니는 얼굴을 찡그리시길 잘해서 이마에 깊은 주름이 두 개나 죽죽 그어져 있었다. 시어머니가 남자였다면 귀용하고 쌍둥이 같았을 거다. 그렇지만 한 가지 다른 건 그이는 찡그리는 적이 없었다. 우선은 나를 놀리느라 바빠서도 찌푸릴 새가 없었다. 내가 잔일 하느라고 치마를 치켜 매고 허리띠를 꽉 매고 있으면, 그렇게 하니까 엉덩이가 뾸똑 나와서 보기 좋다는 등 놀리기에 바빴다. 또 남쪽으로 장거리 뛸 때 자주 들리는 주막집 여자 복숭이를 놓고도 웃기는 말을 잘했다.

"나 말이야, 나한테 가지 말라고 애원하고 달라붙는 복숭이하고 그 말고도 다른 여자들 다섯 명이나 다 물리치고 당신한테로 달려왔거든!"

미나를 데리고도 놀리기가 박사였다.

"너 그 이마는 툭 튀어나오고 그걸로 어떻게 좋은 신랑 하나 잡는 데냐, 응?"

그러면 미나가 입을 쑥 내밀고 토라지고, 아빠는 그 애가 화를 풀고 웃을 때까지 옆구리를 간지럽혔다.

시어머니가 담배를 끄고 가위와 도배지와 콩깨기름을 챙기실 때 나는 그 옆을 지나서 제 방으로 들어갔다. 별안간에 한쪽에서 머리카락이 당겨 그걸 다시 빗으려고.

"미나 오기 전에 빨리 도배 마치자."

어머니가 재촉하셨다.

"네, 어머니."

머리를 고쳐 빗고 마루로 나오면서 선반 위에 놓여 있는 사과 궤짝만 한 라디오를 지나쳤다. 작은집 얻는 일이 벌어지기 전에는, 시어머니와 나란히 앉아서 저 라디오에서 나오는 판소리를 자주 들었고, 시어머니와 며느리라기보다는 모녀인 것처럼, 호둣속에 들은 호두알같이 하나로 똘똘 뭉쳐서 떡을 먹기도 했었다.

시어머님이 새로 꾸미는 방으로 들어가셔서 도배지와 붓과 걸레를 내려놓으셨다. 수돗가 뒤로 있는 화단에는 백일홍이 빨간 얼굴을 들고 있었다. 백일이라. 꽃은 백일을 피고 부부는 백 년을 해로하라는 말이 구구절절 와닿았다. 그래, 혼인날 내가 쫙 펴든 치마폭으로 시어머님이 호두를 던져 넣어주시지 않았던가. 호두 다섯 개가 잡혔을 때 자녀를 다섯을 나을 거라 생각했고 신랑 신부는 다섯

중에 최소한 셋은 아들이었으면 했었다.

까치들이 처마 끝에서 쏜살같이 날아 내려오면서 짹짹짹 하고 수다를 떨었다. 그걸 볼 때마다 시어머님은 좋은 소식 오겠다고 하셨는데 오늘은 가만히 계셨다. 며느리의 심정을 배려하심이 분명했다.

"금방 갈게요, 어머님" 하곤 선반에서 마른걸레를 집어 들고 아궁이에서 쒀 놓은 풀을 가지고 새색시 방으로 갔다. 이제까진 손님방이었었다. 거기서 귀용과 그 여자가 낼 소리가 내 귀까지 들어 올까? 시삼촌께서 거기서 묵으실 땐 코 고시는 소리가 요란히 들렸었는데.

내일 잔치국수 요리를 하면서 그이와 그 여자가 좋은 꿈 꾸기를 빌어 줘야 한다. 그리고, 이렇게 기원해 줘야 한다. 두 사람의 잠자리가 국수같이 부드럽게 하소서. 국수 국물같이 뜨거워, 머리끝에서 발끝까지 온몸을 시원시원히 풀게 하소서.

귀용

세 시간을 운전하다가 트럭을 세우고 숲속에 들어가 나무 뒤에서 소변을 볼까 하다가 참고 조금 더 가 의례 들리는 복숭이네 막걸릿집까지 가기로 했다. 거길 들릴 때마다 그 집 단골손님들이 복숭이가 나를 기다리느라고 학처럼 목이 늘어난다고 농담들을 늘어놨다. 갈 때마다 복숭이는 밥을 자꾸 더 주고 게다가 돈도 안 받았다. 복숭이가 이리 뛰고 저리 뛰는 동안에 슬쩍 계산대에 있는 항아리 밑에다가 돈을 밀어 넣고 가곤 했다. 복숭이 얼굴을 자세히 보면 턱에 곰보 흉이 좀 있지만 원체 볼 만한 얼굴이니 흉이라 할 건 없었다. 남쪽 여자라 말끝마다 '유'를 길게 붙였다. 엉덩이가 볼만하게 넓었고 치마 밑에 눌렀을 텐데도 젖통이 풍만하게 보였고, 아주 튼튼한 타입이었다.

어머니가 봤었으면, "야, 여자가 저렇게 생겨야 애를 껍질 깐 자두처럼 매끈히 빼낸단 말이다"라고 하셨을 거다.

작년 어머니가 머리를 매고 드러누우셔서 사흘을 굶으셨을 때 첩이라도 얻어서 아들을 낳아야 하는 걸 더 이상 미룰 수가 없었다. 그때 복숭이를 제일 먼저 생각했었다. 애를 낳아서 애만 집으로 데리고 들어올 여자론 딱 적당했었다. 그냥 저 사는 데서 살게 두고 생활비만 좀 주고 그러다 아들을 낳으면 음천한테 줘서 기르게 하면 되는 거였다. 복숭이는 떼어버리면 됐다. 그런 여자들은 보통 그러려니 했다. 자기 팔자거니 했지 남자를 탓하는 일은 별로 없었다.

그렇긴 하지만 왠지 마음이 당기지 않았다. 뭐 특별히 도덕심이 고고해서는 아니고 그저 나쁜 개새끼 김 씨한테 아들을 뺏기게 된 처제 진희의 처지가 생각나서 그런 새끼하고 똑같은 짓을 누구한테 하기가 차마 발이 떨어지지 않았던 거다.

그래서 복숭이 생각을 한참 했다가 그만뒀다. 그런데 막상 일이 코앞에 닿으니 복숭이든 누구든 간에 집으로 끌고 들어 오지 않고 따로 밖에서 볼 걸 그랬다는 생각이 굴뚝 같았다.

구부러진 길을 돌고 나니 왼쪽에는 논이 뻥 둘러 있고 바른쪽은 농가들이 보인다. 복숭이네를 다 왔다. 트럭을 복숭이네 옆에 있는 장승 곁에 세웠다. 장승의 눈이 못 볼 것을 본 것처럼 툭 튀어 나왔다. 몇 사내애들이 제기를 차고 있었다. 아들이 있는 형이나 동생이 있었더라면 조카를 양자로 삼을 수가 있었을 거다. 그런데 기구한 팔자가 돼서 삼대독자니 그런 가능성은 아예 없었다. 그리고 자기 애를 남의 문전에다 놓고 도망하는 사람들은 계집애만 버리지 아들을 주는 사람은 없으니 혈육 아닌 양자로 삼을 고추 달린 애가 없었다. 복숭이를 작년에 택했더라면 벌써 아들이 있을지도 몰랐다. 몇 년 안에 저 애들이 제기 차는 것처럼, 복숭이가 난 아들한테 제기차기를 가르쳐 줬을 텐데.

"오늘은 일찍 떠나셨나 봐요."

복숭이가 눈웃음을 치고 앞치마로 손을 닦으면서 말을 건냈다. 복숭이의 단골인 개장사하는 함 씨하고 대장간 하는 민 씨가 장기를 두다가 내가 들어오는 걸 보고 고개를 끄덕였다. 복숭이가 따끈한 빈대떡에 순댓국에 깍두기를 갖다 놓자마자 허둥지둥 먹고 금방 일어섰다.

장기꾼들은 장기에 바쁜지 나를 기다리느라고 복숭이의 목이 빠진다는 등 하는 농담을 건네질 않았다.

"아니 너무 빨리 드신 것 아니요? 체하시려고?"

꾸중하는 얼굴을 하면서 복숭이가 보리차를 건네주었다. 나는 사발 밑에다 돈을 슬그머니 밀어 넣었다.

"직접 만든 막걸리 한 병 좀 주시오. 가지고 갈 거."

"예, 그리고 내일 잘 지내시고 아들 많이 낳으세요."

"누가 말했습니까?"

복숭이 앞치마를 비비 꼬고 있다.

"어제 같은 시청 직장 운전사가 들렀었어요."

고맙다는 말이 목구멍에서 나오질 않았다. 그래서 그냥 고개를 끄떡하면서 싸준 막걸리를 들고 나왔다. 차에 앉기 전에 돌아다 보니 복숭이가 새색시처럼 손을 앞치마 뒤로 가리고 문턱에 서 있었다.

고목들을 지났다. 음천이 이 막걸리를 좋아할 거였다. 백미러로 뒤를 보니 복숭이 아직도 서서 보고 있었다. 내가 고도로 나가서야 안으로 들어갔다.

어머니와 음천한테 수양이의 이야기를 처음 꺼냈던 날 음천이 어찌나 울었던지. 그날 밤부터 매일 나의 가슴에 얼굴을 박고 울었었다. 가슴이 찢어지는 일은 한두 번 당한 것이 아니었건만. 첫째는 유산되었고 그 담엔 미나를 업으로 들이고 집안이 뒤집혔었다. 업을 받아들인다는 건 어머니가 머리를 싸매고 반대하셨다. "업을 기르는 건 내가 죽어 눈에 흙이 들어가기 전엔 안돼!" 하며 고함을 길길이 치셨었다. 그런데 이왕 들어온 업을 내보낼 수가 없어 기르기 시작했는데 아, 고것이 어찌나 예쁜지 집안에 웃음이 끊어지질 않았고 어머니도 결국은 녹아 버리고 말았다. 이렇게 어려운 서로 부딪친 때가 한두 번이 아닌데도 어머니와 음천은 여전히 사이가 돈독했다. 이런 걸 보면 내일 일도 음천이 잘 견뎌낼 거다. 음천보다도 내가 잘 해낼지 그게 더 걱정이었다.

등을 느긋이 펴면서 라디오를 켰다. 태평가라도 나오려나. 늴리리야 늴리리야 니나노오오오! 아, 얼마나 신나는 곡조인가.

그런데 태평가 대신 이승만 대통령의 목소리가 나왔다.

"새로 형성된 우리 대한민국 해군이 공산당 게릴라들을 대동강 물속으로 몽땅 몰살을 시킬 것이다!"

이런 소리를 들으면 국수다리는 "개뼈다귀 같은 소리 하네!"라고 뱉었다. 대통령의 목소리는 좀 떨렸지만 깽깽했다.

"우리 삼천만의 기상은 하늘을 찌르고 동쪽으로는 중국, 북쪽으로는 빨갱이, 남쪽으로는 일본 모두 때려치울 거다!"

"호랑이한테 물려 갈 북한 빨갱이 놈들, 벼락 맞아 뒈질 중국 놈들, 자기 어미와 붙어먹을 일본 놈들."

이렇게 국수다리가 욕을 퍼부으면 전봇대도 맞장구를 쳤다. 귀용은 역사니 다른 지식 있는 일에 대해 일체 아는 게 없어 모르지만 국수다리와 전봇대가 하는 말로는 중국 놈들하고 일본 놈들이 우리나라를 몇천 년 동안 거의 죽여 놓지 않았더라면 우리나라에 굶는 사람 하나도 없을 거란다. 그런데 모두 굶어 죽게 생겼다. 귀용이 보기에도 그랬다. 부쩍 거지도 늘어나고 문둥이들도 늘어난 게 확실하다. 좀도둑들이 어찌나 많은지 트럭을 잠깐 세우고 변소에 볼일 보러 간 사이에도 트럭에서 휘발유를 빼돌려 훔쳐 갔다. 호스를 휘발유 탱크에다 들이박곤 입을 대고 빨아올려서 휘발유가 나오기 시작하면 저희 깡통에다 호스를 대고 기름을 따라갔다. 한번은 열일곱 살짜리를 하나 잡았는데 따귀를 몇 대 때려서 놔줬다. 어쩔 수가 없었다. 그놈도 아비가 없는 놈일지 모르지 않는가. 라디오를 꺼버렸다.

논에서 일하는 장정들한테 밥을 나르는 시골 여인들이 논둑 길을 가고 있었다. 한 손으로는 머리에 인 광주리를 잡고 다른 손으로는 축 처진 보따리를 들고 있든지 아니면 등에 업은 애 엉덩이를 끌어 올렸다. 치마는 잔뜩 치올리고 허리는 찔뚝 매어서 아주 보기 좋았다. 치맛자락을 밟고 넘어지지 않으려고 그렇게 올려 맨 거지만 그 바람에 엉덩이가 시원하게 튀어나와 보이고 허린 개미허리가 되었다. 좁디좁은 논둑을 조심조심 걸어갈 땐 엉덩이가 사내 몸살 나게 씰룩거려서 슬그머니 음천과 재미 보는 생각이 났다. 그 좋은 거. 우리 부부는 그걸 '우리의 용춤'이라고 별명을 붙였다.

그럴 땐 보통 음천보다 먼저 옷을 벗고 온돌에 펴놓은 이부자리에 누웠다. 음천이 옷을 벗으려고 불을 끄려는 찰나에 "여보, 논개걸음 좀 해봐"라고 청을 넣었다. 팔베개하고 비스듬히 누워서 음천을 쳐다봤다. 그러면 그녀는 서랍에서 허리띠를 꺼내고 치마를 살짝 치키고 일본 놈 장수 손깍지를 끼고 물에 빠트려 자기도 죽고 일본 놈도 죽인 기생 논개같이 웃음을 띠면서 허리띠를 묶었다.

그러면 한 바퀴 빙 돌라고 손짓을 했다. 음천은 아주 천천히 허리를 능실거리면서 빙 돌았다. 아, 참 탐스러운 엉덩이. 훌쩍 몸을 일으켜 불을 끄곤 둘이 뒹굴었다. 우리보다 더 정신 말짱 나가게 재미 보는 남녀 있으면 나오렷다. 손가락에 장을 짓겠다며 이불 속에서 킬킬거렸었다.

음천

대문이 별안간 열리더니 남동생 창길이가 뛰어 들어왔다. 숨이 차 말을 속삭이듯이 했다.

"누나, 빨리 와."

입을 헹 벌리고 숨을 크게 쉬었다.

"작은 누나가……."

숨 쉬느라 끝을 못 맺었다.

"엄마가 누나 데리고 오래."

흰 고등학교 교복 깃이 땀에 푹 젖어 거무스름했다

시어머니가 무슨 일인가 내다 보셨다. 창길이가 시어머니께 꾸벅 인사를 하고 "안녕하셨습니까?"라고 했다.

나는 타일이 깔린 마당 계단에 풀썩 주저앉고 손에 얼굴을 묻었다. 어제 꾼 악몽이 철컥 들어맞은 거였다. 어째 나도 무당 고모님처럼 신이 내릴 만큼 신이 있는 걸까. 사람들은 나보고 신경이 촉새같이 팽팽하다고 했다. 그렇지만 그건 무당의 신과는 다르지 않은가. 신경이 좀 민감하다는 것뿐이었겠지만 꿈이 이렇게 맞을 땐 소름이 끼쳤다.

그 모래 바닥에 혓바닥 처박고 죽을 놈! 속으로 욕을 들이부었다. 아이고, 불쌍한 내 동생. 왜 그놈이 갓난애를 떼어 가더라도 학교 갈 나이까지만이라도 진희한테 두면 안 됐을까. 관자놀이가 펄떡펄떡 뛰었다.

"얘, 진희 누나한테 무슨 일 났니?"

시어머님이 물으셨다.

창길이가 떠듬거리며 답을 했다.

"누나가…… 좀 안 좋아요. 큰누나가 오면 도움이 될 거라고 어머니가 하셔서……."

나는 자리에서 일어났다. 시어머니 앞에서 말하고 싶지 않아 창길이한테 자세한 걸 묻지 않았다.

"그럼 빨리들 가거라" 하면서 시어머니가 도배지를 들고 돌아앉으셨다.

"네가 시간 맞춰 못 오면 미나는 내가 데리러 가마. 가 어서!" 나와 창길이 대문을 서둘러 나왔다.

“아니, 어딜 그렇게 곤두박질을 해서 가시는 거요?”

아, 최 씨 여자였다. 여자 부처님. 보고 싶었던 얼굴. 조금만 같이 시간을 보낼 수 있다면, 내일 올 일을 극복할 것이란 믿음이 솟아오를 것 같아서 보고 싶었던, 그 사람이 스님에게 시주라도 줄 양으로 나왔던 것같이 손에 바가지를 들고 서 있었다.

“여동생네 빨리 갔다 와야 해요.”

이 짧은 말을 던지고 달음박질을 할 수밖에 없었다. 아이고, 아까워라. 내일 다가오는 일을 잘 넘기느냐 메주를 쑤느냐가 달렸는데.

문화동 큰길을 건너자 길이 좁아지고 기와집 사이사이로 초가집이 나왔다. 김 씨가 진희한테 얻어 준 한 칸 월세방은 안쪽 무당 고모님 집 가까이 있었다.

도착해 보니 진희가 이불을 깔고 누워 있었다. 어머니가 미리 와 계셨다. 두 사람 옆에 풀썩 주저앉자 진희의 등을 싸고 세 여자가 통곡했다.

“경찰 부를게!”

창길이가 고함을 질렀다.

“내 조카 찾게 경찰에 고발할게!”

여자 셋이 쳐다봤다.

“이놈의 자식이.”

내가 언성을 높였다.

"바보 천치처럼 놀지 말아! 넌 그냥 공부나 해. 가서 책 읽어. 반딧불밖에 없더라도 넌 가서 책이나 파고들어. 가 빨리."

세상을 몰라도 기가 막히게 모르는 놈 같으니라고. 잠깐 놀던 여자가 낳은 자기 피붙이 아들을 그 여자한테서 떼어다가 버젓이 사는 자기 여편네한테 데리고 갔다고 그걸 가지고 잘 나가는 의젓한 사장을 영창에 넣고 애를 뺏어 줄 경찰이 어디 있겠는가. 창길이의 얼굴이 시뻘게졌다. 진희가 임신했을 때 회칠을 새로 했던 벽에다 창길이 제 머리를 쿵쿵 박아댔다.

"내가 진희 젖을 짜낼 대로 짜냈는데" 하고 어머니가 손수건을 입에 가리신 채 말씀하셨다. "다 안 나왔는지 아직도 아프대. 약을 좀 먹였는데 낫지가 않아."

"어디 좀 보자."

내가 진희를 일으켜 앉혔더니 앞가슴 고름이 절로 풀어져 저고리 품이 벌려졌다. 그걸 보곤 창길이 돌아서 나갔다. 어머니가 젖 받을 사발을 들고 가까이 앉았다. 진희는 남자고 여자고 정신이 쏙 나가게 하는 미인이었다. 중국 양귀비보다도 눈이 컸고, 이마에는 새카만 머리가 미술가가 그려놓은 것 같은 줄을 긋고 있던지. 그런데 눈은 울어서 퉁퉁 부어 군밤만 하다. 나는 진희의 바윗덩어리같이 딱딱해진 젖을 짜기 시작했다. 바깥에서 안쪽으로 짜나갔다. 아무리 원통해도 객관적으로 보면 사실 김 씨만 탓할 게 못 되었다. 이렇게 사람의 혼을 쏙 빼게 예쁘니 그걸 안 건드리고 팔자 수월하게 살도록 내버려 둘 남자가 어디 있을까? 부모님들이 도대체 제정신이셨나? 이런 미인을 만들어 놓고 일생이 순조로운 줄로 아셨던가? 나무아미타불 관세음보살.

"어머니. 리호는 어디 있어요? 누가 봐 주고 있어요?"

"네 아버지가 보고 계시다."

어머니가 사발을 바른쪽 젖 밑으로 옮기면서 대답하셨다. 나는 진희가 김 씨보다 벌써 전에 다른 남자하고 낳은 딸 리호를 생각할 때마다 가슴이 아렸다.

진희의 젖을 빵 돌아가면서 꼭꼭 눌러주다가 살살 짜기 시작했다. 우유가 사발 안으로 뻗쳐 나왔다. 그걸 보고 있으니 내 젖이 짜릿해 왔다. 유산이 되지 않았더라면 이렇게 우유가 쏟아져 아기의 입을 꽉 채웠을 텐데. 젖이 짜일 때마다 혀로 스스스 하면서 진희가 얼굴을 찡그렸다. 다 끝내고 진희를 도로 눕게 했다.

"창길이가 괜히 언니를 데리고 왔어"라고 진희가 말했다.

"언니도 걱정거리에 코가 석 자인데. 잔치 준비도 해야 하고."

동생의 손을 도닥여주며 "또 그렇게 젖이 불어 터지게 내버려 두지 마. 열도 오르고 곪으면 고름도 나고 큰일 난다고. 차라리 학질로 죽고 싶어질 정도일 거다. 어머니가 주시는 거 잘 받아 다 먹고. 좀 기다려 보자. 그리고 아기를 찾아올 길을 찾아야지."

그렇게 말은 했지만 아기를 도로 찾아올 수 있을까에 대해 의문이었다. 데리고 온다고 해도 고작 몇 년밖에 못 기를 거였다. 언젠가 보내야 하니까. 진희는 김 씨네 들어가 살던 첩이 아니니 애를 되찾아 데리고 오는 건 생각할 수도 없었다. 그리고 그 애가 학교 갈 나이가 되면 아무래도 그 집으로 보내서 호적에 올라가게 해야 하고 학교 서류도 꾸며야 했다. 그렇게 하지 않으면 벼룩을 딱 때려서 죽이듯이 그 아이의 장래를 몰살시키는 셈이 될 거다. 그래도 보낼 땐 보내더라도 우선 학교 가기 전까지 만이라도 기를 수 있게만 된다면 진희 쪽 식구들은 팔이라도 하나씩 떼어줄 정도로 간절히 그 애를 데리고 오고 싶어 했다.

집으로 걸어오는 동안 해를 쳐다보면서 확신이 섰다. 수양을 집으로 들어오게 한 건 잘한 결정이었다고. 거기서 애가 태어나면 그이와 두 여자가 함께 키우리라. 그러다가 귀용의 마음이 그 여자 쪽으로 기울어지면 내가 큰마누라라는 것은 아무 소용이 없어질 거고 그렇게 된다고 하더라도 할 수 없었다. 미나하고 내가 개밥에 도토리가 되더라도. 그걸 다 각오하고 결정한 거였다. 그래도 잘한 짓인지, 제 발에 도끼 찍는 일을 꾸민 건지 확신이 없었다. 그런데 이제 확실히 알았다. 잘한 거라고. 어떤 여자를 자기 손으로 진희 꼴을 만들 수는 없다고. 그러니 우선은 최 씨네처럼 한 남자의 팔을 두 여자가 교대로 팔베개하고 그이의 목덜미를 쿵쿵 냄새 맡아가면서 그이의 몸을 두 가랑이 사이에 기꺼이 폭 싸안고 조용조용히 살도록 젖 먹던 힘을 다 내야 했다.

귀용

바른쪽으로 논이 지나간 후에 소나무 숲이 보였다. 그러자 누군가 스님의 옷을 입고 길 옆에 앉아 있었다. 너무 가까이 가서 서면 그분이 먼지를 뒤집어쓰게 되니까 멀찍이 차를 세웠다.

"스님, 태워드릴까요?" 하는데 가까이 가보니 보살님이었다. "아이고, 전 스님이신 줄 알았습니다. 어디까지 가십니까?"

보살님이 일어나 인사를 했다. "덕선사에 가요. 온종일 걷는 거리지만 나는 시간이 많으니 괜찮아요." 땅바닥에는 보따리가 하나 있었다.

보살님 얼굴에는 귀에서 목 뒤까지 퍼런 점이 퍼져 있었다. 어린아이 손바닥만 했다. 부처님이 찍으신 도장 같은 걸까. 문을 열어드렸더니 스님이 마치 부처님께 허락이라도 받으시듯 주저하더니 차에 타셨다.

트럭을 다시 길로 몰았다.

"덕선사가 큽니까?"

"아니요. 자그마해요. 열네 명 정돈 걸요."

보살님은 곧 눈을 감고 율무 염주를 돌렸다. 평생을 묵상하고 산 스님과 여승은 나라의 앞을 내다본다고 했다. 이 보살님도 남한과 북한 사이에 전쟁이 날 것을 알고 계실까? 남한이 이길 건가. 물론

이겨야지. 삼촌은 우리가 이기기만 한다면 전쟁이 나는 게 잘된 일일지도 모른다고 하셨다.

“저 벼락을 좇아가 나이대로 벼락 맞을 빨갱이들이 우리를 먼지로 빻아 놓기 전에 우리가 부숴야 해”라고 하셨다. “그래서 우리 이승만 대통령이 북한을 먼저 치려고 미국에 탱크와 폭탄을 달라고 애걸했잖아. 그런데 트루먼 대통령이 못 들은 척하잖냐! 소련은 이북에다 탱크를 막 공급해 대는데 남한이 북한에 있는 철광산들을 손에 넣고 북한은 남한에서 나는 곡식을 같이 나눠 먹지 않으면 우리 배는 계속 등에 꼭 붙어 있을 거 아니냐.”

삼촌은 어렸을 때 서당에도 다녔었고 공자님의 책도 외웠다. 그 다음에는 일본에 유학까지 갔었다. 변호사네 장관이네 은행장이네 하는 자들이 삼촌하고 친구였다. 나라 정치를 어떻게 해야 하는지는 아는 게 머리털 개수만큼이나 많았다.

“구름. 까만 구름이 보여.”

보살님이 눈을 감은 채 말했다. 나는 고개를 창밖으로 내밀고 하늘을 휘 둘러봤다. 하늘은 구름 한 점 없고, 보살님의 푸른 점만큼이나 파랬다. 전쟁에 대해 생각을 했더니 그걸 꿰뚫어 보시고 전쟁이 터질 걸 예언하시는 건가?

“구름이 보이세요?”

“자네 이마가 관자놀이에서 조금 좁아지잖소.”

언제 그걸 보셨을까? 보통은 사람들이 코를 먼저 봤다. 사무실에서 국수다리가 매일 놀렸다. "그 코 한번 크구려. 그런데 그거 말고 다른 게 작다 이 말이요? 그래서 당신 마누라가 애 못 낳는 거 아냐? 내가 대신 낳게 해줄까?"

"관자놀이가 좁아서 구름이 몰려오는구먼."

보살님이 한숨을 쉬더니 나무아미타불 했다. 부처님 우리를 불쌍히 여기소서. 음천한테서 들은 해설이었다.

"구름이라뇨?"

보살님은 무시해버렸다. 알고 싶어 안달이 좀 났지만 또 묻지 않았다. 좀 미신인 것 같기도 해서.

지리산이 서쪽으로 산돼지 꼬리처럼 뾰족해졌다. 빨갱이 게릴라들이 겨울 내복에서 바글바글 끓는 이같이 박혀 들어가 있다는 저 산들. 그렇다고 믿기에는 너무 보기 좋게 푸르고 싱싱했다. 만약 정말 전쟁이 터진다면 삼대독자라는 게 머리에 털 난 처음으로 다행으로 생각될 거다. 군대에서 면제될 테니.

보살님이 왜 무슨 구름을 봤을까. 수양이 내일 오는 것을 뜻한 건가? 나나 음천이나 수양한테 무슨 일이 생길 건가? 씨가 벌써 말라버려서 수양하고도 아들을 못 낳는다는 걸까? 그렇게 되면 구름 정도가 아닐 거다. 아들 못 낳으면 트럭을 몰고 벼랑으로 떨어지는 게 된다.

길이 가팔라지는 데서 기어를 바꿨다. 엔진이 죽겠다고 왱왱댔다. 땅바닥에 널브러졌던 나뭇가지들이 부러져 튀어 올라왔지만 길

양쪽에 소나무가 거해서 시원한 솔 냄새가 좋았다. 길이 훤히 트인 곳에 왔을 때 "여기서 내려 주세요" 했다. 산 중턱쯤이었다.

"저 위에요? 저기 절이 있어요?"

보기에 끝없는 소나무밭이었다. 꼭 호랑이도 많고 빨갱이도 많게 생겼었다. 호랑이가 막 쫓아와 물려고 해서 줄행랑을 쳤다고 미나를 놀려줘야겠다. "야, 봐. 여기 호랑이 털 갖고 왔잖아." 그럴 건데 호랑이 털을 어디서 구한다? 약방에 들르면 있을 만도 했다.

"네, 저기 우리 절이 있어요." 보살님이 고개를 숙였다.

"잠깐만요. 구름 얘기 해주고 가세요" 하려 하니 보살님이 먼저 꺼냈다.

"누가 죽을 것 같네요. 속이 석탄같이 타고. 그렇지만 부처님은 자비하십니다."

그러고는 돌아서서 숲으로 들어갔다.

트럭에 속력을 가했다. 누가 죽어? 음천이면 절대 안 돼!! 수양인가? 미나인가? 미신은 안 믿었지만 그 보살님의 얼굴과 목을 덮고 있던 퍼런 손 모양이 마음에 걸리면서 좀 떨리기 시작했다.

음천이 마음이 굳고 어려운 일 감당을 잘하니 내일 닥쳐올 일을 잘 넘겨낼 거라 생각한 게 잘못일까? 네 마음 편하려고 네 마음대로 생각해 밀어붙인 거지? 이 불알이 떨어져서 새가 쪼아 먹어버릴 놈아. 그렇게 욕을 하면서 산을 내려갔다.

음천

나는 입으로 물을 뿜어 귀용의 바지에다 뿌렸다. 그이가 내일 작은집을 데리러 갈 때 입을 바지와 윗도리와 조끼를 다릴 참이었다. 미나가 시어머님 방에서 잠들고 밤은 조용히 깊어지고 있었다. 시어머니는 마루에 앉아 주무시기 전에 한 번 더 담배를 피우고 계셨고 귀용은 어머니가 잠자리에 드시길 기다리면서 부채질을 하고 있었다. 귀용의 연푸른 바지와 저고리 그리고 진한 남색 조끼는 작년에 내가 만든 거다. 이맘때쯤 여자를 데려올 때 입게 되리라는 걸 그때 어찌 알았으랴.

인두로 바짓가랑이 아래를 다려 내려가니 인두에 들은 숯불에 손이 따듯해져 왔다.

아까 오후가 돼서야 진희네에서 집으로 오니 시어머니와 미나가 점심 식사를 막 끝내고 있었다. 미나는 광호랑 공기놀이하러 밖으로 나가고 나는 시어머니와 같이 새 방에 도배를 끝마치러 들어갔다. 그리고 김 씨가 진희의 아들 준호를 빼어갔다고 말씀드렸다.

"에이그, 우리 사는 일생이 우리 내장같이 아홉 번이나 구부러졌다고 조상님들이 말씀하시더니 사람 사는 게 다 똑같이 꼬불꼬불하다마는 진희의 인생은 다른 사람들보다 몇 배나 더 곡절이 많구나!" 라고 하셨다.

바지를 다리고 발목에 맬 끈까지 반듯이 접어서 장 위에다 놓았다. 그리곤 윗도리를 다렸다. 열린 방문으로 귀용이 부채질하는 소리가 들렸다. 그러더니 목청을 가다듬는 소리가 났다. 얼마나 그 목소리가 항상 설레게 하는지. 사람들은 그런 목소리를 쉰 목소리라고들 했다. 좀 피곤한 듯한 그 소리가 왜 그렇게 좋은지. 그 소릴 들을 때마다 그이의 살이 나의 몸에 착 달라붙었을 때같이 느껴졌다.

둘만 방에 나란히 누워 있을 때 나는 자주 이런 말을 했었다. "그 목청 가다듬는 소리 좀 내봐요. 여보, 당신 좋아하는 거 줄게."

시어머니가 "나 자러 들어간다"라고 하셨다.

"예, 어머니, 안녕히 주무세요."

그 사람이 방으로 들어왔다. 일 갔다 와서 씻고 갈아입은 마 셔츠와 반바지가 시원해 보였다. 얼른 문을 닫고 요를 깔고 신부 옷 색깔인 빨간 테두리를 한 연두색 여름 겹이불을 폈다. 그이가 옷을 벗고 팔을 이마 위로 얹고 누웠다. 팔 때문에 눈이 그림자에 가려졌지만 나를 쳐다보고 있는 게 보였다.

내 표정을 보고 벌써 무슨 일이 있는 걸 짐작하고 물었다.

"왜 그래, 여보. 무슨 일이야?"

"순자가 오늘 큰일을 저지를 뻔했어요. 미나한테 업둥이라고 해서 난장판이 됐었어요."

"뭐?"

귀용이 자리에서 벌떡 일어나 앉았다.

"그래 미나는 어떻게 됐어? 괜찮아? 내가 집에 오자마자 얘길 왜 안 했어?"

"그러면 어쨌을 건데요? 미나가 또 통곡하는 게 보고 싶어서요?"

"어이구. 당신하고 어머니가 동네 사람들 입조심시키는 거 제대로 못 하면 이사 가야 해! 아무도 모르는 데로. 알잖아, 당신!"

"쉬, 조용히 해요. 여보, 잘못했어요. 그런 일 또 있으면 내가 먼저 죽어 넘어가요. 어머니도 펄펄 뛰셨어요. 순자 엉덩이를 때려 주고 순자 엄마도 싹싹 빌었고요. 머리를 싸매고 누워 계시다가 당신 오기 바로 전에 일어나신 거예요."

귀용이 씩씩거리며 다시 요에 누웠다.

"진희는? 내일 아기 데리고 장모님하고 오는 거지?"

인두를 집어치우고 귀용 옆으로 풀썩 앉아서 그이에게 기댔다. 미나 일 때문에 기절할 뻔했고 진희 때문에 가슴이 무너졌고 더 이상 참을 수가 없어 울음을 터뜨렸다. 귀용이 말없이 안아주었다. 말 안 해도 알아차렸으니까. 잠시 후 손수건을 꺼내 코를 풀고 있을 때 귀용이 쳐다보면서 "여보, 내가 사 온 남원 술 좀 할래?" 했다.

"당신도 한잔 할래요" 하고 코맹맹이 소리로 대답을 한 후 부엌으로 갔다. 내가 막걸리와 잔 둘을 가지고 오니까 귀용이 일어나 양반다리를 하고 앉았다. 남편 잔은 반 만 채우고 내 건 가득 채워 잔을 들었는데 뭐라고 건배할 말이 나오질 않았다.

마침내 귀용이 "미나를 위해! 우리 미나. 그리고…… 우리 둘…… 십 년 뒤에 우리를…… 위해"라고 했다.

십 년 뒤라. 그러나 그 전에 가슴이 타서 재가 될 것이었다. 술을 세 모금 마시니 뱃속이 녹는 듯했다. 또 한 모금 마시니 내일 일어날 일, 미나 때문에 놀란 가슴, 진희한테 일어난 울다가 목이 쉬어 아예 벙어리가 될 일, 이 모든 게 오래되어 누레진 사진같이 아른했다.

"여보."

그이가 불렀다. 여보. 그이가 그렇게 부를 땐 그 아무나 쓰는 흔한 말이 얼마나 짜릿짜릿하게 들리는지. 귀용은 목소리를 일부러 심각하게 하면서 눈은 장난꾸러기같이 만들길 잘했다. 그러면 웃음을 터뜨리지 않을 수가 없었다. 그런데 오늘은 가슴이 너무 무거워서 웃음이 안 나왔다.

"진희 걱정 너무 하지 않아도 돼. 준호 녀석이 밤새도록 깩깩 울면 할 수 없이 진희한테 데리고 올 거야. 나하고 내기할래? 내가 지면 성을 갈지. 그건 그렇고, 미나 일만은 특히 조심해야 해."

내가 한숨을 길게 뿜았다.

"그렇게 아무렇게나 농담으로 내기하지 말아요, 여보. 조상님들 혼이 들으세요."

그리고 입을 다물고 조용했다가 화제를 돌렸다.

"개놈 김 씨가 진희를 걸레짝같이 버렸듯이 나도 얼마 안 가서 당신한테 식은 죽이 되겠지?"

술 반 잔에 귀용의 얼굴은 벌써 말이 아니게 벌겠다. 불을 끄려고 몸을 일으키면서 귀용은 장난꾸러기 같은 표정을 했다. 불을 끄고 난 다음엔 그이의 깔깔한 턱이 나의 목을 비볐다. 오른쪽 귀 뒤에서부터 시작해서 앞으로. 뺑 돌아서 저쪽으로.

혼인날
음천

아침상을 물리고 나서 어젯밤에 다려 놓은 바지저고리를 입고 귀용이 그 여자네 집으로 가려고 나섰다. 내가 그이의 등 뒤에서 감색 조끼에 뭐가 묻기라도 한 것처럼 등을 손바닥으로 쓸어내렸다. 척추 아래에서 머무적거렸다. 공단 조끼에서 따뜻한 기운이 손으로 번져왔다.

뒤로 획 돌아서서 "사랑해, 당신" 이라 해주려나? 아, 그러지 않을 거다. 남자가 주책스럽게 어떻게 그런 말을 함부로 할까. 그럼 그냥 나를 오랫동안 뜻깊은 눈으로 감싸 줄 수 있을까? 그러면 그게 무슨 뜻인지 알 텐데. 그렇지만 그이는 어젯밤에 이미 모든 걸 보여주고도 남았지 않은가. 그보다 더 뭘 바라는 거냐. 너의 가슴 속을 알로 꽉꽉 차게 다지고 다져준 그이의 마음을 네가 간직하지 누가 대신해줬으면 하고 자꾸 기대느냐.

그이가 대문을 열고 말없이 훌렁 가버렸다.

부엌으로 들어가 달걀을 풀고 소금을 넣고 밀가루에 물을 부어 반죽을 했다. 국수를 썰어 쟁반에 펴놓고 마르라고 마루에다 놓았다. 그리고 시금치와 홍당무와 호박을 썰었다.

"미나 아무 일 없어요? 미나 엄마도 괜찮고?"라며 방 씨 여자가 부엌을 들여다봤다. 요리하면서 생각에 빠져 그이가 오는 소리를 듣지도 못했다.

"집안이 발칵 뒤집힐 뻔했죠."

달걀을 풀다가 냉수 한 사발을 들이켜고 땅바닥에 있는 짚 똬리 자리에 주저앉았다.

"우린 다 간이 떨어졌어요."

"죄송해요. 순자 그년이 다신 입 놀리지 못하게 책임질게요."

잠깐 말이 없더니 방 씨가 동아일보를 겨드랑 밑에서 꺼냈다. 그 집 부부들은 신문을 다 읽고 난 다음 가끔가다 그걸 가져다주었다. 그들은 둘 다 고향 평양에서 고등학교에 다녔고 서울에서 산 지가 이십 년이나 되는데도 이북 사투리를 썼다. 억양이 서울말보다 더 오르락내리락했다. 또 'ㄴ'을 'ㄹ'로 발음을 해서 냉면을 랭면이라고 했다.

"나도 뭐 좀 도와 드릴게요. 미나리는 내가 씻어서 썰게요."

방 씨가 신문을 선반에 내려 놓고 소매를 걷어 올렸다.

"고맙소. 손이 좀 모자라네."

"방공호 팔 거에요? 이 씨네는 벌써 팠나 본데. 미나네는 지금 그런 생각할 여유가 없겠지만. 우리도 하도 겁이 나서 방공혼지 뭔지 파야 하는데. 그 노동당이 뻰질나게 조직을 착착 해나가니 기가 막히잖아요. 그 사람들이 문제를 크게 벌릴 거에요."

"우린 우선 다른 거 생각 못 할 사정이죠."

"박영이 조선노동당을 잘 길들여서 무슨 큰 빨갱이 꿍꿍이속을 짜고 있는데, 그게 도대체 뭘지."

방 씨가 탁탁탁 도마질하더니 미나리를 군사들처럼 나란히 접시에 열 지어 놓았다.

"이북 빨갱이들이 쳐들어오려면 퍼뜩퍼뜩 빨리했으면 좋겠어요. 아유, 절대로 내가 이런 말한 거 얘기하면 안 돼요! 이북에서 왔다고 우린 입을 쩍도 못 하잖아요. 누가 우릴 언제 찌를지 누가 알아요. 이렇게 조마조마하게 사는 게 진저리가 나요. 아무리 남한에서 오래 살아도 마냥 마찬가지 아네요"

나는 일어나서 다시 달걀을 풀었다.

"북한이 남한을 몽땅 휩쓸어 버리면 슬퍼 안 할 사람들 꽤 될걸요. 차라리 죽는 게 나은 삶을 사는 사람들이 많거든요."

방 씨가 간 다음 지푸라기 방석에 다시 앉아 다리를 폈다.

정오에 친정어머니와 무당 고모님이 오셨다. 상에 놓는 실 한 타래와 달걀을 선물로 가지고 오셨다. 정식 잔칫상을 차리는 건 아니지만 그런 물건들은 두 쌍이 장수하고 자녀를 많이 두라는 손님들

기원의 마음을 전하는 거니 모두 좋은 것들을 가지고 온 거였다. 부엌 앞에서 친정어머니가 손을 꼭 잡아주셨다. 무당 고모는 '내가 모시는 해님 달님 신령님들이 널 보고 계시다. 마음 잘 다스리고, 마음 굳게 갖고'라는 눈을 쏘아 주셨다.

시어머님의 여동생과 남편도 수원에서 올라오셨다. 수원 시고모님은 몸이 부하시고 웃는 얼굴이셨다. 오늘도 나의 손을 꼭 쥐고 입으로 웃으면서도 눈에는 눈물이 고였다.

"아이고, 불쌍한 것."

그 말씀에 눈물이 나오려고 해 얼른 "들어가세요, 고모님. 어머님이 기다리세요" 했다.

그리고 계선이와 옆집 한 씨 할머니가 오셨다. 계선이 나를 따라 부엌으로 들어섰다.

그런데 국수를 다 삶아서 대접에다 넣고 지단과 고추와 시금치로 예쁘게 꾸며놨는데도 귀용하고 그 여자는 도착을 안 했다. 계선이 방 씨가 씻어 썰어 놓은 미나리를 무쳤다.

"아니 이 사람들이 왜 안 온 데냐?"

시어머님이 안절부절못하셨다.

"국수 다 불어 터지겠다! 그냥 시작하자. 아범하고 그 애 도착하면 그때 먹으라고 하고."

미나

비가 안 와서 다행이었다. 아침에 이슬이 거미줄에 매달리면 다음날은 맑다고 할머니가 그러셨는데 그 말이 맞았다. 개미에 대해서 하신 말도 맞았다. 다리를 마루턱에 걸치고 덜렁거리며 앉아 있었다. 나가서 놀 마음이 없었다. 어제 밖에 나갔다가 그 미친 계집애한테 물렸었는데. 순자 개년이 한 말이 아무리 원숭이 엉덩이같이 새빨간 거짓말이었다 해도 싫었다.

"개미가 줄줄이 집 안으로 기어들어 오면 비가 온다"라고 할머니가 하셨었다. 그런데 어제 그런 개미가 하나도 안 보였다. 어젯밤엔 개구리도 조용했다. 그래서 오늘 하늘이 파랄 줄 미리 알았다. 날이 궂으면 아빠한테도 안됐고 엄마한테도 나쁠 거였다. 국수가 쟁반에 달라붙을 거니까.

마루 저쪽 좋은 그릇 찬장 앞 쟁반에다 엄마가 꺼내놓은 일본 접시와 공기를 쳐다봤다. 아빠가 갖다 준 건데 엄마는 특별한 날에만 썼다.

점심시간이 가까울 때면 언제든지 시간이 질질 끌었다. 오늘은 엄마도 부엌에서 왔다 갔다 하고 뭘 썰고 무치고 깨소금을 치고 했지만 점심 차리는 건 늦는 거 같았다. 오늘은 분명 다리가 아프다고 할 거다. "미나야, 다리 좀 주물러 줄래?" 할 거다. 그래, 엄마 다리를 주물러 줘야지. 엄마가 좀 기분이 좋아진다면. 아빠하고 그 작은댁 여자는 왜 안 오지? 할머니가 담뱃대에 걸레를 틀어막아 불을 끈 다음 부엌으로 들어가려다 말고 말을 거셨다.

"너 안 나가 노니?"

"안 가!"

아니 할머니는 어저께 일어난 일을 벌써 잊어버렸나? 그리고 아빠와 그 여자가 오는데 못 볼까 봐 나가기 싫었다.

계선 아주머니만 빼놓고 동네 사람들이 다 작은댁 여자가 오는 건 미나 탓이라고 했다. 또 말 안 해도 다 아는데 또 하고 또 했다. 그 생각을 하니까 심통이 뻗쳐서 왼쪽 손등을 꼬집었다. 싸다 싸. 고추도 안 달고 나온 계집애! 콩쥐 팥쥐에 나오는 나쁜 년 콩쥐같이 너도 몹쓸 계집애다. 아야야! 조금만 꼬집는다는 게 너무 심하게 꼬집었다. 손등을 쓸어내리다가 뒷돌에서 고무신을 신고 부엌으로 갔다.

"엄마!"

엄마가 앞치마에 손을 닦고 팔을 벌렸다. 할머니가 선반 앞에 서서 국수를 썰고 계셨다.

"아이고, 우리 딸 이리로 와"라고 해서 엄마한테 안겨 같이 짚방석에 앉아 아궁이의 불을 쳐다봤다.

"엄마, 내가 태어나기 전에 엄마가 나보고 고추를 달고 나오라고 했는데 내가 말 안 들은 거야? 그래?" 하며 물었다.

"아니야, 내 옥엽 딸. 그런 게 아니고 삼신할머니가 어떤 애는 여자로 어떤 애는 남자로 만드시거든. 엄만 네가 건강하고 예쁘기만 기도했지. 그랬더니 네가 말 그대로 듣고 머리도 좋게 생겨서 나왔잖아! 네 이마 좀 봐라! 톡 튀어 나왔잖아! 머리가 좋다는 거지! 그러니까 간지럽혀야지!"

옆구리를 막 간지럽혀서 웃어댈 수밖에 없었다. 그리고 엄마가 꼭 안아주었다. 얼마나 기분이 좋았던지. 그래도 뭔가 내가 잘 못한 게 있는 거 같았다. 요새 부쩍 광호도 이상한 말을 했다.

며칠 전에 광호가 "일루와!" 해서 갔더니 광 뒤로 데리고 가서 "너 달고 나와야 했던 고추 보고 싶지? 보여 줄까?" 했다.

먹은 떡이 액 하고 올라오려고 했었다. 살이 땡땡하게 찐 지렁이 같이 생긴 걸 보고 싶긴 왜 보고 싶어! 집으로 쏜살같이 튀어 들어갔지만 엄마한테 말은 안 했다.

"광호하고 제기하러 안 나갈래?"

엄마가 물었다. 엄마가 바쁘다는 소리였다.

"안 가!"

목소리가 어찌나 깽깽하게 나왔는지 엄마가 옷감을 손으로 짝 찢을 때같이 날카롭게 나왔다.

할머니도 마당에서 돌아보셨다.

"미나야! 그게 무슨 소리야!"라고 엄마가 놀라서 물었다.

"아냐, 엄마. 아무것도 아냐. 그냥 저기서 그네 뛸게."

나는 일어나서 엄마 방과 새로 올 여자가 쓸 방 사이에 있는 마루로 갔다. 고무신을 벗고 아빠가 만들어 준 그네에 앉았다. 새 방에서 엄마와 할머니가 도배할 때 쓴 콩기름 냄새가 솔솔 코를 거슬렀다. 꼭 뱀 똥 같은 냄새였다. 뱀 똥을 맡아 본 적은 없지만 분명히 이렇게 나쁜 냄샐 거다.

입고 있는 블라우스 앞깃을 홀쩍 뒤집었다. 엄마가 핀으로 꽂아 준 손톱만 한 빨간 부적 주머니가 달려 있었다. 무당 고모할머니가 해준 거였다.

"이걸 차고 있으면 건강할 거야"라고 엄마가 했었다. 그럼 내가 고추를 달고 나오도록 만들 수 있는 부적도 있었나? 그런 걸 엄마가 찼었다면 말짱 소용도 없었잖아. 그러면 이것도 건강하게 만들어준다는 걸 누가 믿어? 나는 그 부적을 떼어서 마당 저쪽으로 던져버렸다. 장독대 지하 구멍 앞으로 떨어졌다.

"뭐냐, 그게?"

할머니가 대야에서 손을 꺼내시면서 물으셨다. 내가 그네에서 벌떡 일어나, 할머니한테로 뛰어가서 할머니의 입을 손으로 막았다.

"쉬! 엄마한테 이르지 마, 할머니! 그냥 장난친 거야. 이거 봐. 줍잖아."

그러고는 부적을 다시 블라우스에 달고. 그네로 가서 다시 앉았다. 그 작은집이란 여자가 어떻게 생겼을까? 양귀비같이 예쁜가? 아빠가 그 여잘 더 좋아하면 어떻게? 엄마가 매일 울면?

내가 제일 재미있어 하는 소꿉장난은 조개껍데기에다 밥을 짓는 거였다. 지금 그 조개껍데기는 엄마 방 밖에 있는 조그만 마루에 있었다. 밥을 할 때는 마당 콘크리트 바닥에다 조그만 불을 피우고, 조개껍데기에다 쌀 몇 알 넣고 물을 부어서 불에 올려놓았다. 물이 쏟아지지 않게 조심 조심히. 조개껍질을 쳐다봤다. 밥을 할까? 아니, 싫어. 오늘은 아무것도 하지 않기로 했다.

유치원 선생님은 누가 시무룩해 있으면, "넌 목구멍에 콩나물이 꼈니?"라고 했다. 어제 있었던 일도 끔찍한데 오늘은 또 그 여자가 오고, 콩나물이 목구멍에 걸렸을 때 보다 더 기분이 나빴다.

수양

을지로에 있는 친정집에서 귀용의 집은 한 삼십 분 걸어가야 했다. 수돗가에서 세수하고 하늘을 쳐다봤다. 유월 햇볕이 하도 쨍쨍해서 아무것도 숨길 수가 없게 됐다. 저런 햇볕 아래에서는 입가에 생긴 가는 주름살도 다 뻔히 보이리라. 그리고 어렸을 때 널판에서 떨어져서 관자놀이에 생긴 조그만 흠집도 다 보일 거다. 더더군다나 첩이 되기 위해서 남자를 따라나서는 것도 동네 사람들이 다 보겠다.

모란꽃과 찔레꽃 냄새가 어머니가 가꾸시는 화단에서 났다. 짹짹짹. 까치가 지저귀었다. 저건 좋은 소식이 올 거라는 건데. 오늘

같은 날 좋을 것이 있을 리가 없지 않은가. 멀쩡한 남의 남편을 뺏으러 가는 거였다. 이런 생각에 씀바귀같이 쓰고 신 맛이 입에서 맴돌았다. 내 인생은 어찌 될까? 아들을 낳는다고 해도 애만 뺏고 나는 쫓아내면? 우물에 풍덩 빠질 때 물이 얼마나 진저리치게 찰까? 숨지기 전에 얼마나 오랫동안 버둥거릴까?

경대 앞에 앉아 머릴 빗는데 한 벼랑이 눈앞에 떠올랐다.

"눈 꼭 감고 뛰어내려"라고 벼랑이 말했다. "떨어져도 죽지 않고 살아나면 너의 간도 튼튼해지고 칼이 목에 들어와도 문제없을 거다." 새로 싹이 튼 수양버들처럼 연한 초록색 치마와 저고리를 입는 동안 이런 말이 귓가에 쟁쟁했다. 이게 첫 혼인이었다면 진한 봉숭아처럼 빨간 치마에 색동저고리에 새색시 장삼을 입었을 텐데. 머리 정수리에 단 각각 색깔의 구슬이 달랑거리는 까만 비단 족두리를 썼을 텐데.

이번엔 그럴 수가 없었다. 그냥 그의 집으로 슬며시 스며드는 거였다. 그래도 나에게는 한 번밖에 없을 일이니 특별한 날이라 봄날 같은 연한 녹색이 적당한 것 같았다.

코티 분을 얼굴에 더 도닥였다. 최소한 이번엔 신랑이 신부를 봤고 아버지는 신랑한테 신부의 그 진저리 쳐지는 허벅지 흉터까지도 말해 주셨다.

아버지가 귀용을 소개해 주시기 전까지 처녀로 죽을 각오를 하고 있었다. 그렇게 간다면 처녀 귀신이 되어 어느 남자가 나의 무덤에 오줌을 눌 때를 기다리며 한없는 세월을 서방국에 못 들어가고 떠돌고 있을 거였다.

"장모님, 저 왔습니다."

귀용의 목소리가 들리자 어머니가 자지러지게 웃으셨다. "장모님"이라는 말에 까무러치시기라도 하실 것 같았다.

나는 마루로 나가 귀용한테 고개를 숙였고 아버지는 마당으로 달려 내려가셔서 그이의 손을 잡았다. 두 남자가 안방으로 들어갔고 여자들도 뒤따라 들어갔다. 거기서 귀용이 장인, 장모께 큰절을 올렸다.

아버지가 사 오신 제일 크고 좋은 닭을 점심으로 상에 올렸다. 동네 사람들 눈도 있고 하니 저녁때쯤 떠나는 게 어떤가 하고 귀용에게 권했다. 귀용은 집에서도 음식을 차려 놓고 기다릴 처와 손님들 걱정이 되는 눈치였다. 그래도 그이는 그렇게 하겠노라 했다.

마침내 그이의 집에 도착해서 문턱에 발을 들여놓으니 발밑이 가시덤불 천지였다. 가시가 나의 고무신을 뚫고 하얀 버선도 뚫고 들어왔다. 하도 아파서 소리를 치고 싶어도 참고 입술을 깨물었다. 그런데 귀용이 뒤를 돌아 나를 쳐다봤다. 그이와 눈을 맞추고서야 발밑에서 찌르던 가시가 가시가 아니고 하얗고 파란 타일이었다는 걸 깨달았다. 그래서 이번엔 그이의 넓은 등만 보면서 좀 더 빨리 걸었다. 그런데 한 발자국씩 떼어 놓을 때마다 치마 스치는 소리가 귀에 요란하게 들렸다. 와삭와삭. 부엌을 지나는데 곁눈으로 보니까 한 여자가 컴컴한 그늘 속에 있었다. 갑자기 뱀이라도 본 것처럼 섬뜩했다. 귀용의 처가 분명했다. 마당 건너 저쪽에는 여자애가 그네에 앉아 있었다. 미나겠지. 눈이 맞춰지자 그 애가 일어나 인사를 했다. 눈이 어찌 저리 클 수가 있을까. 입술도 얼마나 동그랗고 선이 명확한지 꼭 그림 속에 그려놓은 것 같았다. 이마는 깜짝 놀랄 정도로 귀용의 이마처럼 고르면서도 튀어 나왔다. 그러니 모르는 사람들은 친딸로 생각할 수밖에 없는 것이 이해가 갔다.

집 안은 조용했다. 손님들이 가신 것 같았다. 수돗가 뒤엔 백일홍이 수비군들처럼 차렷하고 서 있었다. 계단을 몇 개 올라가 있는 장독대에 줄 선 독들은 다 저녁 시간이니 뚜껑이 덮어져 있었다. 모든 게 깔끔하고 깨끗했다. 빗자루 하나 걸레 하나 어디 아무렇게나 던져진 게 없었다. 질서정연의 냄새가 어디서나 콜콜 났다. 마루엔 시어머님과 어떤 다른 여자 두 분이 앉아서 두 사람을 쳐다보고 올라오기를 기다리고 계셨다.

"잘 왔다"라고 시어머님이 말씀하시고 옆에 계신 분이 귀용 처의 친정 어머님이고 또 다른 분이 고모님이라고 소개해 주셨다. 귀용의 처의 친정어머니는 얼굴이 갸름하고 눈이 보살님같이 선한 눈빛이었다. 딸의 신랑하고 살을 섞으러 온 여자인데도 나에게 마냥 선한 눈을 보이셨다.

내가 손바닥을 치마 양옆으로 다소곳이 내리고 무릎을 천천히 구부리고 고개를 깊숙이 숙여 절을 올렸다. 그분들의 시선에 긴장해서 얼굴에서 땀이 흘렀다. 옆에서 귀용도 큰절을 올렸다.

"아들 많이 낳고."

음천의 어머니가 말씀하셨다.

"애들 잘 낳고."

고모님이셨다.

"늦게 온 걸 용서하십시오."

내가 말씀을 올렸으나 목소리가 제대로 나오질 않았다.

귀용이 먼저 일어나 마당 건너에 있는 방으로 나를 안내했다. 거기로 가다가 미나를 또 봤다. 눈에 걱정이 꽉 껴 보였다. 미나 앞을 지날 때 귀용이 그 애 앞에 무릎을 꿇고 그 애의 귀에다 뭐라고 속삭이니까 그 애가 살짝 웃었다. 그리고 귀용이 일어나 그네 바로 옆에 있는 방문을 열고 내가 들어가게 했다. 그러더니 좀 머뭇거림도 없이 좀 쉬라는 말도 없이 획 돌아서서 미나의 손을 잡고 둘이서 대문 밖으로 사라져버렸다. 동네 이 씨네로 갔을 거다. 걸어오는 동안에 이 씨가 술 한잔하자고 불렀다는 말을 했다.

음천의 친정어머니와 고모님이 가신 후 얼굴이 벌게진 귀용이 미나를 데리고 집으로 왔다. 그리고 곧 저녁 식사 시간이 됐다. 상을 봐서 마루로 갖다 놓고 나는 어머니 말씀대로 부엌에서 먹으려고 혼자 앉았다.

"얘, 왜 안 오니?" 하며 시어머님이 부엌 문턱에 서 계셨다.

"빨리 와. 다들 기다리고 있다."

아이고, 황송해서 어쩌나. 얼떨결에 시어머님을 따라 마루로 가는데 눈물이 고였다.

다들 잔치국수를 먹기 시작했는데 아무도 말하는 사람이 없이 조용했다. 국수는 새로 끓였지만, 양념은 낮에 준비한 거였다.

"엄마! 나 국수 싫어! 밥 먹을래!"라며 미나가 떼를 썼다.

음천이 미나를 안으면서 달랬다.

"미나야, 오늘은 특별한 날이니까 이런 거 먹는 거야. 야, 노란 달걀에 파란 파에 빨간 실고추에 예쁘잖아. 네가 제일 좋아하는 멸치 네 숟가락에 놓아줄게."

"제가 밥 가져올게요" 하고 내가 일어나려 하니까 시어머님이 치맛자락을 붙잡으셨다. 미나가 아빠한테 애원하는 눈으로 쳐다봤다. 귀용이 그 애의 귀에 뭔가 속삭이니까 그 앤 방그레 웃으며 아빠 무릎을 파고 들어가 앉았다.

국수는 미끄러워 목으로 잘 넘어가게 마련인데 자꾸 목에 걸려 나는 대접을 들어 국물을 마셨다. 귀용도 평소보다는 입맛이 없는지 조금 먹었다. 그이는 머리를 미나 머리에 잠깐 기대더니 젓가락으로 미나한테 멸치를 먹여주고 자신은 미나리나물을 입에 넣었다.

"많이 먹우."

음천이 나에게 말을 건넸다. 첫 말이었다. 흰 쌀밥같이 단순한 말이었다. 그렇지만 그 말 속에 우리 집이니 편히 있으라는 뜻이 들어 있는 것으로 들렸다. 이건 자네 집도 되니까 라는 뜻이었다. "우"라는 말끝도 썼다. 너무 시새롭지도 않고 너무 딱딱하지도 않은. 그런데 목소리는 천 냥이나 되듯이 묵직하게 나오는 걸 보니 그 말을 꺼내는 게 쉽지 않았던 것 같았다. 정말 진심일까?

"네, 형님."

이렇게 빨리 "형님"이라고 부를 계획은 없었다. 어머니는 첫날부터 그렇게 하라고 당부하셨지만. "많이 먹우"라는 말에 "형님"이 저절로 튀어나온 거였다.

식사를 마친 후 상을 들고 부엌으로 나가려니까 시어머님이 말리셨다.

"오늘은 아서라. 어서 네 방에 가서 잠자리 준비나 해라."

그러시면서 성냥으로 담뱃불을 붙이셨다. 주홍색 불길이 담배통에서 피어 나왔다.

할 수 없이 방으로 와 앉아 있으려니 부엌에서 그릇 달가닥거리는 소리가 들렸다. 형님을 도와야 하는데. 그렇지만 시어머님 말씀을 더 받들어야 했다. 그런데 소리가 크게 나지 말라고 그릇을 손으로 받쳐가며 다루는 것 같았다. 그릇을 심통으로 막 다루는 것 같은 소리가 나면 질투를 한다고 남이 질책을 할 것 아닌가. 칠거지악 중 하나인 질투. 옛날에는 그걸로 쫓겨난 여자가 얼마나 많았던가. 1910년 일본 식민지가 되면서 그 법이 없어졌으니 왜정 때 혜택 본 것 중 하나였다. 만약 나도 저 여자같이 마음이 넓게 처신을 한다면 그렇게 또 하고 또 하면 귀용이 그 마음을 알아주고 아주 조금이라도 나를 좋아해 주지 않을까? 열 번 찍어 넘어가지 않는 나무 없다는데 그 사람 마음을 녹이려고 계속 노력을 하면 조금은 부드러워지지 않을까?

귀용

음천이 부엌에서 설거지하는 동안 안방에서 미나한테 심청전 얘기를 해줬다. 미나는 봉사였던 심청의 아버지가 십 몇 년 만에 눈을 떠 딸이 난 후 처음으로 딸의 얼굴을 보게 되는 대목을 제일 좋아했다. 보통은 "아빠, 내일도 또 얘기해 줘" 했는데 오늘은 끝마치기 전에 잠들어 버렸다.

마루에서 수양과 함께 어머니께 저녁 절을 올렸다.

"좋은 꿈 꿔라."

그 말씀에 수양이 얼굴을 붉혔다. 오늘 밤 아들을 배라는 뜻이니.

나와 수양은 일어나서 댓돌에서 신을 신고 신방으로 가기 위해 마당으로 내려섰다. 이제 예정대로 거길 들어가서 저 여자와 몸을 섞을 건가? 뿔도 이왕 빼려면 빨리 뽑으라는 말이 있었다. 수양에 대한 느낌은 그럭저럭 좋은 셈이었다. 이제까지는 맘에 좀 드는 게 다 조금조금 한 것들이었지만. 잘 웃지 않는 얼굴이라 웃을 땐 웃었는지 비웃었는지 모를 정도였다. 착실한 눈빛 때문에 웃었다고 볼 수 있었다. 그리고 한쪽 이마 가장자리에 병아리 털 같은 머리카락들이 부채같이 쫙 펴져 있는 게 그를 웃게 했다. 걷는 거나 앉는 거나 다 조용조용했고 항상 누구한테 절을 하는 것처럼 고개를 숙이고 있었다. 이런 게 그의 마음의 줄 하나를 당겼다. 이런 여자한테 어느 남자나 씨를 뿌릴 마음이 안 들지는 않을 성싶었다. 나도 그렇게 하게 되리라. 국수다리가 매일 왕불알 멧돼지라고 나를 부르듯이 난 양이 왕성한 수놈이지 않은가.

수양을 앞장세우고 뒤를 따르면서 미적거렸다. 아, 저 부엌 앞에서 있는 여자. 내가 하늘을 나는 연이라도 되는 것처럼 끈을 붙잡고 서 있는 저 여자. 그녀와 마지막으로 한 번 더 눈을 맞추지 않고 어떻게 지나간단 말인가. 내 눈으로 그녀한테 뭐라고 할 것인가? 미안해 여보? 당신이 말한 대로 우리의 운명이고 갚아야 할 전생의 업보야, 라고? 몸은 딴 데 있어도 마음은 당신한테 있을 거야, 라고? 그 여자하고 살을 섞어도 당신하고의 우리의 '용의 춤'과 비교도 못 할 거야. 그렇게 뻔뻔할 자신이 있는가?

결국 비겁해지기로 했다. 그래서 아무 말 없이 눈을 마당 바닥에다 돗자리같이 펴고 음천을 지나쳐 갔다.

나의 등에 꽂혀오는 음천의 시선. 조그마한 구멍이 생기더니 점점 커갔다. 수양이 방 앞에 가서 신을 벗느라고 등을 구부리는 순간이었다. 어디선가 소리가 났다. 등골이 오싹해졌다.

각각각. 제비였다. 음천하고 혼인하기 전 그녀를 처음 훔쳐봤을 때 나던 그 새들의 울음이었다. 이 늦은 밤, 새들은 지금쯤이면 다 어디에선가 자리 잡고 앉아 졸고 있을 땐데. 하늘을 쳐다봤다. 구름 한 점 없이 완벽하게 사방이 다 어두웠다. 아무것도 나는 게 없었다. 그 보살님이 말한 구름에서 나온 소리였나? 어디 있지? 각 가악 각.

음천을 돌아다 봤다. 나의 마음을 꽉 움켜잡고 있는 둥그런 얼굴. 입은 뿌루퉁해서 나의 입술을 간지럽혔다. 처음엔 마음에 들지도 않았던 봉황의 눈은 결국 나의 혼을 뺏어 간 거였다. 어젯밤 마지막으로 끌어안았을 때, 처음부터 끝까지 오래오래 가도록 심장을 태우면서, 울면서 하긴 처음이었다.

각각. 그때야 무엇이 머릿속에 불을 켜주는 것 같았다. 수양한테로 쏜살같이 가 그녀를 홱 뒤로 돌려세워선 음천의 방으로 데리고 들어갔다. 그녀의 입에선 윽윽 하는 소리가 나오고 있었다. 그리고 쏜살같이 음천에게로 달려가 그녀의 허리를 휘어 안았다.

"우리 셋이 다 당신 방에서 잡시다."

이런 말이 튀어나왔다. 그 말 해놓고 움찔해서 목청을 가다듬었다. 혹시 그렇게 하면 이 귀신이 씻나락 까먹는 소리 같은 말이 조금은 덜 어이없게 들릴지도 모를까 해서. 그런데 그 생각이 아무리 엉뚱한 거라도 그걸 왜 진작 생각을 못 했었을까? 사실은 천재나 해낼 수 있을 생각인데. 이런 생각을 못 했었으니 참 불알이 반쪽밖에 안 된 놈이긴 맞는가 보다. 음천을 버리는 걸 하룻밤만이라도 연기할 수 있다는 걸 생각만 해도 죽었다 살아난 것 같았다. 그렇지만 하루만 더 미루는 게 무슨 소용이 있단 말인가? 언젠가는 소뿔을 뽑아야 하는데. 오늘 밤에 같이 있자고 제시한 건 마치 발이 얼지 말라고 거기다 뜨거운 오줌을 싸는 셈이 아닌가. 아무래도 얼건대. 그래도 좋았다. 아무래도 괜찮았다. 삼대 조상님들이 살아 돌아와 싸리 빗자루로 두들겨 패도 좋았다.

"나 좀 도와줘, 여보."

그렇게 음천의 귀에다 속삭이는데 음천의 귀뿌리가 내 입술에 닿았을 때 심장이 갈비뼈를 툭툭 쳤다. 잠자리에서 그 귀뿌리를 빨면서 "토끼 귀"라고 했었지. 음천은 정신이 나가듯 내가 번쩍 안아서 방에 내려놨는데도 빠져나가려 하지 않았다. 곁눈으로 보니까 어머니가 무슨 폐병 환자가 어머니한테 피라도 토해 놓은 것처럼 눈을 뚱그렇게 뜨고 계셨고 담뱃대로 내 등을 내리칠 기세였다. 그러시기 전에 음천의 방문을 홱 닫아 버렸다.

요를 방바닥에 깔고 음천은 보통 때처럼 왼쪽에 눕게 하고 수양은 반대쪽에 눕게 했다. 옷은 다 입은 채로. 수양의 팔꿈치가 병들은 개 다리처럼 와들거리고 있었다. 입술도 누레진 잎사귀 색이었다. 그 입술은 오늘 밤에 어떤 것을 기대했을까.

불을 끄고 무너지다시피 누웠다. 머리가 몇 바퀴 빙빙 돈 것 같았다. 창호지 문살을 뚫어지게 바라보니 컴컴한 게 희미한 재색으로 변해갔다. 기차로 가도 온종일 걸릴 거리 경주에서 서울까지의 거리 만큼이나 뛰어온 것같이 숨이 가빴다.

관 속에 누워 있듯이 반듯하게 아무 쪽으로도 돌아눕지 않고 그렇게 한참 있었다. 얼마나 되었을까.

이 사건에 대해선 그 누구도 알면 큰일이었다. 국수다리는 내 바지를 까고 조사해 보자고 할 거다. 아니면 죽어 넘어가게 웃으면서 내 등을 치고, "자네 재수 좋은 멧돼지라는 건 알았지만 머리도 비상하다는 건 몰랐네! 두 여자하고 한꺼번에? 야!!!" 할 게 분명했다.

어머니는 내 머리를 빡빡 깎여 광에다 가두고 싶어 하실 거였다. 내일은 또 무슨 귀신이 곡할 생각을 해내서 하룻밤을 또 더 연기시킨다?

아마 잠이 들었었나. 밤이 벌써 반이나 지났나? 무슨 소리에 잠이 깼다. 음천이 아까 하던 읔읔 소리였는데 이번엔 계속됐다. 읔읔읔.

보살님이 말했던 구름! 벌떡 일어나 불을 켰다. 음천의 몸은 똘똘 말아져 있고 홑이불 끄트머리는 입에 처박혀 있었다. 입에서 난 피가 이불 위 수놓은 원앙 한 쌍의 머리에 반달 모양으로 퍼져 있었다. 음천의 다리는 누가 인두로 지지는 것처럼 움찔움찔하고 있었다. 이가 부러지지 않게 조심하면서 가만가만히 이불을 입에서 빼낸 후 이불을 제치고 음천의 가슴에다 귀를 대었다.

음천

귀용의 목소리. 그이의 입김이 귓속으로 불어 들어왔다.

"셋이 당신 방에서 잡시다. 날 도와줘, 여보."

정말 그런 말을 했나? 여자를 두셋씩 데리고 사는 남자는 시청 광장 앞을 꽉 채우고도 남을 만큼 많지만 여자 둘을 한꺼번에 한 방에서 데리고 잤다는 사람은 한 번도 들은 적이 없었다. 삶은 돼지머리도 웃을 일이었다. 그이가 날 온돌에다 눕히고 그 여자도 눕게 하곤 불을 껐다. 그리고 이불을 덮어줬다.

아무래도 정신이 홀딱 뒤집힐 것 같았다. 이가 덜덜거려서 이불자락을 입에다 밀어 넣었다. 숨을 죽이고 기다렸다. 뭘 기다리는 거며 얼마나 기다려야 하나. 한 겁? 겁은 겨자씨가 큰 산만큼 쌓여 있는데 한 마리 새가 백 년에 한 번씩 와 한 알씩 쪼아 먹어서 다 먹게 되는 시간이란다. 어머나, 이걸 어떻게 해? 겨자씨의 폭포가 터졌다. 거기 묻혔다. 숨을 쉴 수가 없다. 겨자 알의 파도 속에서 헤어나려고 손으로 박박 긁고 팔다리를 허우적거렸다. 그러다가 휙 날라 지붕 위로 붕 떴다. 겨자 한 알을 입에 문 새가 되었다. 지붕을 훌쩍 넘어서 새까만 하늘로 날아갔다. 아래 지붕들이 게딱지 같았다. 다리를 휘저으며 강 위를 나르고 소나무도 지나고 험한 바위 위로도 날랐다. 산꼭대기에 선 나무들의 정수리가 배를 스쳤다. 그러다가 슬슬 내려왔다. 절 한 채가 하얀 달빛 속에서 고요했고 깜깜한 스님들의 방에서는 그분들이 모두 깊은 잠에 빠져 있다.

봉당에 있는 약수터로 갔다. 큰 돌 물받이 안으로 약수가 졸졸 흐르고 있었다. 물이 떨어지는 대로 둥그런 원형의 무늬가 퍼지고 새로운 원이 생기면 먼저 것은 멀리 더 크게 번지고 있었다. 바가지가 돌 선반에 동그마니 놓여 있었다. 그 왼쪽에는 소나무가 한 그루 서 있고 그 아래 물이 찬 함지박이 있었다.

함지박 가장자리에는 두 자루의 칼날이 시퍼렇게 하늘을 향해 보이며 서 있었다. 달빛이 칼날에 비쳐 새파란 줄을 긋고 있었다. 무당 고모님의 칼이었다. 장군 신령님이 내려오실 때 고모는 칼날 위에서 춤을 춘다. 맨발로. 신령님을 믿지 않고 겁을 먹으면, 그래서 버선이나 신발을 신고 춤을 추면 발이 칼에 베인다. 장군 신령님은 고모의 얼굴에 침을 뱉고 다신 돌아오지 않을 거다.

고모가 하는 것처럼 팔을 쫙 폈다. 팔에서 청홍색 긴 깃털이 나왔다. 신부가 입는 색이었다. 그 함지박을 빙빙 돌았다. 춤을 췄다. 빨리 더 빨리. 귀신같이. 아픔같이. 발이 공중으로 붕 떴다. 횡횡 돌며 췄다. 치마가 획획 돌았다. 머리카락도 쟁반같이 돌았다. 갑자기 칼날 위로 뛰어 올라가 칼날을 쾅 맨발로 디뎠다. 고모가 춤출 때같이 장군 신령님이 내리셨으면 발에 피가 안 날 거다. 꿈꾸고 있는지 자고 있는 건지 모르겠는데도 그런 생각을 했다.

악! 칼날이 발바닥을 두부 썰듯이 썰고 들어왔다. 땅이 빨갛게 물들어서 거기에 푹 거꾸러졌다.

귀용

“냉수 좀 떠와!”

내가 수양한테 소리를 질렀다.

“빨리!”

마루에서 빨래를 짜는 것처럼 손가락을 비틀고 섰다가 수양이 부엌으로 사라졌다. 미나가 어머니의 다리를 꼭 붙잡은 채 눈을 커다랗게 뜨고 음천을 봤다가 나를 봤다고 했다. 어머니가 방으로 들어서자 어머니 다리를 붙잡고 있던 미나가 넘어졌다. 어머니는 음천의 다리와 팔을 주무르기 시작했고 나는 수양이 떠온 냉수를 입에 담고 음천의 얼굴에 뿌렸다.

작년에 음천이 이 홑이불에다 원앙 수를 놓으면서 “참 신기도 하죠? 얘들이 한 배우자하고만 백년해로하는 걸 어디서 배웠을까? 그리고 어떻게 이게 내 여자고 저게 내 남자고를 가릴 줄 알까? 내가 보기에는 다 똑같구먼!” 하면서 깔깔 웃었다. 그 원앙이 음천의 입에서 나온 피로 빨갛게 물들었다.

수양이 건네주는 수건으로 음천의 눈을 닦아주었다. 귀를 가슴에 또 대보니 심장이 뛰는 소리가 들렸다. 신령님, 고맙습니다.

좀 있으니 음천이 부스럭거리며 모로 들어 누웠다. 나에게 등을 두고 벽을 향해서. 음천의 자주색 저고리가 말하는 것 같았다

"당신 용서 못 해요."

다음날 이 씨가 소식을 전해줬다. 김일성하고 협력하라고, 남북한이 같이 선거를 하나만 해야 한다고 이승만 정부하고 싸우던 김구가 자택에서 암살을 당했단다. 안두희와 어떤 군인 장교가 한 짓이고 안두희는 독립당파 임원이란다. 국회에는 당파가 왜 그리 겨울 내의 가랑이에서 득시글거리는 이같이 난리를 칠까. 그 당파들 단 몇 개라도 분별할 수 있는 것만으로도 이 씨는 천재였다. 이승만이 김구 암살을 명했다는 소문이 장안에 자자하기 시작했다. 어떤 소문은 '하얀 천사'라는 집단이 안두희한테 지시했다고 했다. 또 어떤 이들은 미국 정보국이 일을 해치웠단다. 이렇건 저렇건 한 가진 분명했다. 이렇게 서로 같은 민족을 죽이길 밥 먹듯 해서는 통일이고 뭐고 없었다. 그런데 이렇게 나라가 망하게 됐어도 거기 신경을 쓸 겨를이 없었다.

어머니 말대로 음천이 "저승 문을 들락날락하고" 자리에서 꼼짝을 못 하고 끙끙 앓은 지가 몇 주가 지나 생사가 분명치 못하니 다른 생각은 할 수가 없었다. 의사가 지어 주고 간 한약이 화로에 올려놓은 한지를 덮은 질그릇에서 김을 솔솔 내고 있다. 두 시간마다 어머니와 번갈아 가며 죽과 새까만 한약을 음천의 입에다 숟가락으로 먹여주었다.

"몸이고 마음이고 다 망가졌소."

의사의 말이었다.

머리가 돌 것만 같았다. 다른 여자들은 남편이 작은집 얻는다고 이 지경이 되지는 않는데. 어머니도 수양도 이런 낭패스러운 얘기를 들은 적이 없었다.

한약이 솔솔 달궈지는 화로 옆에 앉아 약이 끓어 넘치지 못하게 지키고 있었다. 미나가 수양하고 부엌에 앉아 있다가 나왔다. 오라고 손짓을 했더니 와서 무릎에 비스듬히 앉았다. 그 애를 안고 그 애의 머리에서 나는 잎사귀 같은 냄새를 맡으면서 음천이 어그어그 소리를 내며 숨을 거칠게 쉬는 걸 쳐다봤다.

북한은 아직 쳐들어오지도 않았는데, 집안은 이미 전쟁터가 된 것 같았다. 음천은 다친 군인같이 누워 병원으로 데리고 갈 헬리콥터를 기다리고 있는 환자 같았다.

1949년 9월
미나

작은집 여자가 오던 날부터 엄마는 매일 누워만 있었다. 시커먼 한약이 방에서 끓고 씁쓸한 계피 같은 냄새가 났다. 할머니 방도 담배 때문에 냄새가 났다. 그런데 엄마 방 냄새에 비하면 담배 냄새가 훨씬 나았다. 냄새가 싫어도 유치원만 끝나면 엄마 방으로 가서 따뜻한 온돌에 앉았다. 엄마는 눈을 뜨지도 말을 걸지도 않았다. 그냥 할머니가 몸살이 났을 때같이 어이구어이구 소리만 냈다. 이런 지가 백일은 되는 거 같았다. 엄마가 죽으려나? 이제 광호하고 방 씨 아줌마가 엄마가 아픈 건 미나가 살이 통통하게 찐 지렁이같이 생긴 고추가 없기 때문이 아니라고 변덕을 부린다고 하더라도 나 때문이라는 걸 알았다. 그래서 엄마가 죽어가고 있었다. 그런데 어떻게 혼자 나가서 놀아?

하도 누렇게 부은 엄마의 눈이 보기 싫어서 오늘은 책을 보기로 했다. 해님 달님, 흥부 놀부, 문어 다리는 몇 다리? 같은 책이었다. 다 읽지는 못했지만 이야기는 외워서 다 알았다.

"미나야! 나와! 놀자!"

광호였다.

"미나야."

작은엄마가 마당에서 불렀다.

"네 친구가 부른다. 누군지 밖에 나가 보지 않을래?"

이제 그 여자를 작은엄마라고 부르기 시작했다. 어른들이 그러라고 해서가 아니라 그 여자가 조금은 엄마 같은 기분이 들어서였다. 머리를 빗겨주거나 입에 맞게 고추장을 많이 넣어서 시금치나물을 무쳐 주거나 하는, 엄마가 이제 못 해주는 것들을 그 여자가 해주기 때문이었다. 그리고 친정집에 갈 때도 데리고 갔었다. 그 집은 일본식 집이고 잠자는 방이 이층에 있었다. 작은엄마의 친정엄마 얼굴은 작은엄마하고 똑같이 오이처럼 갸름했다. 그 할머니는 꽃밭에 봉숭아하고 해바라기를 심어 놨는데 달리아하고 채송화도 심어 놨다. 엄마는 백일홍을 좋아하고 채송화는 안 심었다.

"미나야, 내 말 들었어?"

작은엄마가 재촉했다.

내가 나가 있는 동안 엄마가 죽을까 봐 걱정됐다.

"응, 들었어. 근데 안 나갈래."

햇빛이 문살에 비쳐서 온돌 바닥에 얼기설기 무늬를 놓은 걸 보고 있었다. 그러다가 조용조용히 공기놀이하려고 홑이불을 깔았다. 공기 다섯 개를 공중에 던졌다가 바닥에 떨어지기 전에 잡기를 했는데 세 개는 떨어지고 두 개만 잡았다. 그담에는 하나는 손바닥에 넣어 두고 하나만 던져서 그 하나가 내려오기 전에 바닥에 있는 세 개를 잡고 빨리 떨어져 내려오는 걸 잡았다. 그런데 아무래도 혼자 노니 재미가 없었다.

엄마가 죽으면 누가 옥잎이라고 불러 줄 건가? 누가 꽉 숨 못 쉬게 안아 줘서 "너무 꽉 하지 마"라고 소리를 지르게 만들어 줄 건가?

1949년 10월
귀용

모두 내 탓이었다. 조금 있으면 음력으로 9월 9일, 제비가 남쪽으로 날아갈 건데 음천은 아직도 망가져서 누워 있었다. 왜? 그럼 다른 여자들이 그들의 남편을 생각하는 것보다 나에 대한 음천의 정이 뜨겁다는 뜻인가? 아니면 음천의 신경이 놀랄 만큼 예민하다는 소린가? '신'이 있다는 그런 건가? 무당들이 그래서 하늘의 목소리를 듣는다지 않나.

음천이 좀 신이 있기는 있었다. 신나는 음악이 나오면 어깨춤을 아주 잘 췄다. 입을 맞출 땐 숨이 막히게 하고 살을 섞을 때는 엉덩이를 팽이같이 돌려 사람을 미치게 하질 않나. 눈물이 핑 돌았다. 그건 그렇다 치고 나 자신도 또 좀 유난하게 군 게 아닌가. 어느 사내가 두 여자한테 같이 자자고 한담. 나도 무당 같은 신이 있나? 둘 다 짝이 딱 맞는다는 게 아닌가. 둘이 다 큰일을 앞두고 남들 생각지도 않는 유별난 행동을 했으니. 춘향전을 지은 소설가가 우리들의 얘기를 쓰고도 남을 만하지 않은가.

수돗가에서 세수를 한 후 밥 먹기 전에 음천의 방에 들렀다. 요즘에는 좀 일어나 내가 먹여주는 죽을 받아먹었다. 오늘은 집에 늦게 왔기 때문에 어머니가 벌써 먹이셨다. 누워 있는 음천의 손을 잡아주어도 더 이상 차도가 없어 오늘도 속이 시커메졌다.

복숭이한테 밖에다 살림을 차려줄 걸 하고 다시 한번 후회를 했다. 거기서 아무도 안 보는 데서 애를 만들걸. 음천이 저렇게 쓰러지지 않을 수도 있었을 텐데. 그렇게 했더라면 물론 애를 어미한테서 떼어 와야 했다. 그렇지만 후에는 그 애가 음천을 친엄마로 알고

무럭무럭 자라서 첩의 새끼 소리 안 듣고 적자 노릇 하면서 번듯한 행세를 했을 텐데.

"여보. 깼어?"

대답이 없었다.

"강릉 갔던 얘기 들을래?"

감아서 두 줄이 된 음천의 눈이 안쓰러워 술에라도 취하고 싶었다.

"오늘 어떤 꼬마 녀석이 트럭에서 가스를 뽑는 걸 잡았다고. 벌써 이번 달에 두 번째잖아. 겨우 열두 살짜리였다고. 등을 한 대 때렸지."

음천의 눈은 계속 감겨 있었다. 수양이의 도독하고 매끄러운 손 같지 않고 음천의 손은 말랐다. 음천이 나의 손 마디를 냄새 맡았듯이 내가 음천의 손에 코를 댔다.

"휘발유 냄새를 다 씻어버리지 않아서 좋아, 여보"라고 했었다.

혼자 이렇게 중얼거린 후에 마루에서 저녁을 먹고 수양한테 막걸리 좀 가지고 오라고 해놓고 수양의 방으로 갔다. 마시면서 조용하게 고개를 숙인 수양의 얼굴과 이마 한 편에 곤두선 자잘한 머리카락을 쳐다봤다. 아무 불평도 안 했지만 속은 무지렁이가 됐으리라. 내가 당신 처를 병들게 했다고 생각해요? 라고 묻고 싶겠지. 그래서 화가 나서 날 안 건드려요? 언제까지 안 할 건데요? 이래서야 어떻게 아들을 낳아요?

음천이 회복을 해야 수양하고 일을 보더라도 볼 텐데, 음천이 언제 쾌차를 할는지 누가 알겠나.

"자네를 제대로 대해주지 못해 미안하오"라고 이 조용한 여자한테 말해 줘야 했다. 말이 나오질 않아 미적거리는데 수양의 얼굴이 벌써 나의 그런 마음을 안다고 말해 주는 듯해서 고마웠다. 음천이 회복만 하면 그땐 또 무슨 귀신이 곡할 만큼 이상한 소리를 다신 안 하고 순순히 이 여자에게 씨를 뿌리리라. 그래야만 했다.

1950년 1월
음천

시간이 오래 흐른 것 같았다. 계절까지도 바뀐 것 같았다. 밖이 추웠다. 창문이 흔들리고 창호지가 휘파람을 불었다. 쓰디쓴 한약 맛이 생각나고 그 새까만 물에 비친 얼굴이 좁쌀 같은 노란 색이고 눈은 부었다. 왜 눈이 부었을까? 내가 울었나? 시어머니 목소리가 생각났다. (삼켜라. 삼켜야 해. 뭘 삼키는 걸까?) 귀용의 손. 아무 말 없이 그냥 가만히 잡아주는 손. (분명 그이의 손이다. 굵은 손가락에 손바닥은 거칠고, 아, 가스 냄새) 또 누가 왔다 갔다 한다. 연한 녹색 옷을 입은 여자. 입을 꼭 닫고 말하기도 웃기도 두려워하는 여자. (그 녹색을 보자 내 눈 속에서 얇은 유리 같은 게 쨍하고 부서졌다) 미나야? 미나! 미나를 누가 보고 있지? 진희도 왔다. 젖통이 놋사발같이 딱딱하게 되어서. 아들 준호는 어떻게 됐나? 어머니도 오셨다. 계선이 죽을 먹여 줬다. 누굴까? 내 손목에 차디찬 손을 댄 건? 잔등이 따뜻해졌다. 누가 온돌 아궁이에 불을 지폈나 보다. 어느 날 밤 눈이 왔다. 지붕에도 눈이 쌓였고 눈이 갈비뼈로 살살 내려왔다. 사발에 까만 물을 자꾸자꾸 코앞에 들이댔다. 한번은 거기 낯선 여자의 얼굴이 보였다. 머리는 길고 눈은 눈동자도 없이 텅 비고 그냥 새까맸다. 그리곤 귀용의 목소리. 그리운 목소리. ("꿈에 당신을 봤어, 여보" 했다. "넓고 푸르디푸른 그 바다에서 신령 아주머니가 나오잖아. 그러더니 글쎄 당신 목에다 목걸이를 걸어 주는데 그게 생닭 덩어리가 주렁주렁 달린 거잖아. 그걸 당신 목에 걸다니! 내가 소리를 버럭 지르고 펄쩍 다가가서 뺏으려고 했지. 아, 당신, 이 예쁜 살결에 닭고기 날 것을 달고 고기 핏물이 줄줄 흐르면 어떻게 해? 그랬더니 그 아주머니가 당신한테 이러잖아. 이걸 매달고 있으면 상어한테 물리지 않을 거다, 그렇게. 아, 상어라니? 이게 도대체 무슨 꿈일까? 당신 해몽에 귀신이잖아. 닭고기가 무슨 뜻이지? 당신 내 말 듣고 있어?") 네, 여보. 들려요. 상어를 봤어. 입이 딱 벌어졌는데 혀가 빨갛고 핏줄이 막 가 있던데. 그런데 상어의 이빨들은 다 물속에 흩어져 있었어.

수양

"불알 말이다, 불알, 미나야. 부처님이 왜 너한테 그걸 안 달아 주셨다냐?"

미나한테 하는 방 씨 여자의 말이 음천의 방에서 부엌까지 들렸다. 여자들이 줄줄이 혀를 찼다. 저놈의 여편네는 미나 듣는 데서 저런 소리 좀 그만했으면. 저런 여자들은 혀를 잘라내야 하는데.

부엌에서 저고리 소매 냄새를 맡아 봤다. 음천의 방 화로에서 끓는 한약 속에는 사슴뿔, 말린 딱정벌레 같은 것들이 들어 있고, 그런 것들 냄새가 내 녹색 저고리에 뱄다.

제발 음천이 나았으면 살겠다. 자기 처가 낫기를 기다리느라고 귀용이 나에게 가까이 오지를 않고 있었다. 임신한다는 건 당연히 깨알만큼도 가능성이 없는 일이었다.

게다가 미나 걱정까지도 안 해줄 수가 없었다. 저렇게 매일 제 엄마 방에서 여자들이 쓸데없는 소리 하는 걸 듣고 있으니.

"미나야, 이리로 와" 하면서 달래 봤다. "내 방으로 갈까? 예쁜 거 보여줄게. 분이랑. 립스틱이랑. 책 읽어 줄까?" 했지만 고개를 살랑살랑 흔들고는 꼭 저 방에서 여자들 헛소리들 하는 걸 들었다.

엄마가 아픈 건 미나의 잘못이 아니라고 말해 주고 싶었지만 그 애가 친딸이 아니라는 비밀을 설토하지 않고 그렇게 말해야 별 소용이 없지 않은가. 차라리 엄마의 병이 제 잘못이라는 소리를 듣는 게 친부모들한테서 버림받은 아이라는 걸 알게 되는 것보단 나은 건 확실했다. 만약 그걸 알게 되면 미쳐 버릴지도 몰랐다.

그렇게 되지 않을 아이가 어디 있겠나? 그 애의 친부모는 아들들은 다 키우고 있다고 했다. 양녀라는 걸 알고도 간신히 그 충격을 견

텨낸다고 하더라도 감정이 예민한 사춘기가 되면 학교에서 낙제만 할 거였다. 결혼할 나이가 돼도 제대로 된 집안에서 신랑을 주려고 안 할 거였다. 혈육이 누군지, 문둥병이나 정신병 같은 몹쓸 병이 있는 집안인지 알지도 못하고 어찌 귀한 아들을 줄까? 만약 미나가 양녀라는 걸 알게 되면 음천도 충격을 받아 먼저 우물에 빠져 죽을지도 몰랐다. 이런 생각에 미나한테 아무 말 못 해주고 입을 다무는 중이었다.

이웃 여자들이 계속 지껄였다.

"너무 상심하지 말아요, 미나 엄마"라고 누가 말했다. 최 씨 목소리 같았다.

"그럼요. 작은집이 아들을 낳으면 미나 아빠가 작은집은 친정으로 보내고, 그걸로 그 여잔 끝일 거요."

방 씨 목소리다.

"송 씨네 첩처럼 말이오."

누구 목소린지 말했다.

"송 씨 마누라가 첩을 강원도로 쫓아냈잖소. 평생 감자나 처먹고 살라고."

"그럼, 그렇게 돼야지 말고."

또 누군가가 늘어놓았다.

"공자님 책을 다 외워야만 그걸 안다는 법 있소? 미나 엄만 그저 빨리 기운만 차려. 두 부부가 의젓한 아들 기르게 될 것만 생각하고 말이에요!"

"자, 일어나요."

최 씨였다.

"약 다 끓어 빠지기 전에 마서야 해요."

음천은 요새 누가 부축을 해서 일으키면 앉아서 죽 같은 건 넘겼다. 그래서 음천이 일어나 앉아 뭐라고 대꾸하나 귀를 기울였는데 아무 대꾸도 안 하는 것 같았다.

미나

눈이 왔을 때 엄마가 혼자 일어나 앉더니 나를 끌어당겨 옆에 앉히고 팔을 둘러주었다. 좀 슬픈 웃음을 지으면서 살며시 말했다.

"엄마, 이제 괜찮아?"

엄마가 고개를 끄덕였다.

"그럼 엄마하고 자도 돼?"

"쪼끔만 더 있다가. 할머니가 너 잠들 때까지 옛날 얘기 해주시는 거 네가 좋아하니까 조금만 더 거기서 자면 어때?"

엄마 젖 위에 머리를 기댔다.

"엄마, 엄마 옷에서 나는 약 냄새 참 싫어. 그렇지만 엄마가 말을 해서 참 좋아."

"나도. 우리 옥잎."

"엄마가 매일 일어나 앉게 되면 춤춰 줄게."

작은엄마가 오기 전에는 매일 춤을 췄었는데.

"아빠하고 엄마가 날 쳐다보고 막 손뼉 쳤잖아. 약속? 그때처럼 엄마는 해바라기같이 올려다보고, 난 해고. 엄마 약속?"

엄마가 고개를 끄덕하고 머리를 빗겨주기 시작했다.

그때 이 씨와 방 씨 아줌마가 대야하고 비누를 들고 들어왔다. 엄마 머리를 감겨 주고 옷을 입혔다. 방 씨 아줌마가 또 내가 고추 안 달았다고 매일 하는 소리를 하니까 오늘은 엄마가 입을 열었다.

"그래도 점쟁이들이 뭐라고 했는지 알아요? 전부 미나가 아들 열 배나 잘된다고 했어."

야아아아아! 배꼽이 꿀같이 달콤해졌다.

"그래요?"

방 씨 아줌마가 미나를 생전 처음 보는 것처럼 쳐다봤다. 이 씨 아줌마는 눈은 감고 있으면서도 입으로는 웃으셨다.

그렇지만 계집애가 어떻게 사내애보다 열 배나 잘 될 수 있을까? 바지를 입고 머리는 까까중같이 깎아야 하나? 물어보고 싶었지만 가만히 있었다. 저 콩쥐 엄마 같은 방 씨 아줌마가 가버린 다음에 물어볼까.

"미나는 임영신 여사같이 될 거야, 그렇지, 우리 옥 잎사귀?"

고개를 끄덕였다.

"그 아줌마가 뭘 했는데?"

"국회의원이란다."

"국회의원이 뭐 하는 건데?"

어른들이 깔깔 웃었다.

"이 나라에 법을 만든단다. 우리한테 이로운 결정을 우리 대신 해 준다. 아주 머리 좋은 사람만 그렇게 돼. 박순천처럼 돼도 좋고. 그분은 여자들만의 잡지를 만들었어. 그분도 국회에 나올 거야. 또 이태영이라는 분은 재판관이 되려고 법과대학 다닌단다. 얼마나 훌륭하냐, 그렇지? 여자 재판장. 네가 유명한 재판관이 돼서 재판관 옷을 입으면 얼마나 예쁠까, 우리 미나."

공기를 만지작거리다가 엄마를 쳐다보고 활짝 웃었다.

"미나야, 그런데 너 공기놀이하는 거 아니니? 그럼 공기 다섯 개로 해야 하잖아? 왜 그렇게 여러 개지?" 하고 엄마가 들여다봤다.

"열다섯 개."

지난주에 돌멩이를 열 개 더 주웠다. 그걸로 유치원 선생님이 가르쳐 주신 더하기 빼기를 하려고.

"일학년이 되면 산수를 해야 한다고 선생님이 그랬어. 새로 배운 거야. 덧셈하는 거."

"아이고, 저거 봐요. 우리 딸이 얼마나 머리가 좋은지. 방 씨 아주머니 이 씨 아주머니, 보셨죠?"

그분들이 집으로 간 다음에 엄마는 다시 드러누웠다. 눈을 감았다. 블라우스 안쪽에 붙어 있는 건강하게 오래 살게 해준다는 부적을 들여다봤다. 엄마가 더 건강해지면 무당 할머니한테서 다른 부적을 받아와 달라고 할 거다. 판검사가 되게 해주는 게 필요하니까.

이젠 조개껍데기로 밥하는 건 안 해야겠다. 남자애들은 그런 짓 안 하잖아.

수양

부엌 바닥에 주저앉아 있는데 아궁이에서 불꽃이 탁탁 소리를 내며 튀어 올라왔다. 불꽃이 참 부러웠다. 아름답고 자유분방하게 춤을 출 땐 맨 꼭대기가 파랗게 또 노랗게 변했다. 춤이 다 끝나면 회색 재가 돼 폭삭 가라앉아서 무無로 돌아갔다. 그 얼마나 편안할까. 무라는 건.

부지깽이로 다 타지 않은 장작을 긁어모아 다시 잘 쌓아놨다. 불꽃이 다시 훨훨 피어 올라왔다. 나의 인생도 이렇게 피어야 하는데. 귀용과 그 처의 틈새로 쏙 빠져 떨어져 버린 셈이었다. 그이는 내 방에서 잤지만 머리털 하나 건드리지 않았다. 술을 못 마시는데도 매일 술을 가지고 오라고 해서는 취해 정신을 잃을 때까지 마셨다. 눈에서 뚝뚝 떨어지던 장난기는 다 사라졌다. 이불 위로 쓰러지다시피 누우면 다리를 마냥 오그리고 잤다. 머리는 헝클어져 눈 위를 솔

잎같이 덮고 코를 골았다. 자그마한 희망을 걸었던 그 남자와는 거리가 멀었다.

어젯밤에는 집에 오자마자 셔츠와 바지를 입은 채로 누워 자는 그이의 등을 오래 쳐다봤었다.

난 당신의 처한테 가는 당신의 사랑을 너무 과소평가했나 봐요, 라고 그의 등에 말없이 털어놨다. 나를 당신이 사랑할 수 없더라도 최소한 당신 처를 내가 병들게 했다고만 말하지 말아줘요. 내가 안 왔어도, 다른 여자가 왔을 거 아니에요.

첫 번째 신랑한테 퇴짜 맞았을 때 어머니가 하신 말씀이 생생했다.

"수양아, 우는 수양버들이라고 네 이름을 지은 이유가 행여나 네가 평생 울기나 하면서 살라고 한 거겠니? 그런 게 물론 아니다. 그 나무는 아주 좋은 본성을 갖고 있단다. 광풍이 몰려와 몸부림을 치고 모두 부서 때려버릴 때도 수양버들은 이리 굽고 저리 굽어서 절대로 딱 부러져 버리지를 않는 특징이 있단다." 수양 버드나무는 딱 하고 안 부러질지 모르지만 지금 나는 금방 따다닥딱 하며 부러질 것 같았다.

동네 여자들이 가고 음천의 방이 조용해졌다. 그 여자는 낮잠이 든 모양이고 시어머님은 미나를 데리고 옆집 한 씨 할머니네 마실 가셨다. 부엌 선반에선 잿물 덩어리가 신문지에 반쯤 싸여 빼꼼 내다 보고 있었다. 매주 잿물을 물에 녹여 빨래에 넣고 팍팍 끓이면 빨래가 의치같이 하얗게 됐다.

울고 징징거리면 안 됐다. 귀용의 집에 온 것은 그 집에서 간절히 갈망하는 일을 해주고 자신도 살고 그 집도 살게 해주려고 온 거였다. 그런데 살려 주기는커녕 온통 개죽을 쒀 놨다. 아, 그래도 어떻게 새옹지마 이야기처럼 전화위복이 될 수 있을까? 이야기 속 아버지는 기르던 말이 달아났을 때 그 말이 다른 한 마리를 데리고 찾아 돌아올 줄을 어찌 알았겠냐. 그 말을 타다가 아들이 떨어져 다리가 부러졌을 때 그게 천만다행이 될 걸 어찌 알았겠나. 전쟁이 터지고 부러진 다리 때문에 아들이 병역 면제가 됐으니. 그렇지만 이 이야기의 주인공들처럼 행운이 터지리라고 기대하지는 않았다. 그러나 어머니가 하라는 대로 했더니 최소한 식구들 비위 맞추는 건 힘들지 않았다. 아무도 음식 솜씨나 청소하는 거에 불평하는 사람이 없었다. 사는 게 개똥밭에서 구르는 것 같다 해도 죽는 거보다야 낫지 않은가. 눈물은 행복의 약이라 하지 않는가. 참으면 참을수록 건강하고 행복해진다고.

'죽음아' 하고 머릿속으로 생각을 했다. 그러자 경쾌한 휘파람 소리가 들렸다. 어딘가 해서 홱 둘러봤더니 양잿물 덩어리에서 나온 소리였다.

"나 찾았소?"

그것이 말을 했다.

"자네가 아픔을 참는 거 참 보기 좋은데. 그렇지만 원하면 다 없애줄 수 있지."

"남편이 바람피운다고 양잿물 먹고 죽은 내 사촌한테 해준 거같이 말이에요?"

"맞았어."

"그걸 하면 많이 아픈가요?"

"제대로 잘하면 몇 초 안 걸리지."

"어떻게 하는 게 제대로 하는 건데요?"

"첫짼 최소한 반나절은 완전히 혼자 있을 때를 찾아야 해. 하다가 중간에 들키면 안 되니까. 나를 잘게 잘게 빻으라고. 거기다 물을 부어. 그리고 아주 신선놀음 같은 것을 생각해 내. 양반 남정네들이 먹물을 갈 때같이 말이야. 자네 그 남자들이 무슨 생각 한다고 생각하나? 인류 평화? 모든 인류에 대한 박애? 하하. 절대 아니지. 그놈들 하나같이 여자 밑구멍들 상상한다고. 자네는 자네 원하는 대로 아무거나 상상하게나. 뭐 쨍한 햇빛이나 맑은 개울물이나 쪼끄마한 물고기 떼나 그 오렌지색에 노란 지느러미를 한 것들 말이야. 아마 그런 거보다 자네는 귀용한테서 아들 만들 정액이 홍수같이 터져 나와 자네 아래를 관철하고 줄달음쳐 올라오는 거, 뭐 그런 게 더 실감 나지 않겠나. 아니면 음천이의 목을 비트는 장면이든지."

"이거 봐요! 말조심해요! 어떻게 그런 벌 받을 말을 해요? 아무튼, 아픈 게 가시려면 얼마큼 걸리나 그거나 대답해요."

"자네 신경이 얼마나 튼튼한가? 튼튼하지 않으면 아예 시작도 마라. 울컥울컥 한 컵 정돈 마셔야 해. 간이 완두콩만큼도 안되는 연

놈들은 손을 벌벌 떨다가 양잿물을 반은 엎질러 버리고 한 모금 반 정도를 삼키고 마는데 그러면 어떻게 되는지 자네 아나? 그 사람들 목구멍이 말이야, 고양이한테 잡혀서 고양이가 자근자근 씹다 만 쥐의 내장같이 된다고. 잘 들으라고. 자네 목구멍을 그렇게 난도질 당하고 평생 살 생각 없을걸."

끔찍스러워 두 손으로 목을 둘러 잡았다.

1950년 3월
음천

이불에 앉아서 서까래를 쳐다봤다. 불이 환히 켜져 있었다. 민망스러웠다. 그렇게 정성 들여 한 백일기도도 큰집 노릇 위엄 있게 하려던 결심도 다 산산이 흩어져버렸다. 서른네 살이나 먹은 어른이, 게다가 하늘의 목소리라는 어마어마한 이름을 가진 사람이 어찌 그리 하찮은 동태처럼 비실비실 부스러졌을까? 아들을 못 낳는 건 큰 죄지만 행동을 반듯이 못 하는 것은 훨씬 더 큰 죄다. 누가 그를 용서해 주겠나? 그이와 시어머니의 얼굴을 어떻게 볼까? 그이는 어디 있을까? 미나는 어디 있지? 휘 돌아봤다. 그랬더니 그이가 옆에 앉아 있지 않은가. 내 손을 찻잔같이 자기 손에 받쳐 들고.

그이의 얼굴을 간신히 쳐다봤더니, 아, 거기, 옛날처럼 정에 찬 얼굴이었다. "아유, 여보" 하며 손을 빼서 그이의 손에다 코를 대고 냄새를 맡았다. 아파 일어나지 못하던 긴 시간 동안에 그렇게도 그리워했던 그 냄새가 코로 솔솔 올라왔다.

"이젠 괜찮겠어?"

그이가 물었다.

"미나는요?"

"수양이 아주 잘 봐 줘. 지금은 어머니하고 있고."

"진희는요? 준호는요?"

"진희는 부산 갔어. 거기서 일해. 장모님이 일주일에 한 번씩 오셔서 당신 죽 먹이고 수건으로 닦아주고 그러셨어. 김 씨 부부는 준호 데리고 이사 갔어. 사라져버렸어."

그이가 손을 꼭 잡아 줬고 들입다 한숨을 쉬었다.

"빨갱이가 쳐들어오지 않았나 봐. 이렇게 살아 있으니."

"응. 그렇지만 동네 사람들 다섯이나 방공호를 팠어."

"당신도 팠어요?"

"당신이 껌뻑 넘어가게 생겼는데? 이제 해야지. 이 씨가 도와준댔어."

"나 참 천치 바보, 침 질질 흘리고 징징 우는 아기만도 못했죠?"

그이의 어깨에 머리를 동그마니 올려놓았다.

"안 그랬다고 해줄까? 안 해줄래. 당신 정말로 천치거든. 나보다도 더 얼간이 짓을 하잖아."

그리고 그이가 머리를 쓰다듬어주었다.

수양

"뭐해, 거기서? 내 목소리 안 들렸어?"

귀용이 부엌 문턱에 서 있었다. 깜짝 놀라 일어나서 양잿물과 아궁이 불에서 홱 돌아섰다. 오늘은 토요일이라 그이가 일찍 집에 오는 걸 깜박했었다. 빨리 수돗가로 가서 호스를 틀고 대문 안에 있는 콘크리트 문간에 물을 채워 목욕탕으로 만들었다. 아직은 쌀쌀해서 찬물로 목욕하면 안 되니까 솥에서 더운물을 부었다. 내리닫이 바지와 속옷을 벗고 그이가 물에 들어갔다. 수세미로 등을 문질러 준 후 물을 끼얹어 주고 수건을 건네줬다.

그날 밤 처음으로 음천이 식구들과 같이 밥을 먹었다.

"좀 더 먹어, 여보" 하면서 음천이 숟가락을 입에 넣기 전에 귀용이 그 숟가락 위에다 김 한 장을 얹어주었다. 조기도 가시를 발라서 숟가락에 얹어주었다. 못이 박히고 거친 손인데도 어찌나 날렵하게 움직이는지 바느질 품팔이하는 이의 손같이 야무지게 잘했다.

시어머님이 곁눈질하면서 인상을 잔뜩 찌푸리셔서 이마에 주름이 반달형으로 주욱 갔다. 마누라 자랑하고 남 보는 데서 아끼는 놈은 병신이고 애 자랑하는 놈은 반병신이라 하지 않는가. 귀용이 시어머니의 못마땅한 표정을 못 봤는지, 보고도 모른 척했는지 몰랐다. 미나를 그이의 무릎으로 옮겨 앉히더니 그 애한테도 생선 가시를 발라줬다.

"아빠가 먹여주니까 더 맛있어?" 하면서 음천이 사랑이 철철 넘치는 눈으로 귀용과 딸을 쳐다봤다. 미나가 이빨 사이에 낀 생선 부스러기를 보이면서 웃었다.

시어머님과 음천과 미나가 각 방으로 자러 들어간 다음에 막걸리를 쟁반에 들고 귀용을 따라 방으로 들어갔다. 하얀 막걸릿잔을 두 손으로 올리고 그이가 잔을 받아 마시려는 걸 바라봤다. 눈길을 방바닥과 문 사이에 고정하면서 몇 모금을 마셨다. 다 마시곤 한잔 더 달라고 잔을 내밀었다. 얼굴은 벌써 벌게졌는데 눈이 푸석해 보였다. 친정집에 놀러 왔을 때 우스운 소리 하려고 장난스럽게 떴던 눈이 아니었다. 눈이 더 거스름해지자 나는 이불을 깔고 어머니가 신혼 때 쓰라고 해주신 녹색하고 홍색으로 된 홑이불을 펴놨다. 그이의 베개 양 끝에 노란 비늘을 하고 푸른 눈동자를 한 용의 그림은 내가 수놓은 거였다. 이부자리를 동쪽으로 놨다.

"꼭 동쪽으로 놔라. 해가 떠오르고 생명이 솟아 나는 곳이니" 하고 어머니가 하셨다. 내 베개는 그이의 베개 옆에 놓지 않았다. 싫어할지도 몰라서였다. 이불도 나중에 펼 거였다.

두 잔째 마시고는 잔을 반쯤 채우더니 처음으로 잔을 돌렸다. 입술에 어슴푸레한 웃음기도 띠면서. 받아서 조금 마시고 다시 돌렸다. 그걸 홀짝 마시곤 이부자리에 쓰러졌다. 그이가 눈을 감자 나는 일어나서 불을 끄고 이부자리를 깔고 긴 팔 윗도리와 긴 속 치마로 바꿔 입고 자리에 들었다. 한숨이 길게 빠져나왔다.

1950년 늦은 봄

귀용

이제 한숨 놓아도 됐다. 음천이 아침이면 일어나 이부자리까지 착착 접어서 장에다 넣고 부엌에 들어가 수양도 도와주고 미나한테 책도 읽어 줬다. 그렇지만 오후에는 누웠다. 그러던 어느 일요일 음천하고 미나가 화단에다 꽃씨 뿌리는 걸 마루에서 보고 있었다.

"봉숭아 씨부터 뿌리자"라고 음천이 말했다.

"그담에는 금잔화 그담에는 백일홍."

미나는 신이 나서 고개를 요요 장난감같이 까딱까딱했다.

"봉숭아가 피면 내 손에 봉숭아 물들여 줄 거지, 엄마? 작년 여름에는 작은엄마가 해줬는데."

"아유, 좋은 작은엄마네. 내가 봉숭아 물들여주면 넌 나한테 뭘 줄 건데?"

"엄마! 작은엄마는 아무것도 달라고 안 했어!"

"작은엄마는 좋은 사람이라 안 그랬지만 엄마는 아니거든?"

"아빠!" 하고 미나가 나를 돌아봤다.

"엄마가 나빠!"

"일루와. 내가 비밀을 말해 줄게."

미나가 깡충 뛰어와서 나의 입에다 귀를 댔다. 미나는 흙이 묻은

잘 잤느냐고? 그이가 너한테 씨를 뿌렸지. 그렇지? 귀용이 꿈꿨던 것처럼 바닷물에 상어 이빨이 떠 있는 걸 봤어. 이런 말이 하고 싶었지만, "잘 잤지"라고 대답했다.

"밥이 금방 될 거예요."

수양이 솥 안의 흰 밥에서 오르는 김을 들여다봤다. 해가 쨍쨍해서 수양의 등에 대야만 한 크기의 빛을 퍼부었다. 그게 힘겨운지 등이 휘었다.

진희의 등도 나의 등도 다 저렇게 휘었다. 우리 여자는 다 이렇게 전생의 죄를 씻어야 하겠지. 그러면서 우린 서로 도와가며 서로의 등을 펴줘야 했다. 이런 생각에 잠겨 햇빛 속에 마냥 서 있다가 언뜻 말을 했다.

"아우, 같이 그이가 좋아하는 열무김치 만들까?"

야, 이제야 수양을 처음으로 "아우"라고 불렀구나. 지금까지 그 말 하는 걸 깔아뭉개고 있었다니. 그렇게 부르지 않으면 수양이 연기같이 사라져 버리기라도 할 줄 알았던가.

"네."

"그럼 미나 학교 데려다주고 와서 시작하지."

성동구 동사무소 앞에서 게시판에 붙인 신문을 남자들이 읽고 있었다. 북한이 쳐내려온다는 소리가 더 왁자지껄했다. 이제는 북한 괴뢰 놈들이 남한에 삐라까지 막 뿌렸다. 경찰이 모두 뺏어갔는데 "미국 제국주의와 온갖 고통에서 남한을 구출할 거다" 이런 내용이었다. 아파서 드러누웠던 일월에는 미국 국무장관인가 하는 딘 애치슨이 한국은 미국 국방방위선 밖에 있다고 선언했다고 한다. 그러니까 빨갱이 게릴라들이 남한에 있는 산속에서 더 기승을 떨치고 있는 게 당연했다. 미나 손을 꼭 잡아당겼다.

"우린 이제 다 죽었다. 그래도 딘 애치슨인가 뭔가 하고 미국은 꼼짝도 안 할 거래잖아!" 옆집 한 씨 할머니가 펄펄 뛰셨다. 그리고 머리를 싸매시고 거의 이틀이나 아무것도 안 잡수셨다. 아니 미국이 우리나라 삼천만 명한테 그럴 수가 있을까? 백일기도를 또 시작해야겠다. 그래서 김일성이 남한을 치기 전에 이승만 대통령이 북을 때려 부술 수 있게 미국이 탱크하고 기관총을 보내주게 정성을 들여야겠다.

미나를 학교에 데려다주고, 시어머니가 한 씨네 마실 가신 다음에 나는 수양하고 열무김치를 담갔다.

"열무하고 파, 마늘, 설탕, 고춧가루를 함지박에다 버무려. 다 버무린 다음 김치를 항아리에 담고, 빈 함지박에다 물을 좀 붓고 소금하고 설탕을 쳐서 간을 보고. 그 물을 냄비에 담아서 불에 올려놓고 끓여. 밀가루를 조금 넣어서 국물이 걸쭉하게 해. 그걸 식혀서 김치 항아리에 붓고. 국물이 제대로 안 되면 김치가 젖은 걸레 맛이 난다고."

"네."

"그이가 좀 달콤한 걸 좋아하니까 설탕을 좀 더 넣게."

수양의 얼굴이 글 배우는 학생같이 심각했다. 얼굴에선 코티 분 냄새가 났다.

수양이 끝마치는 동안에 나는 수양이 마루에 놓아 준 수건으로 이마의 땀을 닦았다. 수양이 버무리는 걸 마치고 항아리 뚜껑을 닫았다. 귀용이 제일 좋아하는 걸 만드는 비결을 줘버린 거였다. 마음에 고춧가루가 들어간 것같이 아렸다.

해를 쳐다보니 수양이 빨랫줄에 널어놓은 홑이불이 해를 반이나 가리고 있었다. 이 한 지붕 아래서 이렇게 김치를 담그고 밥을 짓고 몇 주, 아니 몇 달이 지나면 빨갱이들이 쳐들어올까?

그날 밤 귀용이 전라도에서 무사히 도착했다. 아주 초주검이 돼서 왔다. 석탄을 싣느라고 코에는 석탄가루가 묻어 있었다. 마루에서 보니까 수양이 수돗가에서 그이한테 목물을 끼얹어줬다. 그이는 대야를 잡고 허리를 굽히고 있었고 수양은 그이의 잔등을 문질러 주더니 물을 한 바가지 끼얹어줬다. 음천은 일어나서 방으로 들어갔다. 수양의 손이 그이의 살에 닿는 것이 보기 싫어서.

시어머니 방은 불이 꺼져 있었다. 미나도 거기서 자고 있었다.

이불을 깔고 불을 끄고 누웠다. 다른 때 같았으면 귀용이 오기 전에 잠이 들었을 텐데 오늘은 잠이 안 와서 귀용이 수양의 방으로 갈 때 신발을 끄는 쓰윽쓰윽 소리, 수양이 그이의 상을 차리는 소리를 듣고 있었다. 그이가 밥숟가락을 입에 넣기 전에 거기다 수양이 김 한 장을 놓아주나? 며칠 굶은 사람처럼 탐스럽게 입맛을 다시며 먹고 있을까? 반쯤 배가 찼을 때 날달걀을 하나 탁 깨서 밥에다 넣고 갖가지 나물을 다 넣고 고추장도 넣어 신나게 비벼 먹는 걸 좋아하는데, 상에 날달걀 놓는 걸 수양이 아나?

조금 있으니 수양이 부엌에서 상 치우는 소리가 났다. 그러더니 제 방으로 조심스레 가서 조용히 방문을 닫는 소리가 났다. 불이 꺼졌다. 내 방이 조금 더 어두워졌다. 내가 숨을 길게 쉬고는 관세음보살님과 최 씨 여자의 얼굴을 떠올렸다. 숨을 내쉬면서 푸른 바다에서 펄쩍펄쩍 뛰는 고등어의 푸른 등 색깔을 눈앞에 그렸다. "그래" 하고 자신한테 말했다. 솔솔 잠들어라. 깨지 말고 쭈욱 자라. 쥐다 놓은 감자 보따리같이 세상이 어떻게 돌아가는지 아무것도 모르는 채로. 평화스럽게 푸른 바다처럼.

멀리서 장님 안마사가 부는 퉁소 소리가 들려왔다. 조금씩 조금씩 벌레가 뽕잎을 먹듯이 쉬지 않고 점점 가까이 오더니 꼭 내 방 바로 밖에서 들려 오는 것 같았다. 그리고 외치는 소리가 들렸다. "안마요! 안마! 부드러운 마사지요! 마사지!" 장을 끊는 듯한 판소리식으로 읊었다. 그리고 다시 퉁소 소리. 그 남자의 목소리와 퉁소 소리가 번갈아 올라갔다 내려갔다 하더니 실 한 올같이 가늘어졌다.

그리고 귀를 뚫고 들어오는 또 다른 소리 하나. 아주 많이 듣던 그 목소리. 귀용이 이를 꽉 물고 몸을 부르르 떨 때 참다못해 몸을 뒤틀 때 내는 목소리. 아무 뜻이 없으면서도 모든 걸 다 명확히 토해내는 소리. 내 머리털이 오싹했다. 젖은 행주가 아랫배 한가운데를 슬쩍 훔치는 느낌. 나는 벌떡 일어나 앉았다. 일어나 불을 켜지 않고 벽에 걸린 저고리와 치마를 낚아채서 입을 막으려는데 손이 떨려서 옷이 찢어졌다. 끔찔해서 가만히 있다가 문을 사르르 밀고 마루로 발을 내디뎠다.

발을 마루에서 한 발 띄고 또 한 발. 고무신을 신었다. 한 발자국 더 띄고 부엌을 지났다. 대문까지 와서 손길로 반질반질해진 빗장을 더듬어 찾았다. 도대체 어디에 가려고 하는 거냐? 수양하고 그럴 줄 몰랐더란 말이냐? 그러지 않고 어떻게 애를 밴 데냐? 네 방으로 가서 잠자코 가만히 있어라.

삐꺽. 빗장이 소리를 냈다. 어깨를 움츠렸다. 발이 얼음장같이 시렸다. 빗장을 열었다. 끼이익. 갑자기 수양의 방에서 덜거덕거리는 소리가 나더니 불이 환히 켜지고 문이 활짝 열렸다. 귀용이 속옷 바람에 맨발로 마당을 후닥닥 뛰어 넘어와 나의 팔을 낚아 잡았다. 저쪽 손으로는 빗장을 걸었다. 나를 덥죽 끌어올려 안더니 건넌방으로 데리고 가 바닥에 놓았다. 어둠 속에서 그이의 숨소리가 황소같이 크게 들렸다.

겨우 기어들어 가는 목소리로 말했다. "가게 해줘요." 어딜 가겠다는 건데? 그러는데 그이의 팔이 어디론가 휭 지나가면서 나의 팔을 건드렸다.

그러더니 타다닥! 깽! 유리 깨지는 소리가 들렸다. 그이가 불을 켜서 돌아보니 옷장 앞에 붙은 긴 거울이 산산조각이 나서 방바닥에 흩어져 있었다. 거울 한 쪼가리가 귀용의 맨발 가에 떨어져 있다. 귀용의 중지와 약지에 핏방울이 매달렸다. 내가 벌떡 일어나서 서랍에서 수건을 꺼내려 하니 귀용이 팔로 막았다.

나를 비키게 하고 자기가 방구석에 있는 걸레로 깨진 거울 쪼가리들을 쓸어 구석으로 밀어붙였다. 서랍에서 손수건을 꺼내더니 손가락을 잡아맸다.

그런 후 숨을 좀 여유 있게 쉬면서 앉더니 나를 바라봤다. 그리고 두 손으로 나의 얼굴을 자기 쪽으로 돌렸다.

귀용의 눈은 화가 난 것 같으면서도 부드러웠고, 두 엄지손가락을 들어 나의 눈물 자국을 닦아 주었다. 그리고 얼굴을 내 얼굴에 가까이 대면서 무거운 목소리로 말했다.

"여보. 이러지 마. 제발."

귀용이 이부자리를 손으로 쓸어 혹시 떨어진 거울 조각이 없나 보고 나서, 불을 껐다. 그리고 나를 옆에 눕게 하고 말을 이었다.

"여보, 나 부탁 하나 있어."

내가 대꾸를 안 하자 다시 입을 열었다.

"나 두고 어디 갈 생각 버려줘, 여보."

수양

수돗가에서 꼬부리고 앉아 배추를 절이다가 일어설 때, 한 손으로 허리를 받치면서 배를 좀 내밀었다. 그걸 본 시어머니가 벌떡 서시느라 대야의 물을 엎지르면서 큰 소리를 내셨다.

"아이고, 작은애야. 이리로 와 봐라. 좀 잘 보자!" 하시더니 한 손으로 내 손목을 잡고 다른 손으로는 배를 쓸어 내렸다.

"아이고! 삼신할머니! 너 왜 말 안 했니? 석 달은 된 거 같다."

내 손에서 땀이 났다.

"우리 아들한테 알려야지! 우리 큰며느리한테도 말해야지. 그런데 이 사람들이 어디 있냐? 이런 기쁜 소식이 있는데. 나 한 씨네 간다. 누구한테든 말 빨리해야 해!" 하고 치마를 끌어 올리시고 부리나케 나가셨다.

얼마 후 임신기가 더 뚜렷이 나타나니까 시어머니가 똑같은 말씀을 매일 하셨다.

"아들이다. 제 배 좀 봐라. 쏙 나왔잖아. 뾰족한 홍시 같잖아. 아들이 아니면 내가 손에 장을 지진다."

매일 웃으면서 이러셨다.

이때부터는 귀용이 술 달라는 소리 없이 나의 배에다 손을 얹어 놓고 잤다. 이제 최소한 그이의 마음 조그만 귀퉁이를 차지 한 것 같았다. 조금만 있으면 여기 들어온 지 일 년이 됐다. 저 위 높이 있는 창문을 조금 열어 놨더니 밖에서 등꽃 냄새가 솔솔 들어왔다. 매일 밤 그이는 고목이 뿌리째 뽑혀 올라오는 것처럼 큰 소리로 코를 골았다. 그 소리에 음천이 잠을 못 자는 건 아닐까? 나는 귀용의 손을 배에서 옮겨 젖가슴 위에 얹었다.

내가 도착했던 첫날 음천이 한 말이 생각났다.

“아들 많이 나우.”

그녀의 목소리가 떨려 나왔었다. 지나가다가 우연히 남하고 소매가 슬쩍 스치기만 하더라도 그것은 전생에 무슨 인연이 있어서 그렇게 된다고 하니, 그럼 나와 음천의 관계는 전생에서 어땠었단 말인가. 자매이면서 한 남자를 두고 싸웠나? 그것이 어떤 숙명적인 인연이었거나 아니거나 확실한 건 이제 이 아기도 우리와 인연을 맺었다는 거다. 인연은 한번 맺어지면 없어지는 게 아니다. 이렇게든 저렇게든 한 생에서 다음 생으로 계속 이어져 간다.

다음주 어느 날 밤 귀용의 옆에 누워서 귀뚜라미의 울음소리를 듣고 있었다. 그이가 아직 코골이를 시작하기 전이었는데 대문이 삐꺽 열리는 소리가 났다. 그래서 일어나려고 머리를 드니까 귀용이 손으로 입을 막았다. 귀뚜라미 소리가 뚝 그치고 어떤 여자의 조용한 발걸음 소리가 음천 방 쪽으로 가고 곧 낮은 말소리가 들렸다. 귀용이 손을 비키고 조금 있으니까, 그 신비의 여자가 가만가만히 걸어서 대문 밖으로 나갔다. 귀뚜라미가 다시 울기 시작하자 귀용이 속삭였다.

“음천 여동생 진희야. 부산서 올라왔다가 다시 내려가는데 가기 전에 들린 거야. 아들 찾는 걸 포기하고. 낮에 오는 게 창피하고 또 음천만 보고 갈 거니까 밤에 온 거야.”

"진희 아들은 어떻게 됐는데요?"

내가 진희에 대해 아는 것이라곤 조그만 골무에 부을 만큼도 안 됐다. 음천이 아파 누워 있을 때 두 번 왔었는데 시어머니와 나한테 인사만 하고 조금 있다가 가곤 했었다.

"자네한테 이때까지 얘기 안 해 준 이유는 저 사람이 비밀로 하고 싶어 해서야."

귀용이 일어나 앉아 내가 머리맡에 뒀던 숭늉을 들이마셨다. 다시 누워서는 나의 얼굴에 가까이 대고 말을 이었다.

"살림을 차려 준 김이라는 자가 있었어. 건설회사 사장. 그 옴 붙을 놈의 아들 준호를 낳았는데 자네가 오기 바로 전에 그 개새끼가 애를 뺏어갔잖아. 자기 처한테 데리고 간 거지. 이사까지 가버렸대. 진희가 찾을 수가 없는 거야."

"아유, 불쌍해라. 아기는 더 불쌍하고."

어쩐지 진희의 아름답고 커다란 눈이 슬퍼 보였더라니.

"그래서 어떻게 한대요?"

"진희가 우물에 빠져 죽거나 양잿물이라도 마실까 봐 진희 어머니하고 오빠랑 남동생이 번갈아 가면서 몇 달 동안을 지켰지. 목을 매달고 죽을까 봐 걱정도 했고. 그러다가 결국은 준호 찾는 걸 포기했대."

예쁘게 수 놓은 손수건에 그 아름다운 이마를 묻고 얼마나 슬피 울었을까.

"자네도 애 뺏길까 봐 걱정했으면 안 해도 돼."

목청을 가다듬고 계속했다.

"자네는 진희 같은 신세로 만들지 않을 거야. 그럴 양이었더라면, 그럴 여자는 수두룩하고도 남았었다고. 복숭이도 있었고."

"복숭이요? 미나 엄마 말고 여자가 있었다고요?"

"그 사람한테 언제 한 번 물어봐."

입을 다물고 조용히 했다. 더는 말을 해서 이 행복의 순간을 망치고 싶지가 않아서였다. 이렇게 어마어마한 행운을 만난 사람은 "이게 웬 떡이냐" 했을 거다. 나에게 안겨진 떡은 상상도 못 할 만큼 크고 평생을 먹어도 줄어들지도 않고 하늘에 있는 시루에서 갓 쪄서 김이 모락모락 나고 식지도 않는 신비의 떡이었다. 이 집에 온 뒤 처음으로 두 다리를 쭉 펴고 그이의 팡팡한 팔을 베고 잤다.

1950년 6월 초
귀용

오래간만에 집에 일찍 오게 돼서 기분이 좋았다. 저 밑 여수에서부터 달려왔다. 열 시쯤인 거 같았다. 전라도 여수에 갔다 올 때마다 안심이 되었다.

빨갱이 게릴라하고 부딪히는 걸 면했으니. 제주도를 빼놓고는 여수 지역이 빨갱이들이 제일 많이 몰려 있다고 했다. 작년 시월에는 마흔이나 되는 빨갱이 새끼들이 경찰서로 쳐들어와 닥치는 대로 쏴 죽였었다. 여수시를 완전히 장악하고 순천으로 기차를 타고 가서 시민 수십 명을 총살해 죽였다. 사무실 사람들이 몇 주 동안 그 이야기만 했었다. 그놈들이 경찰 수십 명을 끌어다 한 줄로 세워 놓고 총살을 했단다. 그냥 보통 시민들도 한밤중에 깨워서 죽였단다. 이삼 일 동안에 오백 명을 죽였다. 기가 막힌 건 순천이란 이름이었다. 평화스러운 하늘이란 뜻이 아닌가. 그때부턴 거기에 갈 때마다 허 씨네 주유소에 먼저 들러 그 지방 소식부터 들었다.

오늘은 점심때쯤 거기에 도착했었다. 보통 때나 마찬가지로 직원이 트럭에 기름을 넣고 유리창을 닦는 동안 허 씨는 나무 절구통 의자에 앉아 화랑 담배를 피우면서 나한테 옥수수 삶은 걸 하나 건네줬다.

"좀 조용해요, 아저씨?"

삼촌보다도 더 늙어 보여 할아버지라고 불러도 되는데 아저씨라 불러드렸다.

담배를 꺼버리고 허 씨가 얼굴을 쥐어짜듯 찡그렸다.

"담배 피우는 게 진저리나요? 입에 안 맞아요?" 하고 허 씨한테 물었다.

"왜? 담배가 진저리가 나는 것 같아? 이게 내가 행복할 때 하는 얼굴이야."

둘 다 껄껄 웃었다.

"여기선 말이야 며칠 동안 조용하면 그건 나쁜 징조야."

허 씨가 늘어놨다.

"그럴 때 어떤 놈이 언제 어디서 튀어나와서 내 목에 총을 쏠지."

허 씨가 지리산 봉우리 쪽으로 고개를 꺼떡거렸다.

"이래서는 잠을 잘 수가 있어야지. 언제 그놈들이 환장할지 모르니까. 북한에는 군인이 십오만이나 된대. 러시아제 탱크가 수백, 전투기도 수두룩. 그런데 우리한텐 군인이 얼마나 있는지 알아? 저놈들 가진 거에 삼 분의 일만이라도 갖고 있다면, 내가 손에 장을 지질 거다. 우리한테 탱크는 몇 개 있는지 알아? 제로. 빵. 영. 미국 놈들이 안 주잖아! 전투기도 안 주고! 이러다가 언제고 저 벼락 맞아 불알이 군밤이 될 빨갱이 놈들의 탱크가 터렁터렁 하고 저놈들의 전투기 비행기가 왱왱왱 하는 소리에 우리가 잠을 빨딱 깬 거라고. 그럴 순간에, 맥아더 장군이란 인물은 어디 있을 거 같아? 일본에서 기생 파티하고 있을 거다."

"맥 장군이 빨갱이가 쳐내려오면 우릴 도와준다고 했다는데요."

"그 인물이 말이야, 입이 몇 갠 줄 알아? 열 개도 넘는다고. 그 사람이 우리한테 무슨 일 있으면 자기 자신의 나라를 지키는 것처럼 똑같이 구출한다고, 말이야 뻔지르르하게 했지. 그렇지만 그자가 얼마나 신속하게 우리를 구하러 올 수 있느냐, 그게 문제야. 그자가 여기 도착할 때쯤엔 우리는 몰살을 당해서 입을 딱 벌리고 하늘을 쳐다보고 있을 테고 입안엔 파리가 왔다 갔다 하고 있을 거다, 내 말이 바로 이거란 말이야."

빨리 방공호를 파야 할 때가 왔다. 어디가 좋을까. 이 씨는 자기 집 뒤칸에다 만들었다. 방 씨와 한 씨네는 마루 밑에다 했다.

어머니 방은 깜깜했다. 미나는 거기서 자고 있을 거였다. 음천의 방에서 불이 창호지를 통해서 희미하게 새어 나오고 있었다. 수양이 상을 차려서 마루로 가지고 오자 음천이 방문을 열고 조금 웃으며 고개를 까딱 하며 나를 맞았다.

아직 자지 않고 l있기를 바랬다. 언제 다시 옛날같이 될 수 있을까? 장거리 운전으로 온 피곤이 몰려 왔다. 저 여자가 얼마나 그리웠던가. 어떻게 다시 그녀와의 몸풀이를 시작하나?

저녁을 먹고 씻은 다음 음천의 방으로 발을 들여놨다. 뭔가 새로운 냄새가 났다. 약초 냄새는 매일 그렇듯이 연하게 났다. 그런데 그것 말고 또 나는 냄새는? 분 냄새? 음천이 이불에 앉아서 나를 쳐다봤다. 이마에 주름을 보이며 놀래는 표정을 했다. 낮에 했던 머리 쪽을 내려 긴 머리가 하얀 속치마와 앞가슴 위로 풀어져 내려와 있었다. 원앙 수가 놓여 있는 이불이 요 위에 덮여 있었다. 몇 번이나 빨았는지, 원앙의 머리에 번졌던 음천의 피 색깔이 바래져 있었다.

"다른 이불이 있는데 왜 이걸 써, 여보."

앉으라고 푸른색 방석을 밀어줘 거기 앉았다.

"여수 운전 괜찮았죠?"

"응."

음천의 목소리가 전처럼 엿가락같이 미끈하게 빠져나왔다. 몇 달을 누워 꿍꿍거리던 사람 같지 않게.

"작은집한테 수정과 좀 갖고 오랠까요? 드실래요?" 했다.

"아냐. 마셨어."

사실은 마시지 않았는데 그 말이 그냥 튀어 나왔다. 수양의 이름을 꺼내고 싶지 않고 빨리 다른 방향으로 일을 끌고 가고 싶어서였다.

불을 끄고 음천의 이불 속으로 들어가 팔을 뻗쳐 팔베개를 해줬다. 음천이 내 쪽으로 몸을 돌리면서 손을 코에다 대더니 냄새를 맡았다.

"냄새 옛날같이 좋아" 했다.

음천의 속치마를 벗기자 그녀가 다리를 신랄한 각도로 응해 왔다. 아, 이 여자의 이 유별난 짓이 얼마나 그리웠던가. 그녀의 손가락 끝이 나의 손목을 눌렀다. 손톱이 거기서 느껴졌다. 나의 왼쪽 손은 음천의 머리를 뒷받침했고 그녀의 머리카락은 나의 손가락 사이에서 젖은 미역처럼 매끈거렸다. 그리고 그녀의 배는 나의 배에서 조금 왼쪽으로 빗겨 나가길 잘해서 자꾸 좇아가는 게 또 왠지 나의 불을 더 지폈다. 이 진저리 처지게 달콤한 마비되어 가는 순간들—여기로 저기로 다시 여기로.

국수다리는 신경을 깨어나게 하는 마비감의 소리를 들으면 황소같이 큰 소리로 더운 김을 퍽퍽 구름처럼 내뿜으며 웃고 거지깽깽이 소리라고 할 거다. 십오 년을 같이 산 마누라는 마루 걸레 조각같이 헐어 빠졌다고 할 거다. 안 감아서 쉰내 물컹물컹 나는 머리통 같다 할 거다. 자네 바지 좀 내려봐. 어떻게 된 거 아냐?

이게 속살이 맞는다는 것, 그것인가보다. 그게 아니면 머리에서 발끝까지 꿀이 되는 그게 뭐란 말인가. 옛날 유교 학자들은 그런 녹아나는 거에 대해서 다 알고 있었다. 그러니까 그런 말을 만들어 냈잖은가. 수양이 하고 자는 건 바깥 살이다. 그만하면 통과하는 그런 거.

수양이와 할 때는 음천의 입에서 나는 맛이 없었고, 수양하고 할 때는 음천을 처음 봤을 때 '각각' 했던 제비 소리가 귓가에서 울리지 않았고, 수양과 할 때는 음천과 둘이서 절정에 올라왔을 때 음천의 눈꼬리에서 촉촉해지는 눈물이 눈에 없었다.

결국 국수다리 말이 맞았다. 나는 귀한 용이요, 털이 뻰친 멧돼지였고, 그것도 아주 재수가 터진 멧돼지였다. 아들을 꼭 가져야 한다는 법만 없었다면, 미국 예수쟁이같이 살고 싶다. 마누라 하나에 딸 하나면 만사가 오케이일 거다.

음천한테 하고 싶은 말이 목까지 올라왔다. 다시 살아와 줘서 고마워. 당신하고 하는 사랑은 아무 데도 비교할 수가 없어. 믿어 줄 거야?

이런 말 대신 나온 말은 "여보. 우린 그냥 둘이 딱 붙은 거야. 그래도 괜찮아?" 였다.

음천이 나의 다친 손을 들고 입술을 갖다 대었다.

음천에 대한 이 감정 절대로 변할 것 같지 않았다. 그렇지만 수양이 아들을 낳는다면 변할까? 나의 신체 한가운데서 빠져나올 나의 새끼, 그건 이 세상을 확 바꿔 놓을지도 모른다. 그럼 그 새 세상은 나를 어떻게 바꿔 놓을 것인가.

수양

해가 봉선화 위로 쫙 비쳤다. 하도 빨개 피처럼 보였다. 음천이 집안일을 좀 더 거들었다. 얼마나 다행인지. 이제 오후면 녹초가 됐다.

하루 저녁에는 귀용이 음천 방에서 잤다. 이불을 머리끝까지 뒤집어쓰고 그쪽으로 등을 두고 잤다. 한편으로는 잘됐다 싶었다. 죄스러움에서 해방된 것 같아서. 음천은 회복됐고 귀용하고 자기도 했다. 그런가 하면 벼락을 맞을 질투가 났다. 누룽지같이 구수하고 아랫배를 뜨듯이 하는 그이의 팔이 지금 음천을 안고 있으리라. 아니. 안돼! 다시 음천이 아파 누웠으면 하는 생각이 들자 배를 끌어안고 그런 못된 생각이 유산이라도 되게 하지 못하도록 기도를 했다.

얼마 후부터는 그이가 일주일에 세 번씩 음천에게로 갔다. 나한테 돌아와서는 지쳐 빠진 사람 같았다. 죄책감이 더 나쁜 건지, 질투가 더 나쁜 건지 분간이 안 됐다. 어떤 때는 애가 금방 떨어져 밖으로 툭 빠져나올 것 같았다. 귀용이 돌아와 아무 사무도 보지 않고 코만 골더라도 그이가 돌아오길 목이 빠지게 기다렸다.

음천과 같이 밥을 할 때 엉덩이가 부딪칠 때가 있었다. 처음에는 쑥스러웠으나 여름에 부엌에서 하는 차가운 목물처럼 곧 익숙해졌다. 하루는 음천이 "배 좀 만져 봐도 돼? 아기가 발길질하는 거 시작했어?" 해서 깜짝 놀랐다.

음천이 배를 만졌을 때 진희의 배도 임신 때 만져 봤느냐고 물어보려다 말았다. 음천이 진희에 대해 말할 때까지 아무 말 안 하리라. 아무튼 진희 같은 팔자가 될까 봐 안절부절못하지 않아도 되어서 고맙기 짝이 없었다.

오늘 아침에는 음천의 얼굴이 무다리같이 희끗희끗 누렇지가 않았다. 눈이 번쩍 뜬 것 같고 반짝였다. 어젯밤 귀용이 거기서 잤다. 그 둘이 같이 있는 걸 상상하니 맨살의 배를 누가 짚으로 비벼 대는 것 같았다. 그래서 손으로 배를 쓸어 내렸다.

"이불 홑청 방망이질할까?"

음천이 제안했다.

그래서 나는 배를 쓰다듬다 말고 빨랫줄에 널어놨던 홑청을 걷었다. 홑청 끄트머리를 마주 잡아서 네모로 접은 다음 방망이 돌을 마루 사이에 놓았다. 우리는 방망이를 두 개씩 집어 들었다.

"사람들이 뭐라고 하는지 알지?"

음천이 홑청을 손으로 쓰다듬어 내리면서 말했다.

“두 사람이 마음이 맞으면 방망이질하는 소리가 짝이 맞아 듣기 좋은 음악이 된다잖아.”

음천이 방망이를 내려치면서 먼저 리듬을 시작했다. 내가 따랐다. 그런데 이게 무슨 해괴한 소리일까. 뚜닥 뚜닥 뚜뚜닥닥닥. 음천의 리듬이 뭔지를 모르겠다. 우리 방망이가 제멋대로 따로따로 줄행랑을 놓았다. 뚜닥 뚜닥 뚜뚜닥닥닥. 방망이들이 말하고 돼지 다리를 묶어서 같이 뛰게 한 것같이 절룩거렸지만 그래도 이를 악물고 방망이를 내려쳤더니 속이 시원해졌다. 그러다가 방망이가 홑청의 솔기를 때리더니 손에서 휭 빠져나가 달아나 버렸다. 마루를 대굴대굴 구르더니 시어머님의 놋쇠 요강을 쾡하고 때렸다.

내가 먼저 웃음을 터뜨렸다. 그리고는 음천이. 뱃속에 은방울들이 조로록 달려 있다가 한꺼번에 땡 얻어맞자 동시에 울기 시작한 것 같았다. 하도 웃어서 오줌을 쌀 것 같아 다리를 오므렸다. 그리고 저고리 고름으로 눈을 닦았다.

“어머니가 한 씨네 마실 가시고 안 계시게 망정이지”라며 음천도 치맛단을 끌어 올려 눈을 다독였다.

“크게 웃지 마.” 친정어머니가 일러 주셨었지. 말짱 허사가 되어 버렸다. 코를 훌쩍 들여 마시며 눈을 끔벅댔다. 그 순간에 음천이 시어머니의 담뱃대를 재떨이에서 끌어와 성냥을 그어 피다 남은 담배에 불을 붙였다. 그리고 양 볼을 쏙쏙 들이켜면서 담뱃대를 빨아들여 불이 온전히 붙게 했다. 여자는 할머니 나이가 되기 전에는 담배를 피우면 욕을 먹었는데 삼십 좀 넘은 며느리가 하물며 시어머님의 담뱃대를 입에 물고 퍽퍽 피다니! 음천이 언제 담배를 피우기 시작했는지도 도저히 감이 잡히지 않았다. 시어머님이 이 순간에 들어오신다면 어떻게 되는 걸까?

음천이 천연스럽게 눈을 갸름하게 감으면서 담배 연기를 마당에서 있는 봉선화 쪽으로 휙 불어 냈다. 담배가 다 없어지자 음천이 걸레 한끝을 담배통에 쑤셔 넣어서 불을 꺼버렸다. 그리고 방망이를 잡더니, "다시 해 볼까?" 했다.

이번에는 금방 음천의 리듬을 잡았다. 방망이 네 개가 눈부시게 재빨리 올라갔다 내려갔다 하는 걸 따라 햇빛이 반짝거렸다.

1950년 6월 중순
음천

그이가 거울을 깬 이주일 후 나는 방에서 창호지를 매화 모양으로 가위질해서 무릎 앞에 놓은 사발에 넣었다. 며칠 동안이나 매화 모양의 종이를 거울 깨진 줄에다 붙였는데도 아직도 종이를 더 잘라야 깨진 데가 다 메워졌다. 종이에 풀을 발라서 줄 간 데에 부쳤다. 미나는 방바닥에 엎드려서 줄 친 공책에다 습자 연습을 했다. 내가 고개를 기우뚱하며 거울을 훑어봤다. 이제까지 붙여 놓은 거로는 대강 나뭇가지 모양이 생겨났다. 아직도 메꿀 데가 많아 나무가 무슨 태풍 같은 것한테 쥐어뜯긴 것 같았다.

"엄마, 나도 해."

내가 짜 입힌 빨간 스웨터가 이뻤다.

이틀 전에 내가 종이를 오리고 있는 걸 보고 그이가 불평을 했었다.

"그렇게 꾸부리고 있다가 허리 아프려고 왜 그런 걸 해. 내가 새 거울 사주면 되잖아."

내가 장난으로 눈을 흘겨 줬다.

대문이 열리는 소리가 나고 그이의 발소리가 들렸다.

"아빠다. 이거 나중에 할래."

나도 사발을 내려놨다. 미나가 가위를 던지고 마루로 뛰어나갔다. 수양이 저녁상을 차려 왔고 그이가 먹기 시작하자마자 미나가 그이의 무릎에 쏙 들어가 앉아 숟가락으로 밥 먹여주기를 기다렸다. 다 먹은 다음 내가 미나를 데리고 시어머니 방에 들어가 재우려고 누워서 제비 한 마리가 떨어뜨려 준 씨를 심고 기른 호박에서 금덩어리가 나왔다는 흥부 이야기를 해줬다.

"엄마하고 자면 안 돼?"

"할머니하고 자는 거 너 좋아하잖아?"

"응, 좋아. 그래도 엄마하고 자고 싶어."

이 여섯 살짜리한테 넌 이제 컸으니까 아빠가 엄마하고 자러 올 때를 생각해서 그 방에서 안 자는 게 좋아, 라는 말을 어떻게 해줄 수 있겠나. 미나가 잠든 다음에 방으로 가느라 마루를 건너가는데 거기서 시어머니가 담배 피우고 주무시러 가실 때를 기다리고 앉아 있던 귀용이 나를 쳐다보고 웃었다. 오늘 밤 온다는 뜻인가?

그 이하고 잠자리하는 것을 작은집하고 며칠씩 번갈아 해 온 지가 벌써 몇 주나 되어 이제쯤은 그이가 누구하고 잘 것인가 하는 결정을 기다리는 일에 익숙해질 때도 됐는데 밤마다 마치 생전 처음인 것처럼 기다리는 동안에 숨이 끊어질 것 같았다.

방에 와서 숨을 크게 내쉬고 종이와 풀을 잡아당겼다.

"잘 자게나."

시어머니가 문 닫는 소리가 났다.

"안녕히 주무세요, 어머니."

그리고 그이의 발소리가 났다.

나는 손을 가슴에 대고 지그시 눌렀다. 그러면 좀 심장이 덜렁거리는 걸 덜하게 하는 데 도움이 됐다.

쓰윽쓰윽. 그이의 슬리퍼 소리가 점점 멀어져갔다.

도마 위에서 착착 썰어져 동그란 반달 모양으로 도마에 똑똑 떨어지는 오이. 그 오이 반달의 심정이 이러리라.

저 아래 문화동 길에서 미군과 한국 군인이 몰고 가는 지프와 트럭들의 긴 행렬이 드렁드렁하는 소리가 들려왔다. 그래, 최소한 나는 목숨이 붙어 있다. 남한도 아직 살아 있고. 한강이 피로 새빨개지지도 않았고. 그리고 그이가 한 지붕 밑에서 숨 쉬고 있고. 또 언젠가는 미나가 아들 열 둔 다른 여자들보다 나를 더 자랑스러운 엄마로 만들어 줄 거야.

고개를 갸우뚱하고 깨진 거울을 쳐다봤다. 며칠 밤만 더하면 그 나무가 전처럼 심하게 우박에 후려쳐진 것같이 보이진 않겠다.

이렇게 살고 있다는 게 고마워야 하는 여러 가지 이유를 생각하면서도 왜 나의 눈길은 자꾸 천장으로 갈까? 천장에 가로질러 있는 땅콩같이 노르끼리한 색의 서까래를 쳐다보면서 저기서 목을 매고 달랑거리고 있으면 어떤 느낌일까, 하고 생각할까.

1950년 6월 중순
음천

계선이 갑자기 대문을 덜컹거리며 들어와 기둥을 허둥지둥 돌아서 내 손을 쥐어 잡고 자기네 집 앞 등나무 아래로 데리고 갔다. 숨이 차서 계선은 보통 때 보다 더 심하게 말을 더듬었다.

"우리 애들 아버지의 사촌 여동생이…… 위궤양에 걸렸는데…… 그래서 빈대떡집을 못 하게 돼서…… 과부고 누가 손봐 줄 사람이 없어서…… 한번 해볼라우? 내가 도와주면?"이라고 말했다.

"한 주나 두 주나? 우리 바깥양반들이 우리 머리를 박박 깎는다고 할 거지만…… 특히 미나 아빠는 내가 충동질을 했다고 야단나겠지만."

너무 갑작스러운 일이라 말이 안 나왔다.

계선이 말을 이었다.

"우리 시어머님하고 우리 딸애들이 내가 몇 시간씩 없어도 밥은 잘할 거고 그러니 내가 도울 수 있어요. 해볼라우?"

계선은 순전히 친한 동네 친구를 생각해서 자기 목을 쑥 내미는 셈이었다. 그 여자는 팔자가 늘어져 빈대떡 장사 같은 걸 할 필요가 없는 여자였다. 바깥에서 목욕하다가 뱀을 보는 것만큼이나 돈 버는 일은 근처에도 가볼 필요가 없는 사람이었다. 그런데 이웃 친구를 생각해서 빈대떡을 해내면서 도와주겠다고 하질 않는가. 전생에 무슨 선행을 했길래 이런 좋은 친구를 만났을까.

"그럼, 그럼. 해야지. 그런데 그렇게 되면 이번에는 우리 미나 아빠가 그냥 거울을 주먹으로 치는 정도로 넘어가지는 않을 것 같아요."

펄썩 앉아서 눈을 감았다가 금방 벌떡 일어나서 "생각해볼게요. 하룻밤 생각해 볼 시간 있는 거요?" 했다.

다음날 새벽에 진달래술을 마당에 있는 물독 위에 올려놓고 고개를 숙였다. 별 몇 개만 깜박이는 칠흑 같은 하늘이었다. 술 사발 양옆에 초를 놓고 불을 붙였다. 모두 아직 자고 있었다. 귀용은 수양의 방에서 자고 있고 아직도 깜깜했다. 그이의 팔을 수양이 베고 있겠지.

오늘은 아주 특별한 날이라 냉수 대신에 진달래술을 올리고 있었다. 수양이 오기 몇 달 전에 친정어머니와 같이 만든 거였다. 소나무 술이었으면 지금쯤 시어졌으련만 진달래술은 아직도 향기로웠다.

기도 중 하나는 항상 똑같았다. 그이의 마음이 제게서 떠나지 않게 해주소서. 그렇지만 그 기도는 분명 허사일 것이었다. 아무리 찹쌀풀로 두 사람의 심장을 붙인다 해도 남녀가 만들어 낸 아이의 피가 여자의 뱃속에서 돌고 돌아 두 사람을 함께 꽉 잡으면 그 무엇도 견딜 수 없었다. 그런 기도 말고 새로 올리는 기도는 '시어머니와 남편이 내가 일해서 돈 벌게 허락하게 해주시고 돈을 모아 미나가 최고의 교육을 받을 수 있게 돼 제가 아들 열 둔 여자들보다 더 자랑스럽게 해주소서'였다.

돈은 그이의 짐을 좀 덜어주는 데도 도움이 될 거였다. 티끌도 모으면 태산이 되는데. 그이가 트럭을 끌어서 벌어오는 돈은 생활하는 데 모자라기가 일쑤였다. 그래서 그이와 내가 쉬쉬하고 있지만 그이가 가끔 트럭에서 기름을 빼서 파는 경우까지 있었다. 시청에서 이 일을 알면 당장 귀용의 목이 잘릴 거고, 그렇게 되면 즉시 그 자리를 채우려고 날고뛰는 자가 열두 명도 넘을 거였다. 그리고 수양이 계속 애를 쑥쑥 빼놓으면 그 입을 다 어떻게 먹일 것인가? 친정아버지 말마따나 우동 값밖에 안 되는 월급으로 식구들 먹이느라 "불알이 터질" 것이었다. 그렇다 하더라도 귀용은 차라리 불알을 터뜨리면 터뜨렸지 제 마누라를 밖으로 돌려 외간 남자들이 하릴없이 쳐다보고 흑심 품는 걸 참지 못할 거였다. 그래서 옛날 말도 있지 않나. 남자가 바깥에 절대 내놔선 안 되는 두 가지는 마누라와 물사발이라는. 그렇다고 감나무 밑에서 입만 쫙 벌리고 감 떨어질 땔 기다릴 순 없지 않은가. 이렇게 돈을 벌 기회가 무릎에 굴러떨어져 왔는데. 돈이 좋다는 건 천하가 다 아는 일 아닌가. 그래 돈 있으면 처녀 불알도 살 수 있다는 농담까지 있지 않은가. 내가 일을 시작하면 시간이 지나면서 귀용도 받아들일 거였다.

지금 귀용의 월급으로는 그 집 애들 대학비 하나도 못 댈 거다. 미나가 다녀야 할 최고 대학 등록금은 말할 것도 없을 거다. 그런 학교를 안 나오면 미나가 어떻게 판사가 되어 긴 가운을 입고 아들 열 난 여자들을 부러워하게 만들 건가?

저를 불쌍히 여기소서, 하고 계속 비는 손이 하도 비벼대서 뜨끈거렸다. 허나 내가 나가서 일을 해야 하는 이 모든 이유는 나 자신에게까지도 숨기고 싶은 하나의 이유에 비하면 아무것도 아니었다. 아, 얼마나 부끄러운가. 그렇지만 사실이었다. 그건 나의 눈앞에서 나날이 풍선처럼 불러오고 있는 수양의 배와 거기서 자라고 있는 귀용의 애에 대한 생각을 안 하게 해줄 수 있는 다른 무엇이 필요했다. 뭔가 다른 게 나의 머리를 꽉 채우고 더 남아 철철 흐르면 좋았겠다.

"날 먼저 죽인 다음에 해"라고 귀용이 나올지도 몰랐다. 시어머니는 "내 아들 죽이지 마!" 하실 거다.

수양

"아가야."

내가 배 속의 애에게 말을 걸었다.

"너 고추 달았지? 그지?"

발길질이 사내아이가 틀림없다. 어찌나 힘이 센지 먹은 시금칫국이 목구멍으로 꼴깍 넘어왔다. 매운맛에 목이 따끔따끔했다. 서랍에서 메밀죽 같은 뿌연 색의 약 한 봉지를 꺼내 입에 털어 넣고 물을 꿀꺽 마셨다. 애를 잘 간수하려면 토하면 안 된다고 자신에게 경고했다. 음천이 아파 누웠을 때는 아침부터 속이 쓰려 약을 먹어야 했었다.

음천이 쟁반을 들고 부엌 문턱을 넘어왔다.

"숭늉 좀 드릴까요? 누룽지로 금방 만들었어요."

숭늉을 사발에 부어서 두 손으로 음천에게 올렸다. 음천이 나의 배를 보고 있는 걸 느꼈다. 그녀 남편의 애를 가진 게 죄스러워서 배를 당겨 드렸다. 귀용이 나와 잔 지 몇 달이 지났는데 아직도 그 사람한테서 음천의 냄새가 나는 것 같았다.

친정어머니의 꽃밭에서 유월 말이면 만발을 하고 있을 채송화가 보고 싶었다. 어머니가 양념해주시던 대로 만든 깻잎이 먹고 싶었다. 파, 마늘, 고춧가루를 잎사귀 사이 사이에 켜켜이 넣어 만드셨던 그 깻잎.

작년 음천이 드러누웠던 가을에 갔다 오곤 한 번도 더 친정에 못 갔었다. 미나를 데리고 갔었지. 음천이 앓고 누워 있는 옆에서 미나를 떼어서 기분 전환해 준다는 핑계로 그 앨 데리고 갔었으나 사실은 그 옆을 잠시나마 떠나고 싶었던 건 나 자신이었다.

큰집 여자치고는 음천은 부처님 가운데 토막 같았다. 시어머니도 너그러우셨다. 남편으로 친다면 귀용은 어느 여자가 더 바라겠는가? 그이는 생각만 해도 얼굴이 화끈거렸다. 자기 처하고의 유별난 금실은 어떤 여자라도 제대로 정신이 박힌 여자라면 탓할 일이 전혀 아니지 않은가. 그렇다면 왜 배 속이 누가 톱밥으로 싹싹 문지르는 것 같을까.

음천이 막걸리를 한 잔 마신 다음 친정에 간다고 나갔다. 그러자마자 시어머님 방에서 신음이 터져 나왔다.

"어머님!" 하고 내가 안방으로 뛰어갔다. 그런데 너무 빨리 움직여 숨이 찼고 먹었던 국이 목으로 다 쏟아져 나올 것 같았다. 방에 있는 시어머님의 놋요강의 뚜껑이 열려 있었고 거기서 나는 악취가 어찌나 메스꺼운지 숨을 쉴 수가 없었다. 뚜껑을 빨리 닫는다는 게 그만 꽹과리 소리가 났다.

"어머. 잘못했습니다, 어머님. 그냥 닫는다는 게…… 어디가 편찮으셔요?"

시어머님은 치맛자락을 젖혀 놓고 계셔서 엉덩이가 훤히 보였는데,

시어머님은 나가라고 손짓을 하셨다.

"어머님, 허리 주물러드릴까요? 허리를 다치셨어요?"

시어머님은 자꾸 나가라는 시늉만 계속하셨다. 할 수 없이 뒷걸음질을 쳐서 나오면서 큰 며느리가 집에 있었더라면 그 며느리한테는 도와달라고 하셨을까 생각해봤다. 내가 밴 아이에 대해서는 마음이 부풀어 계시지만, 시어머님과 큰며느리의 사이는 무척 스스럼이 없었다. 예를 들면 시어머님 앞에서 나는 항상 무릎을 꿇고 앉았지만 음천은 그러지 않았다.

부엌으로 터벅터벅 돌아왔다. 시어머니와의 거리는 천 리나 되는 것 같았다. 음천을 따라간다는 건 불가능할지도 몰랐다. 음천은 황새였고 나는 뱁새였다. 뱁새가 황새를 쫓아가려고 하면 가랑이가 찢어진다지 않는가. 나는 그저 자신이 할 수 있는 일만 할 수밖에 없었다. 밥하기, 빨래하기, 미나와 놀아주기 같은 것들. 자신을 위로하느라고 속담들을 되풀이했다.

"제자리에 가만히 있으면 반은 가는 거다."

"고개를 숙이고 있어라. 그러면 너의 집안은 잔소리가 콩 볶듯하지 않고, 조용할 것이다."

"쥐구멍에도 언젠가는 볕 들 날이 있다."

음천

친정어머니가 싸주신 떡하고 마른 동태를 들고 집으로 왔다. 친정어머니가 이렇게 싸주시는 건 시어머니한테 드리는 뇌물이 아니라고 생각했지만 사실은 그랬다. 아들 못 낳은 우리 딸 잘 봐 주십시오, 하는 마음으로 보내는 게 뇌물이 아니고 뭔가. 시어머니한테 코가 땅에 닿도록 굽히는 어머니를 볼 때마다 가슴이 아렸다. 다 딸이 아들을 못 낳아 집 지붕에 구멍을 뻥 뚫어놓은 것 같은 처지가 된 탓이었다.

그날 저녁 엎드려 누워계신 시어머니의 다리를 주물러드렸다.

"어머니, 계선이 남편의 사촌 여동생이 빈대떡집을 했는데, 아셨어요?"

목소리가 벌써 떨려 나왔다.

"아니. 무슨 일 생겼냐?"

"위궤양이래요. 그래서 계선이 가게를 잠깐 봐준대요. 저보고 같이 와서 도와 달라는데 해도 괜찮죠, 어머니?"

시어머니가 돌아누우셔서 나의 손을 잡았다.

"에그. 이 약손. 이 손 주셔서 고맙습니다, 성주 대감님."

내가 신혼 색시였을 때 시어머니가 변비증으로 밑이 빠져나와 쩔쩔매셨을 때 징그럽다고 도망가지 않고 고인 물에 깨끗한 수건을 적셔서 어머니의 밑을 살살 집어넣고 잘 닦아드린 다음부터 내 손을 그렇게 부르셨다. 따뜻한 손과 쳐다보시는 눈빛만 보아도 나는 그분의 심정을 알고도 남았다. 작은집 보라고 아들을 들들 볶아 미안한 마음. 사과하고 싶어도 못 하시는 마음. 그렇게 해서라도 삼대 독자의 대를 잇게 하는 건 하늘이 그분에게 내리신 도리이니까.

"거기가 어디라니?"

"시구문 시장요. 사무실 사람들이 자주 온대요."

"시어머니하고 남편이 가게 내버려 둔대?"

"사람 구할 때까지만 인데요, 뭘. 며칠이나 길어야 몇 주일 정도 인걸요."

"그 사촌이 과부라고 했냐? 과부가 혼자 이때까지 했으면 아주 험한 장소는 아닌가 보지? 뭐 남자들이 취하면 아무 데서나 한낮에도 토악질하는 건 마찬가지지만. 널 어떻게 그런 데 내놓냐?"

"어머니, 빈대떡 파는 덴데요, 뭘. 막걸리 찾는 이들도 넥타이 맨 사무원들이래요."

"남자가 술을 마시면 넥타이고 자시고 말짱 소용없더라."

시어머니가 주무르고 있는 며느리의 손을 그만두게 하고 일어나 앉아서 담뱃대를 집으셨다. 불을 붙여드렸다.

"하게 해주세요, 어머니."

"내, 계선네 시어머니 보러 갈 테다. 얘길 자세히 들어 봐야겠다."

귀용

마루 밑에다 방공호를 팠다. 이 씨가 도왔다.

"그 트루먼 대통령은 도대체 무슨 심사야?" 작년에 있던 미군 철수 건에 대해서 이 씨가 또 타령을 하더니 마루에다 뚫은 좁은 구멍을 비집고 내려오면서 재채기를 해댔다. 다 내려와서 또 타령을 계속했다.

"아니, 우리한테서 미군을 빼돌려 가면 우린 어떻게 하라는 배짱이야? 빨갱이와 맨손으로 싸우라고?"

이 씨가 호미 뒤통수로 흙벽을 탁탁 쳐서 부스러지지 않게 다졌다.

"트루먼이 미군을 출퇴만 안 시켰어도 우리가 이 움을 파진 않았을 거 아뇨? 어림도 없었을걸." 손등으로 이마에서 땀을 닦아 훔쳤다.

유월 더위에다가 안에 켜 놓은 촛불하고 플래시 때문에 숨이 막혔다. 이 씨한테 수건을 건네줬다.

"이거 너무 좁지 않아? 식구들이 다 여기 못 들어올 텐데. 미나 작은엄마 배도 불러오고. 아들이겠지?"

벽이 휘어 나온 데를 이 씨가 도끼 머리로 쳤다. 먼지가 파삭 터져 나왔다. 나는 팔꿈치에다 코를 박았다. 기침을 하고 두 손바닥으로 벽을 두드려 다지고 부대 조각을 집었다.

"아들 낳아야 하고 말고요. 그렇잖으면 내가 한강에라도 빠져야

않소."

내가 부대를 벽에다 대보고 쟀다.

"핏줄이 배 속에서 발길질하는 거 만져보니까 신기하기가 말할 수 없지 않소?"

"기가 차던데요."

애를 낳으면 암소가 하듯이 애 얼굴하고 손을 혀로 핥아 줄 거였다. 발가락도. 아직 낳지도 않은 애한테 당기는 마음이 그 어미한테도 가는 걸 느끼곤 했다. 이제야 애가 있으면 남녀 사이가 돈독해진다는 말을 알겠다. 그래서 바람을 피우던 녀석들이 여자가 애를 낳으면 조용해지나 보다. 그런가 하면 어떤 놈들은 마누라가 애를 낳든 말든 계속 지랄을 하는 것도 봤었다. 그러니 인생은 오곡밥 같지 않은가. 모두 여러 가지가 섞여서 어느 게 조고 어느 게 밀인지 분간이 안 가니.

"그쪽 끝 좀 잡아주소."

이 씨가 붙잡자 천을 버팀나무 쪽에다 깔고 못을 박았다.

"오줌에 씻겨 나와 똥물에 행군 빨갱이 놈들."

이 씨 얼굴이 토마토같이 익어 있었다.

"똥파리 죽은 귀신 놈들."

음천

"어저께 계선이네 시어머니한테 빈대떡집 얘길 물어봤다."

시어머니가 저녁 밥상에서 아들한테 말을 건넸다.

"그이가 그러는데 괜찮은 자리라더라. 조카딸이 거기서 돈 좀 벌어 놓았데. 미나 어미 거기서 일 좀 도와주게 해도 될 거 같은데. 더구나 잠깐이니까."

귀용은 먹기만 했다.

그러더니 그날 밤은 나와 보내면서 묻는 게 많았다.

"그 집 친척이 언제 돌아온대? 진주에서 토요일에 올라오는 대로 들릴게. 저녁 아홉 시 이후까지는 일하지 마. 여보, 약속해. 통행 금지 사이렌 소리 나기 훨씬 전에 끝내야 해. 계선이 같이 못 하면 무자나 누구 다른 사람하고 같이 하고. 남자들이 들어 오면 계산대 뒤에 서 있고. 알겠어, 당신? 이 씨네들 다른 사람 못 찾아본대?"

그날 밤 '용의 춤'이라고 부르기로 한 둘만의 밤을 가졌다. 움직일 때마다 혼이 싹 날아갈 것 같았지만 또 속이 썩어 문드러지기도 했다. 몇 달이나 이 남자와 자는 짓을 수양이 하고 번갈아 했으면서도 아직도 괜한 생각들로 나의 가슴에 못을 스스로 박았다.

당신. 옛날처럼 날 사랑하지 않죠? 이런 생각을 하면서 그이를 맞았다. 그이의 입은 군밤 맛이었다.

우리 둘만 알던 비밀이 더 이상 우리 것만 아니죠? 이 생각에 몸을 뾰로통 빼어 제쳐 갔다.

당신. 나하고 할 때 그 여자하고 하는 것하고 똑같지 않은 거 뭐 있어요? 그이는 쓰디쓰고도 달디단 맛으로 나를 쫓아오고 안 놔줬다. 이 남자는 어떻게 이렇게 할 때마다 한 번도 똑같지 않고 싱싱하게 할 수 있을까?

당신. 그 여자하고 할 때도 내 뒤통수를 당신 왼쪽 손바닥으로 받쳐 주면서 하듯이 그렇게…… 아아아아.

빈대떡집을 하는 첫날 우리는 지게꾼 장정이 하루에 버는 돈보다 더 많이 벌었다. 돈이 모이는 대로 속옷 치마에 꿰매 붙인 주머니로 옮겼다. 그랬더니 발걸음을 디딜 때마다 돈이 허벅지에 닿아 따끈따끈한 손이 도닥거려 주는 것 같았다. 손님이 줄줄이 와서 오후 늦게까지 서 있었다. 점심 먹을 시간도 없어서 보리차만 마셨다. 하도 바쁘게 뛰고 신경을 썼더니 옛말에 개발에 땀이 난다더니 그 정도로 땀이 났다. 낮 손님들이 뜸하고 저녁 손님들이 들이닥치기 전에 잠깐 틈을 타서 간신히 계선과 둘이 빈대떡을 한 조각 먹었다. 그리고 또 빈대떡을 지지고 막걸리를 따르고 돈을 더 벌었다.

"누님. 여기 하나 더요!"

아줌마라고 해도 될 나이란 걸 뻔히 알면서도 일부러 이렇게 부르며 젊은 남자들이 아양을 떨었다. 지게꾼들만 퉁명스럽게 굴었다. 애를 달고 온 여자들은 빈대떡을 싸서 집으로 갔다. 나는 먹지도 않고 쉬지 않아도 좋았다. 돈에 미쳤나? 오늘 번 돈은 다 시어머니께 드릴 거였다. 몇 주 동안 버는 걸 다 드려도 아들 배라고 십여 년을 한약 다려 주신 데 비하랴.

이렇게 늦게까지 일하고 있다는 걸 알면 그이가 어떻게 나올까? 지금은 그런 걱정을 할 때가 아니었다. 훨훨 날아갈 것 같았다. 오늘은 종일 수양의 뱃속에 들은 애 생각을 한 번도 안 했다. 이틀 전 밤에 꾼 꿈에서 본 상어가 입에 가득 물었던 금덩어리가 지금 나의 주머니 속으로 굴러들어오고 있는 것이었다. 계선의 시사촌 여자가 아예 돌아오지 않으면 좋겠다. 이렇게 돈벌이하는 걸 십 년만 할 수 있다면 미나를 서울대학교 법과에 보내는 건 부질없는 꿈으로 끝나지 않아도 되었다. 미나가 판사의 가운을 입은 걸 상상해보니 아들 열 둔 여편네들이 시기가 나서 입들을 삐쭉거리는 게 보이고 머릿속에서는 태평가가 신나게 터져 나왔고 나도 모르게 그 장단에 맞춰서 엉덩이를 덩실덩실 돌렸다.

"아니 그게 뭐예요? 뭐가 그렇게 신이 난대요?"

막걸리를 따르면서 계선이 물었다.

"돈"이라고 친구의 귀에다 대고 속삭이곤 둘이 다 웃어 젖혔다. 그날 밤 하루 번 돈을 다 시어머니께 드렸다.

시어머니는 웃음을 함박꽃같이 웃으시면서 "돈 좋다. 그렇지만 내 팔 좀 봐라. 아범이 펄펄 뛸까 봐 아슬아슬해서 팔에 두드러기가 솟았다"라고 하셨다.

앉아서 시어머니 마음을 가라앉혀 드려야 마땅했지만 빨리 씻고 자야 하니까 그럴 시간이 없었다.

"얘. 술 주문하는 이가 많았냐?"

"네. 그런데 다들 신사들이었어요."

"아이고, 조상님들! 아이고, 우리 아비가 그걸 보면 어쩔까!"

"어머니, 한 사람도 땡깡 부리는 이 없었어요. 정치 얘기들을 많이 했어요. 한 사람은 옆집 사는 이가 북한으로 건너가다가 잡혔대요, 글쎄. 저 빨갱이한테로 가다가요, 어머니! 서울 경찰서로 끌고 가서 때려죽였대요. 뻗은 시체를 가마니에다 둘둘 말아서 식구들보고 와서 찾아가라고 했대요."

"저런 눈깔이 거꾸로 박힌 놈. 아니, 어째서 공산당이 저 뒷간 똥통에서 나는 썩은 냄새보다 더 썩은 내가 나는 걸 모를까? 그런 정신 빠진 놈이 있는가 하면 그런 놈보다 백배는 많이 우리 쪽으로 내려오려고 아우성들 치잖아. 그러니 우리 쪽이 낫다는 거 아니냐? 얘, 이러지 말고 빨리 가서 눈 좀 붙여라. 병나면 큰일이다. 그렇게 되면 정말로 아범이 실성할 거다."

닷새 되던 날이 토요일이었다. 주말이어서인지 제일 바빴다. 하도 바빠서 밖에 서서 '빈대떡'이라고 쓴 빨간 헝겊 간판이 바람에 파드득거리는 걸 보고 흐뭇해할 사이도 없었다.

"야, 이게 그 유명한 집이군요!" 하면서 남자 셋이 몰려들었다.

"소문대로 맛이 좋은가 봅시다, 아주머니! 맛없으면 돈 안 낼 겁니다. 내기하죠?"

"내기라뇨, 천만의 말씀. 돈 안 내시면 경찰 부릅니다."

먼저 온 손님 두 사람이 눌어붙어 앉아서 술을 새 주전자나 마시더니, 한 이가 〈동백아가씨〉를 부르기 시작했다.

그리움에 지쳐서
울다가 지쳐서

젓가락질을 안 하는 이한테 시간을 물어봤다. 열 시 반이라고 했다. 한 시간 반이면 통행 금지였다. 통행 금지에 걸려서 경찰서에서 하룻밤을 지새우게 된다면 그거야말로 그이의 불알이 반쪽이 될 일이었다.

이제 다들 양은 젓가락을 상에 두드리면서 노래를 길길이 뽑기 시작했다. 열한 시가 가까웠을 거였다.

"이제 문…… 닫아야 해요."

계선이 용감하게 나왔다. 몇 사람만 돈을 부스럭거리며 꺼내고 다른 이들은 돼지 멱 따는 소리로 노래를 꽥꽥 질러댔다. 어제 손님들 하고 하늘과 땅 차이였다. 한 놈이 내 팔을 끌어당겼다. 그 바람에 넘어질 뻔하면서 어깨가 그놈의 어깨에 부딪혔다.

그 순간에 이 씨와 귀용이 뛰어 들어왔다. 아마 골목 건너에서 쳐다보고 있던 것 같았다.

"다들 일어나요, 다! 문 닫소!" 하고 귀용이 판자문을 문턱에다 갖다 뚜들겨 맞추면서 고함을 질렀다. 몇 사람은 비틀비틀 일어나 밖으로 나갔는데 한 놈은 벌떡 일어서더니 귀용의 멱살을 잡고 소릴 질렀다.

"뭐야, 너? 무슨 자식이야?"

이 씨가 뜯어말리는 동안에 주전자가 시멘트 땅바닥으로 떨어져 뒹굴었고 계선은 간장병을 손에 들고 뱅뱅 돌았다.

"돈 필요 없우다! 그냥 가요, 가. 통행 금지요!"라고 이 씨가 말했다. 귀용이 판자문 쪽 하나를 더 맞춰 놓고 있는 걸 내가 팔을 잡아 말렸더니 밀쳐 버렸다. 할 수 없이 연탄불에 물을 뿌려서 끄고, 양은 뚜껑으로 덮었다. 다음날 쓸 음식거리를 담아 집으로 가져가야 하는데 그러기도 전에 귀용이 내 팔을 끌어 밖으로 잡아당기고 선반에 있던 열쇠로 문을 잠가 버렸다. 결국 여자들은 죄수들처럼 남자들 뒤를 따라 잠들어 컴컴한 집들 사이로 꼬불거리는 골목길을 더듬어 걸었다. 담 너머로 개들이 컹컹 짖었다.

집에 가까워져 오니 귀용이 문 앞에 서기도 전에 기다렸다는 듯이 수양이 문을 열어줬다. 귀용과 나는 아무 말 없이 수양을 지나치고 그이는 허겁지겁 방 밖으로 나오신 시어머니도 모른 체하고 나의 팔을 끌어 방으로 데리고 들어가 문을 쾅 닫았다. 전깃불을 켜더니 나를 툭 쳐 앉게 하고 자신도 나와 무릎을 마주 대고 앉았다. 두 손을 자기 무릎에 꽂고 앞으로 숙여 앉은 모습으로 숨을 가쁘게 쉬었는데 그런 그의 얼굴을 보니 오늘따라 그이의 코가 더 커 보였다. 긴장된 분위기였는데도 나는 이상하게 기분이 차분했다. 송충이는 솔을 먹어야 한다는 말대로 여자는 집안일을 해야 한다는 하늘이 주신 순리를 나는 깨뜨렸던 거였다.

그이 눈은 쌍불을 켜놓은 것 같았지만 숨은 조금씩 차분해지고 있었다.

"여보, 그건 이제 끝장이야."

그이가 말했다.

"그렇지 않으면 내가 직장 그만두고서라도 당신 못 나가게 지킬 수밖에 없어."

나는 눈을 땅바닥에 떨어트린 채 있었다.

그러더니 나의 이부자리에서 베개를 끌어 베곤 나에게 등을 대고 돌아 누웠다. 그 등을 한참 쳐다보고 있자니 그이의 어깨가 들먹거렸다.

무엇보다 다른 남자들이 나에게 찝쩍거리는 게 참을 수 없었나 보다, 라고 생각했다. 그게 처를 밖으로 돌려 푼돈을 벌게 했다고 남들이 흉보는 거보다 더 싫었나 보다. 남자들이 수양이한테 수작을 건다면 그것도 똑같이 못 참아 할까? 그이의 옆에 누워 팔을 그이의 어깨로 뻗쳐 두르고 싶었지만 그러기 전에 나가서 씻어야 했다. 그래서 일어나 문을 열고 한 발을 내디뎠더니 시어머니가 "아야야!"

하시면서 수양과 부딪치곤 마루로 쓰러지셨다. 수양도 비틀거렸다. 두 사람이 엿들을 걸 예상했어야 했는데. 수양이 당황해서 킬킬거렸다.

"어머니, 괜찮으세요? 어디 다치셨나 봐요."

시어머니의 발을 더듬었더니 시어머니가 괜찮다고 하면서 자신의 방으로 절뚝이며 들어가셨다. 그러시는 등에다 절을 하면서 "어머니, 안녕히 주무세요"라고 했다. 수양도 기어 나오는 목소리로 나에게 "안녕히 주무세요" 하면서 제 방으로 들어갔다.

수돗가로 가서 대야에 물을 붓고 얼굴에 물을 끼얹었다. 일곱 번, 열두 번, 서른 번. 팔이 떨어지게 한 후 물을 더 붓고 아예 이마를 대야에 박았다.

곧 통행 금지 사이렌이 울렸다.

다음날 작은집한테 시어머니가 좋아하시는 대로 육회 양념하는 걸 가르쳐 줬다. 이제 하나는 형님으로 하나는 아우로 평생을 두 여자가 한 편으로 묶여 이 부엌에서, 이 집안에서 이렇게 함께 살아야 했다. 옛날 이야기에 나오는 두 마리의 동물인 '낭'과 '패'같이 된 셈이었다. 한 놈은 뒷다리가 없었고 한 놈은 앞다리가 없었다. 둘이 자주 다퉜지만 항상 둘이 함께 움직여야만 사냥을 할 수 있었다.

절망이 나를 좀먹어 들어갔다. 이제 어떻게 미나를 법과 대학에 입학시킨단 말인가. 어떻게 아들 둔 여자들 앞에서 으스댈 수가 있을까.

느지막한 아침 햇살이 부엌으로 쏟아져 들어와 맨날 딛는 발자국으로 땅바닥에 도들도들 난 흙덩어리들 위를 비췄다. 신기하게도 그 흙 웅어리들이 조그마하면서도 아주 나란히 줄을 지어 있어서 어떤 공예가가 와서 일부러 만들어 놓은 것같이 정연해 보였다. 아, 그런데 이런 깔끔하게 질서정연한 디자인이 왜 이제까지 눈에 띄지 않았을까? 가정마다 지붕에 기와가 다 제자리에 차 있어야 하듯이, 사람 하나하나도 다 지켜야 할 웅어리 자리가 있지 않은가. 그것이 순리였다. 그것을 말해 주는 이 부엌 땅바닥 흙 웅어리들은 나와 귀용의 결혼 생활 십 육 년 내내 거기 있었고, 또 내가 태어나기 전부터도 거기 박혀 있었을 거다. 그러면 얼마나 더 시간이 가야 귀용과 작은집과의 사이에 대한 또 그 배 속에서 자라는 생명에 대한 나의 이상한 생각들도 저 땅바닥 무늬처럼 질서 있게 될 것일까. 또, 아낙네가 밖에 나가 돈을 벌어도 그런 질서를 깨뜨리지 않게 되는 세상은 올까? 언제?

작은집이 고기를 저미고 파를 썰고 마늘을 다지는 동안 나는 진달래술을 조그만 컵으로 홀짝홀짝 마셨다. 친정어머니가 딸이 술에 맛을 들인 걸 아시면 하얀 머리끈을 매시고 드러누우실 텐데.

"어제 방 씨가 이 신문을 갖다 줬나?"

"네."

신문을 훑어봤다. 앞으로 다가오는 국회의원 선거에 대한 뉴스는 넘겨 버렸다. 이 대통령의 자유당 반대파가 이길 거란 소문을 들었는데 그게 나라를 위해서 좋은 건지 나쁜 건지 모르겠다. 그렇지만 누가 당선되든지 간에 일단 높은 자리를 차지하면 정신을 바짝 차리고 정치를 해서 국민이 꼭 필요로 하는 것들, 전기 같은 걸 공급해 줘야 한다. 북한에서 오는 그놈들이 발전력을 끊어 버려서 요새는 전깃불이 꺼지는 때가 많아졌다. 개불알을 한 놈들! 옛날 도둑놈들한테 벌을 줄 때 하던 식으로 그놈들의 이마를 뻘건 인두로 지져서 '도둑'이라는 글자로 경을 쳐줘야 했다. 그런데 모두 힘을 뭉쳐서 그 북한 개놈들을 몰살을 시키는 데에 머리를 싸매고 대들어도 될까 말까 한 판에 한심한 국회의원이라는 자들은 서로 침을 튀기면서 저희끼리 싸움을 하고 당파를 자꾸 갈라 나가 매달 새로운 당이 하나씩 생겼다.

"뭐 읽으세요?"

"정치. 자넨 이런 거 읽지 말아. 가뜩이나 속이 약하니. 응, 여기 좋은 소식 하나 있네. 이화대학교 총장 김활란 여사가 대학원을 세운대! 야! 참 훌륭하지? 그분은 미국에서 박사학위도 받았고."

그리고 땅이 꺼지게 한숨을 쉬었다.

"어떤 여자는 저 먼 미국까지 가서 공부하고 귀국해선 대학 총장을 하고 그러는데 나는 빈대떡집 하나도 못 하니 기가 안 막혀? 내 팔자는 그렇지만 우리 미나 세대 여자애들은 이런 대학원에도 갈 거야! 야, 미나가 박사학위 따는 거 생각해보라고! 그것 먼저 따고 나서 돈 벌면서 법대에 가고."

미나가 입은 판사 가운이 나의 눈앞에서 팔랑거리자 신문을 훌렁 던지고 벌떡 일어났다. 미나가 성공할 생각을 하니 신바람이 펄펄 났다. 그 김에 팔을 추켜올리고 어깨를 들썩들썩하면서 태평가 가사 한 줄을 뺐다.

닐리리야, 닐리리야, 니나누우우!

수양이 웃었다. 그리고 물었다.

"형님, 육회 양념할까요?"

할 수 없이 집어치워 버린 빈대떡 장사가 또다시 가슴을 긁았다. 그렇게 힘없이 짚 똬리에 풀썩 주저앉았다.

"응. 마늘 많이 넣어. 후춧가루도 듬뿍 넣고. 육회 할 땐 양념 풍성하게 해야 해."

"형님 잡숫게 해드리려고 씀바귀 뿌리 담가 놨어요."

"아유, 고마워라."

이 집안에서 그 쓴맛을 좋아하는 사람은 나밖에 없었다.

그 순간에 시어머니 방에서 앓는 소리가 나왔다. 요새 부쩍 자주 하는 방공호 사이렌이라도 울린 것처럼 내가 벼락같이 일어나 깨끗한 수건하고 물 대야를 들고 부엌을 나갔다.

"어머니, 저예요."

반은 내보이는 시어머니의 엉덩이 앞으로 갔다. 다 처리해드린 다음 시어머니의 밀 베개를 다시 잘 만져서 시어머니가 베고 누우시게 해드렸다.

“그 장사 못 하게 돼서 참 안 됐다” 하셨다.

“좀 쉬세요, 어머니. 금방 한 씨 할머니네 마실 가실 수 있을 거예요. 오늘 저녁에는 육회 해드릴게요.”

요강 뚜껑을 닫아서 나왔다. 변소에다 쏟아 버리고 수돗가에 앉아서 모아뒀던 재를 수세미로 찍어 요강 안을 닦았다. 다하고 손을 씻은 다음 다시 부엌으로 들어와 진달래술 한잔을 더 따랐다.

“그 술 제사 때 쓰신다고 하지 않으셨어요?”

작은집이 육회를 무치면서 말했다.

“술 드시는 걸 어머니가 보시면 어떻게 해요?”

“나 한잔 따라 주소. 술은 따라 줘야 맛이 난다잖아. 자네 진달래술이 뭐에 좋은지 아나?”

옆에 있는 짚 똬리에 수양이 앉아서 내가 자기 물음에 대답하기를 기다렸다.

“피 나는 걸 멈춰준대.”

“네? 형님 피가 나요? 어디요?”

걱정해주느라고 이마에 주름을 잡으면서도 술은 따라주었다.

그렇게 상심을 하는 순간에도 수양은 행복을 듬뿍 머금고 있었다. 가을에 꽉 차서 마냥 이리저리로 뒹굴며 나른해진 호박의 모습.

임신부의 만끽함. 그이가 정말로 이 여자와 사랑의 행위를 진국으로 했단 말인가. 아니면 그냥 살 반 뼘을 섞는 행위를 했단 말인가. 그이의 모든 것이 홀딱 뒤집혀졌었단 건가.

한 모금 더 홀짝 마셨다.

"병원에 가보셔야 하지 않아요? 언제부터 피가 흐르기 시작했는데요? 어디요?"

"아니야. 아무 데도 피가 흐르지 않아."

사실은 머리에서 발끝까지 전부 흐르고 있었는데.

Part 2
한국전쟁

1950년 6월 25일
미나

"저 소리 들리죠? 빨랫방망이가 돌 위로 두루룩 두루룩 뒹구는 것 같은 소리요."

엄마 목소리였다. 엄마 귀는 토끼 귀였다. 자다가 깨서 이불을 걷어차고 일어나 치마와 블라우스를 입고 밖으로 나갔다. 이 씨 아저씨 집 앞 골목에서 남자들이 서성거렸고 할머니와 엄마와 동네 아주머니들은 우리 집 앞에서 수군수군했다. 뱀이라도 본 것 같은 눈치였다. 뱀이라면 나는 질색인데. 공산당이니 탱크니 북한이니 동대문이니 그런 말이 왔다 갔다 했다. 동대문은 별로 멀지 않았다. 전차를 타고 그쪽에 있는 운동장을 지난 적이 있었다. 살금살금 엄마 쪽으로 가서 엄마의 손을 잡았는데 엄마의 눈꺼풀이 팽팽해져 있었다. 그건 큰일이 났다는 거였다. 굉장히 큰.

"육시랄, 어미 붙을 개자식들!"

한 씨 할머니가 욕을 퍼부었다.

"엄마, 육시가 뭐야?"

"쉬이이이."

할 수 없이 나중에 광호한테 물어봤다. 뭐 별로 똑똑한 애는 아니지만 사 학년이라 육시가 뭔지 알고 있었다. 옛날에는 누가 아주 나쁜 짓을 하면 마차 네 대에다 그 사람의 팔다리를 따로따로 묶어서 마차가 사방으로 뛰어가게 해서 그 사람이 갈기갈기 찢어져 죽어버리게 했단다.

"육이 뭔지 알잖아?"

내가 고개를 끄떡였다. 여섯.

"머리가 하나, 몸이 둘, 팔하고 다리가 셋, 넷, 다섯, 여섯."

그걸 알게 되니까 얼마나 무서운지 큰 곰이 커다란 발로 내 등을 탁 친 것같이 깜짝 놀랐다.

며칠 지나면서부터는 엄마가 "쉬이이이" 하지도 않았다. 애들도 다 북한 빨갱이들이 몰고 쳐들어온 탱크를 봤으니까. 꼭 눈이 없는 괴물 같았다. 군인들이 죽었단다. 건물들도 탔단다.

그러더니 하루는 누가 "불났다. 다 탄다!" 하는 소리가 길거리에서 들려왔다. 그때는 벌써 을지로에 있는 작은엄마의 친정집에 놀러 간 작은엄마를 데리러 아빠가 간 뒤였다.

"피해요!"

누가 밖에서 소리를 쳤다.

어디로 피해가나? 거의 저녁때가 다 됐는데.

방에서 엄마와 할머니가 서랍을 드르륵드르륵 열었다 닫았다 했다. 돈하고 금반지 같은 걸 속바지에 달린 비밀 주머니에 쑤셔 넣었다. 뭐 다른 것들도 하도 빨리 보따리에 싸 허리춤에 매어서 뭘 쌌는지도 몰랐다. 그러더니 머리에다 짐을 하나씩 얹고 엄마가 내 손을 잡고 대문 밖으로 뛰어나갔다.

"어디 가, 엄마? 아빠 안 기다려?"

"그냥 저기 언덕에 올라가는 거야. 아래쪽 좀 쳐다보려고."

그럼 왜 짐을 싸 들고 이고 했지? 동네 뒤에 있는 집들 사이 사이로 꼬불꼬불한 길을 따라 올라갔다. 사람들 수십 명이 머리에 이고 뒤에 지고 올라가고 있었다. 길이 좁아지면서 사람들 팔꿈치며 짐들이 내 얼굴을 들이박고 밀고 했다. 저녁 햇빛에 땅에 짓밟힌 마른 풀들이 노란 겨자색이 되고 있었다. 주먹만 한 돌멩이를 차서 넘어질 뻔했고 손에 땀이 나서 엄마 손에서 미끌하고 빠져나왔다. 그러니까 엄마가 치맛단을 끌어 올려 꽁꽁 뭉쳐서 손에 쥐여주고, "이거 꼭 잡고 놓치지 마" 했다.

뒤에서 타다닥타다닥 소리가 날 때마다 다들 뒤를 돌아봤다. 건물에서 연기가 풀풀 올라오고 주홍색 불꽃도 튀어 올랐다. 누가 "아이고, 아이고" 하고 울었다. 언덕 꼭대기까지 올라가선 전부 보따리를 내려놓고 아래를 내려다봤다. 불꽃이 펑펑 터졌다.

"저건 동대문 쪽이잖아! 동대문이 나갔나?"

"저기! 시구문이 나간다!"

시구문은 집에서 십오 분 걸어가는 데다. 저 밑으로 불꽃이 보였다. 우리 집이 타나? 이 씨 집인가? 한 씨 할머니네? 아빠는 어디 있지? 날 찾으러 돌아다니고 있나? 저 빨갱이들 총이 작은엄마를 땅 쏘면 어쩌나? 그러면 슬퍼해야 하는데. 그런데 너무 많이 슬플 거 같지는 않았다. 작은엄마가 없어지면 그전같이 되고 그전같이 재미있을 텐데.

한 시간이나 서서 구경한 것 같았는데 어른들은 꼼짝도 안 하고 있었다. 어떤 이는 눈물을 닦고 코를 손으로 풀어 땅바닥에다 탁 던졌다. 남자들은 침을 땅에다 뱉었다. 나이 또래가 비슷한 애들도 서서 투투투투 하는 총소리를 듣고 왱왱거리는 괴물 같은 비행기를 쳐다보고 있었다.

그러더니 내가 서 있는 줄 저쪽에 있던 남자애가 획 돌아서더니 언덕을 뛰어 내려가고 있었다. 머리에 난 부스럼 자리는 뺑 돌아가며 면도질을 해서 거긴 머리털이 없었다. 그 애가 어딜 갔을까 궁금했다. 그쪽에도 불이 나고 있나? 살금살금 그 애가 간 데로 가봤다. 그랬더니 그쪽엔 넓은 콩밭이 있었고 애들이 여럿이 콩깍지를 따고 있었다.

“콩 구워 먹자!”라고 까까중이 말했다.

“야, 신난다!”

다른 애가 소리쳤다. 그 애는 집에서 손으로 만든 것 같은 윗도리에다 교복 바지를 입고 있었다. 가난한 애들이 다른 옷이 없어서 방학 동안에도 교복을 잘 입었다.

금방 불을 지피고 콩깍지가 주렁주렁 달린 가지를 구워서 콩을 빼내 먹었다. 나도 덩달아 따라 했는데 소금도 안 친 콩이 그렇게 맛이 있는 줄 몰랐다. 한창 먹고 있는데 "미나야!" 하는 엄마 소리가 들렸다.

언덕을 올라가 보니 어른들이 아직도 여기저기를 손가락질하고 쳐다보며 울기도 했다. 그러고 보니 그렇게 온다 온다 하던 전쟁이 정말 온 것 같았다. 그럼 어떻게 되는 걸까? 바다로 쫓겨나가 선원들한테 팔려 고사 지내는 데서 물에 빠진 심청이같이 될 건가? 엄마의 치마폭에다 얼굴을 푹 묻었다.

그날 밤 별이 나와서 반짝거릴 때가 돼서야 집으로 내려왔다. 동네하고 집은 멀쩡했고 작은엄마는 총이나 폭탄을 맞지 않고 아빠와 함께 나를 기다리고 있었다. 그러니까 오랫동안 온다고 했던 전쟁이 정말 일어나고 빨갱이들이 총을 투닥탁 쏘고 서울이 막 타고 야단이 났는데도 나한테는 변한 게 없었다. 작은엄마가 와야만 하게 된 것이 아직도 변함없이 내 탓이었고 그래서 엄마가 많이 아파서 방바닥에다 풀로 붙여 놓은 것처럼 매일 매일 누워 있었다.

밤에 할머니 방에 누워 있으니까 신기한 생각이 났다. 콩을 먹어서 방귀가 자꾸 나오고 배가 뿌듯했지만 어떻게 하면 아들 열보다 더 잘 될 수 있나, 그런 건 종일 한 번도 생각하지 않았다. 어른들도 서울이 불타는 것 보느라고 방 씨 아줌마 같은 이가 와서 나보고 고추 안 달고 나왔다고 방귀같이 구려 빠진 말을 하는 사람도 없었다. 전쟁이 나면 사람들이 그런 걸 잊어버리나? 그게 정말이면 그 '육실' 할 놈들이 쳐들어온 게 아주 신나는 일이었다.

하루는 북한 군인들이 동네로 들어왔다. 우리 학교에도 또 다른 학교에도 군인들이 왔다 갔다 했다. 그이들이 매고 다니는 총이 하도 길고 누런 군복 어깨에 단 별은 새빨갛고 얼굴은 어찌나 찌푸렸는지 무서워서 근처에 가지도 못했다.

엄마가 얼마 전에 그랬다.

"공산당 군인이 밥 뭐 먹었냐고 물어보면 콩나물국에 보리밥 먹었다고 해야 해. 쌀밥이라고 하면 큰일 나. 그렇게 말하면 그이들이 와서 쌀 다 뺏어 갈 거야. 안 주면 총으로 쏠지도 모르고."

그랬는데 어제저녁에 하필이면 이 씨 아주머니가 "미나야, 너 저녁밥 뭐 먹었어?" 하고 물었다.

이 씨 아줌마같이 나한테 한 번도 아들이 돼야 한다고 말한 적이 없는 이한테도 거짓말을 해야 하나? 그런 분도 나를 공산당한테 고자질을 할까? 주저주저하고 있을 수가 없었다.

"콩나물국에 보리밥요"라고 해 버렸다. 공산당이 어디 숨어서 들을까 봐 그랬다.

"아이고, 똑똑하기도 해라" 하고 아줌마가 웃어줬다.

남자애들은 무섭지도 않은지 빨갱이 군인들을 졸졸 쫓아다니면서 그이들을 "아저씨"라고 불렀다. 광호도 그랬다. 나는 멀찌감치에서 군인들이 무슨 서커스단이나 되는 것처럼 깡충거리고 까부는 걸 보기만 했다.

"아저씨! 저기 저 집이 반장 집이에요."

어떤 자식이 일렀다.

"아이 착하다."

그리고는 그 애한테 총을 만지게 해줬다. 다른 애들이 우르르 모이니까, "비켜!" 하고 소리를 질렀다.

"아저씨, 왜 모자에 나뭇가지를 꽂아요?"라고 한 애가 물었더니 군인들이 입을 꽉 다물고 군화로 털썩 털썩 소리를 내며 앞만 보고 걸었다.

"저건 홍 씨 집이에요,"

한 놈이 또 찔렀다.

"쌀가게 해요."

군인 하나가 공책에다 적었다. 그때부터는 동네 녀석들이 제기를 차거나 말타기하는 건 보이지 않았다. 공산당들 꽁무니 쫓아다니는 게 재미있는 장난인 것 같았다. 한번은 공산당 군인들이 노래를 했다.

"우리 자랑스러운 애국가라고."

"또 해 봐요. 우리도 외우게."

그랬더니 군인들이 천천히 하고 애들이 따라 했다. 나도 했지만 속으로 했다.

얼마 지난 가을날 밤에 별안간 대문 부서지는 소리가 나서 눈을 떠보니까 전깃불에 눈이 부셨다. 아빠가 마루 밑 움에 숨어 있기 때문에 엄마 방에서 자고 있었는데 눈을 떠 보니 코앞에 강아지 코같이 까맣고 빤짝이는 게 보였다. 눈을 껌뻑하고 다시 보니 그게 총 끄트머리가 아닌가! 낮에 봤던 빨갱이 군인 '아저씨' 둘이 총 뒤에 서 있었다.

"쌀 내놔!" 하고 총 든 이가 소릴 질렀다. "놋쇠! 다 내놔! 빨리! 안 그러면 쏜다!"

엄마가 치마하고 저고리를 내의 위로 집어 입느라고 쩔쩔맸다. 방문 밖에 군인이 또 하나 서 있다가 마루에 있는 뒤주를 열었다. 거긴 쌀이 없어서 쌀 뺏길 걱정은 안 했는데 아빠 때문에 겁이 났다. 아빠가 기침하면? 군인들 소리를 들었을 테니까 기침 안 할 거지만 그래도 숨도 못 쉬고 있겠지. 그 움에 들어가 봤는데 꼭 죽은 생쥐 냄새 같은 게 났었다.

엄마가 휘청거리면서 마루로 나갔다. 나도 따라 나갔다. 할머니는 안방 문턱에 서 계셨다. 입술이 하얗게 됐다. 군인들이 비켜서고 엄마가 맨발로 마당으로 내려갔다. 작은엄마 방은 아직도 깜깜했다.

며칠 전에 아빠가 작은엄마한테 일렀었다.

"공산당 군인이 집으로 쳐들어오면 무슨 일이 있어도 불 켜지 말아. 그놈들이 움 속에서 날 끌어내 잡아가는 소리가 들려도, 내가 소리 지르는 게 들려도. 알겠지?"

배 속에 있는 아기 때문에 그래야 한댔다. 그럼 엄마하고 나는 어떻게 해? 우리가 잡혀가는 건 괜찮나? 아빠는 그런 말 한 게 아닐 거다. 그럼 무슨 말이었을까?

엄마가 장독대로 올라가는 계단 열 개를 올라가더니 거기 나란히 있는 간장독, 쌀독, 보리쌀독 뚜껑을 전부 열어젖혔다. 군인들이 밑에 서서 치켜 올려 봤다.

"이보세요. 쌀이 하나도 없잖아요"라고 엄마가 떨리는 목소리로 말했다. 얼굴은 흰 버선같이 하얘서. 엄마가 저런 거짓말을 할 줄이야!

"어제 동무분들이 오셔서 집을 다 뒤지고 가셨어요. 내의 가랑이에 이 잡듯이 뒤져서 다 갖고 갔어요."

군인들이 올라가서 보면 어떻게 될까? 너무 걱정돼서 갑자기 오줌이 마려웠다.

"올라와서 보세요"라고까지 엄마가 했다. 엄마가 이게 재미있는 장난인 줄 아나? 어른들은 누가 큰소리를 치면 간이 부었다고 했다. 지금 엄마는 간이 커져서 총을 맞아 죽게 해달라고 하는 거였다.

"놋그릇 대접 우리 시어머니 재떨이, 요강까지 다 가져갔어요."

그랬더니 총 들고 있던 군인이 대문 쪽으로 머리를 끄떡했다. 그러니까 다른 군인들이 문밖으로 나갔다. 조금 있으니까 한 씨 할머니네 대문이 쾅쾅거렸다.

더 이상 오줌을 참을 수가 없었다. 뜨듯한 물이 허벅지로 흘러내렸다. 그날 밤 아무도 총을 맞지 않았고, 군인들 때문에 겁이 나 기절하는 줄 알았지만, 나의 나날은 그날이 그날이었다. 아빠 하나에 할머니 하나 엄마 둘 그리고 동생이 나올 거였다. 아이가 여동생이면? 그러면 방 씨 아줌마가 말 한대로 아빠하고 할머니가 작은엄마와 아기를 작은엄마 친정으로 쫓아낼까?

1950년 11월
음천

"여보, 빨리!"

셋집에서 사는 친정집에 미나하고 둘이 왔는데 뜻하지 않게 그이가 판자문을 젖히고 뛰어 들어오더니 소리를 질렀다.

"미나 데리고 당신 빨리 가, 빨리!" 하는데 그이의 얼굴이 벌건 게 말이 아니었다.

"그 개똥 공산당 놈들이 한강 다리를 끊는데!"

미나가 아빠 허리를 꼭 붙잡았다. 그이가 나한테 보따리를 넘겨주고 미나 머리에 손을 얹었다. 전쟁이 나고 이제까지 다섯 달 동안을 유엔군 비행기 소리, 괴뢰군 비행기 소리에 귀가 먹을 정도였다.

"여보! 중공군이 밀려와서 우린 다 몰살되게 생겼어! 삼만 명 군사래! 북한 빨갱이보다 이십 배가 된다잖아! 빨리 떠나, 먼저!”

그이가 안겨 준 보따리 끈을 잡아당겼다.

“당신 옷하고 몇 가지 집어넣었어. 미나 것도.”

친정어머니가 수돗가에서 빨래하다가 손목에 하얀 비누 거품이 묻은 채 쓰러질 것같이 가느다란 몸으로 서 계셨다. 금방 기절해서 넘어가실 것 같았다. 어머니가 이리 약하셔서 나는 나의 둘째 발가락이 마음에 걸렸었다. 엄지발가락보다 더 기니 아버지 잃기 전에 어머니를 잃는다니까. 어머니는 손을 앞치마로 닦으시더니 미나를 꼭 안아주시고는 눈이 빨개지시면서 “저 사람 말 들었잖아. 어서어서 가!” 하고 딸과 손녀딸의 등을 밀치셨다.

“어머니! 어머니는 어떻게 하고요? 어머니 없인 못 가요! 또 아버지하고 리호는요?” 그리고 내가 그이한테 “당신은요? 당신 나하고 가는 거 아니에요? 어머니는요?”라며 따졌다. 이런 경황에도 작은집은 끼워주질 않으면서.

“여기까지 오는 데도 빨갱이 놈들이 진 치고 있는 걸 간신히 피해왔어! 길에 쫙 깔렸어, 쫙! 당신은 그리로 오면 잡혀! 반대 방향으로 가서 다리를 건너야 해! 어머니하고 그 사람 짐 꾸리고 있어. 내가 가서 같이 되는 대로 당신 따라갈게. 당신 먼저 보내려고 온 거야.”

미나가 울음을 터뜨렸다. 그래서 그 애를 날름 겨드랑이 밑에 꼈다.

“그럼 당신도 집으로 다시 가면 안 돼요, 여보!”

"애 겁내잖아, 여보. 미나야, 아빠한테 와!" 하고 마루에 털썩 주저앉더니 미나를 무릎에 앉혔다.

"미나야, 아빠가 너 찾아낼게. 할머니하고 작은엄마하고 다 같이 우리 같은 기차에 타자! 저 먼 시골로 갈 거야. 거기 가면 아빠랑 가재잡이 하자, 응? 아주 씩씩한 아빠 딸이지? 포도같이 눈 큰 예쁜 딸?"

그리고 그이가 미나한테 새끼손가락을 내밀었다. 미나가 제일 심술이 뻗쳤을 땐 입을 오리처럼 쑥 내미는데 지금 그러면서 제 새끼손가락을 아빠 것에 걸었다.

"야, 이거 힘이 하나도 없잖아? 꽉 해야지. 다시 해봐."

그러면서 그이가 미나의 손가락을 꽉 걸고 약속했는데 눈에선 웃음기가 싹 가시는 게 보였다.

"여보. 번개같이 뛰어야 해. 제일 먼저 눈에 띄는 기차를 타. 제일 먼저 껴. 알았지, 당신? 마산까지 가. 거기 가 있으면 내가 찾아가리다."

그리고 돈을 손에다 쥐여주고 미나를 한 번 더 안아주고 문밖으로 사라졌다.

미나의 손을 잡고 한강 다리 건너는 사람들로 허옇게 덮인 벌판을 걸었다. 다리를 건널 땐 어느 순간에 다리가 폭탄에 산산조각이나 하늘로 날아갔다가 쏴 하고 다시 내려올 줄 몰라, 미나와 나의 몸

쪼가리들도 거기에 끼어 있으리라 생각하니 다리가 와들와들 떨렸다. 괴뢰군 전투기에서 폭탄이 떨어졌다. 카르르추으으으.

"엄마, 엄마. 아빠 왜 안 와? 할머니는?"

미나의 손을 더 꼭 잡았다. 미나도 그 어린 마음에도 작은집 얘기는 안 했다.

"아빠 오고 있어. 약속했잖아. 할머니하고 작은엄마하고. 엄마 손 꼭 붙잡고 자꾸 걸어야 해."

미나 손이 얼음장이었다. 십일월 바람이 이 정도로 차지는 않은데. 가을에 비가 많이 오지 않더니 그때 겨울이 엄청 춥겠다 알아봤었다.

그이가 무사히 서울만 빠져나온다면 앞으로는 신세타령 절대로 다신 안 할 거였다.

1951년 7월 마산
수양

어떤 남자가 목을 가다듬는 소리가 밖에서 났다. 그인가? 갓난애 입에서 젖꼭지를 빼고 저고리를 여민 후 문을 열었다. 시어머니도 담뱃대를 얼른 재떨이에 놓으시고 일어나셨다. 문을 여니 거기 의젓이 서 있는 건 그이가 아닌가. 게다가 햇빛이 쨍한 대낮에. 시어머니와 같이 마산으로 온 지 여덟 달 동안에 네 번을 그이가 잠깐씩 들렀었는데 그때마다 한밤중 통행 금지 직전이었다. 그이가 입은 군복을 볼 때마다 낯설었다. 삼대독자가 군복을 입으리라고 상상이나 해봤나. 트럭에서 옷에 밴 가스 냄새가 방으로 훅 따라 들어왔다.

"시간 없어" 하면서 군화 끈을 풀지도 않았다. "잠깐밖에 없어" 하고 내 무릎에 안긴 아들 얼굴을 보고 어머니를 쳐다봤다.

"어머니, 미나 어미하고 미나 소식 있어요? 동네 반장이 뭐 말한 거 없어요?"

그이가 하도 크게 말을 해서 나는 깜짝 놀라고 움츠러들었다. 주인 여자가 들어 사는 월세 한 칸 방 바로 앞에 앉아 있기 때문에 더 그랬다. 주인이 하는 구멍가게가 바로 벽 저쪽으로 붙어 있지 않은가. 속살거리지 않으면 안에서 하는 말이 다 시시콜콜히 밖에서 들렸다. 주인 여자는 내가 첩인 줄 모르고 있었다. 나 자신도 시어머님도 그걸 다 터놓을 이유가 없다고 생각해서였다. 눈치를 챘는지는 모르지만. 옛날 말대로 옷을 열 겹 입어도 감춰진 건 남이 다 본다더니. 이제 그이가 큰소리를 친 바람에 동네 아낙네들이 찧고 볶고 할 게 분명했다. 그이는 이번만큼은 남의 마음을 몰라줘도 한없이 몰라줬다.

마산에 와서 큰마누라 없이 사는 여덟 달 동안엔 속 아픈 데 먹는 약을 안 먹고도 살 수 있었다. 이제 주인 신 씨 여자가 분명 "음천이 누구요? 미나는 누구고?" 할 거였다. 그 여자가 그렇게 물으면 거짓말할 의사는 없었지만 생각만 해도 벌써 뱃속에 신물이 술렁술렁 차올라 오는 게 느껴졌다.

"아니. 아무 말도 아직 없다. 남편 찾는 이, 여편네 찾는 이들이 시장 바닥에 쫙 깔렸으니, 우리 애들 찾는 건 논에서 실 바늘 찾는 식이다. 잠깐이라도 좀 들어와 앉아. 떡하고 돼지고기 한 점이라도 하고 가. 고기 한 점이 사람을 살린다잖아."

"아니에요. 밤새 차 몰고 북쪽으로 가야 해요. 철원, 금화, 서울, 우리가 다 수복했잖아요. 미나 어미 꼭 찾으셔야 해요, 어머니."

군화를 신은 채로 엎드려서 기어와 경진이의 뺨을 한번 만져 주고 내 얼굴을 힐끔 쳐다봤다. 그리고 후딱 가 버렸다.

경진이가 킹킹거려 저고리 앞을 치키고 젖을 물렸다. 자기 아들을 번듯이 낳아 준 여자한텐 마음 한구석을 훨씬 크게 떼어 줘야 하는 게 아닌가.

주인 여자를 마주할 생각을 하니 얼굴이 달아올랐다. 애가 다 먹고 잠이 들어 눕힌 다음 밖으로 나가 봤더니 신 씨가 앉아서 부채질하며 골목길을 내다보고 있었다. 오후 이맘때면 제일 한가할 때라 보통은 신 씨가 변소 가야 하니까 나에게 가게를 보게 했다.

"제가 좀……" 하고 내가 말을 꺼내자마자 끝내기도 전에 신 씨가 "필요 없소" 하더니 돌아서서 자판에 늘어놓은 머리핀 빗 같은 걸 먼지가 케케묵은 것처럼 먼지떨이로 탁탁 치면서 부산을 떨었다.

할 수 없이 밖에 있는 부엌 아궁이 앞으로 와서 찬장 그릇 뒤에 둔 항아리에서 위약 한 봉지를 꺼내 입에 털어 넣고 바가지로 물을 떠 마셨다.

음천

논이 빙 둘러싼 초가집 몇 채 정도밖에 없는 구 마산 마을에서도 제일 싼 셋방 하나를 구했다. 신 마산은 셋방 값이 훨씬 비쌌다. 여기도 버스가 들어와 신 마산에 있는 학교에 다니는 학생들과 직장 다니는 사람들을 하루에 두 번씩 태워 줬다. 미제 고물인 버스는 달달 낡아 운전사 뒷자리에 앉아서 아래를 내려다보면 기어가 있는데 구멍이 뻥 뚫려 있어 달릴 때 땅바닥 흙이 다 보였고 모래알이 튀어 오를 때도 있었다. 그래도 버스가 고마웠다. 그걸 놓치면 논밭을 한참 지나서 철둑길을 따라 걷는데 사십 오 분은 걸렸다. 미나하고 조카딸 리호가 다니는 구 마산 학교가 십오 분 걸어가는 데 있었다. 여동생 진희가 부산에서 사는데 거기에 가보니 순전히 술집 여자들이 사는 셋방들이 쭈르르 널려 있고, 해가 똥구멍에 닿을 때까지 사내들을 끼고 자는 여자들을 보고 다섯 살짜리 리호를 그런 데 두고 올 수가 없어 진희한테서 떼어 데리고 와 기르고 있었다.

애들이 학교에서 오려면 한 시간이 남아 동네 상주댁이 막걸리를 손수 걸렀다고 불러서 마실을 나갔다. 상주댁 바깥양반은 열다섯밖에 안 됐을 때 열병으로 죽어 상주댁을 청상과부로 만들어 버렸다. 그러니 상주댁은 그때 다들 그랬듯이 수절을 할 수밖에 없었고 시어머니를 사십 평생을 모시고 살았었는데 나중에는 망령이 드셔서 똥을 뭉개고 벽에다 똥칠까지 하시다 돌아가셨다.

두 여자가 마루에 앉아 막걸리를 한 잔씩 마시고 보리에 쑥을 섞어 주물러 만든 개떡을 먹었다. 구월이 가까웠는데도 여기 남쪽에선 아직도 칠월 한가위같이 더웠다. 바닷가가 멀지 않아서 그런지 습기도 차 밤에 잘 땐 땀범벅을 했다.

상주댁 초가의 처마 끝 짚은 해에 바래고 말라서 바삭바삭하는 소리가 들리는 것 같았다. 이렇게 가을이 따끈따끈하니 상주댁 논뙈기에서 누레지는 쌀 이삭이 잘 여물고 있었다.

상주댁은 그의 세모꼴 얼굴에 얌전한 표정을 하고 있었는데 오늘은 갑자기 입을 조금 삐뚜로 하면서 웃었다. 그리고 속에 뭔가 들어 있는 손수건을 상 밑으로 나에게 슬쩍 밀었다. 그래서 집어보니 손에 오는 느낌이 호박인 것 같았는데 수건을 열어보니 가지였다. 그런데 마른 거였고 보들보들도 했다.

"선물이오"라고 상주댁이 말했다. "여자 뜨끈하게 해주는 데 그만이오. 진짜하고 구별도 못 해."

내 손목이 노곤해졌다. 수건에서 가지가 뒹굴어 나와 사발을 치는 바람에 술이 엎질러졌다.

상주댁이 웃음을 터뜨려 웃느라고 숨을 제대로 못 쉬고 기침을 했다. 나는 벌떡 일어나 부엌에서 행주를 가져와 저고리 앞을 닦고 상도 닦았다.

숨을 좀 돌렸는지 상주댁이 고름으로 눈물을 닦으며 "그 조심 좀 하구려" 했다.

"아니, 그걸 보드라우면서도 탄탄하게 만드느라고 내가 얼마나 애썼는지나 알아요? 얼마나 오래 걸렸는지도? 그걸 안다면 그렇게 총망하게 그 물건을 취급 못 할 거요."

심장에 자그마한 구멍들이 송송 뚫어진 것처럼 숨이 새나가는 것 같았다. 몇 년 전에 과부가 된 고모들이 하는 말을 엿들은 적이 있었다. 독수공방이라 쓸쓸하니 뭘 쓴다느니 그런 말을 속삭였지만 뭘 가지고 그러는지 보여주지는 않았다.

"이주 전에 아침 새벽에 땄지."

상주댁이 말을 이었다.

"그리고 햇볕에는 하루에 한 시간만 말리고 나머진 부뚜막에서 천천히 말렸지. 너무 빨리 말려 봐요. 뻑뻑해서 살점을 뚝뚝 뗄걸. 그렇게 되면 차라리 빨랫방망이를 쑤셔 넣는 게 낫지. 또 참기름에 담가 놓기도 했고. 그걸 발라 문지르기도 했고. 조골조골 주름 접힐 데는 조골조골하게 하고 줄이 날 곳은 그렇게 만들고 둥그래야 할 곳은 또 그렇게. 그게 다 우연히 그렇게 된 게 아니라고요. 이런 귀한 선물을 아무한테나 주는 줄 알아요?"

상주댁이 그걸 다시 손수건으로 싸더니 내 손에다 꼭꼭 쥐여주면서, "다신 떨어뜨리면 안 돼요" 했다.

손안에서 만져지는 그 무게와 부피에 아랫배가 녹는 걸 느꼈다.

"아이고. 나 좀 봐. 우리 애들 집에 왔겠어요! 술 잘 마셨어요. 선물도……"

상주댁이 삐뚤한 웃음을 띄웠다. 그런 웃음은 그이가 살아온 인생 곰팡이같이 피어오르는 서러움, 그런 것하고 연결이 되어 있는 것 같았다. 상주댁 싸리문을 나와 집으로 서둘러 가서 주인집 마당을 건너 방으로 들어갔다. 가지는 치마폭에 감추고. 주인 여자나 옆 셋방에 사는 여자가 보이지 않아서 얼마나 다행이었는지. 이 물건을 어디에다 감출까. 상주댁과 같은 청상과부의 경우에는 왜 이런 걸 필요로 하는지, 그래서라도 독수공방을 메꾸어야 하는지 이해가 갔다. 상주댁은 유별나게 재수가 없는 팔자 한탄을 이렇게 했었다.

"한밤에 얼결에 요강 뚜껑을 열지도 않은 채 타고 풀썩 주저앉더라도 그 뚜껑 꼭지 하나 내 밑구멍 속으로 쏙 들어오질 않는다오, 글쎄. 아이고, 내 팔자야."

사실은 귀용이 없는 이 여덟 달 동안이 많이 힘들었다. 잠속에서 그이와 하나가 되어 있는 꿈을 꾸었다. 하다못해 야심한 밤이면 옛날 학교 다닐 때 읽었던 백제의 삼천 궁녀 생각을 했다. 그 궁녀들이 몽골 호족 군사 놈들한테 강간을 당하느니 차라리 죽음을 택한다고 하고 절벽에서 아래로 몸을 던져서 물에 철썩하고 떨어졌을 때 어떤 느낌이었을까. 무슨 일이 생겨서 장도칼을 속옷 바지 주머니에서 꺼내 배를 갈라야 할 순간에 만약 그 칼을 빨리 빼지 못해 자신도 못 죽고 나쁜 놈도 죽이지를 못하면 어떻게 되나?

사실 생각해 보면 누가 또 아나? 그 궁녀들도 이런 가지를 애용했는지. 중국 궁중에서도 궁녀들이 애용하던 도자기 유물들이 나왔다는데 토끼 귀 모양을 하고 있었다 했다. 또 바늘방석 얘기도 들었다. 두 과부 고모 중에 한 분은 너무 육신을 이기기가 힘들 때 바늘로 사타구니를 찔러댔다고 했다. 그래서 다른 식구들이 일어나기 전에 홑청을 뜯어내 비누질을 박박 해서 핏자국을 뺐다.

크르르르. 씌리랑. B29가 동쪽 하늘에서 쏘아 나와 하늘을 가로질러 날아가는 바람에 정신이 번쩍 들었다. 아, 지금은 전쟁 중이고 먹을 쌀이 한 톨도 안 남아 있구나. 작년 맥아더 장군이 기적적인 인천 상륙을 안 했으면 부산하고 서울 사이에 빨갱이 쥐새끼들을 죽음의 도가니로 몰아 몰살을 시키질 못했을 것이고 미나와 나는 살아 숨 쉬고 있지 않을 것이었다. 언젠가 전쟁이 끝나고, 맥아더 장군도 살아남으시고 나도 살아 있다면 무당 하시는 고모한테 장군님을 위해서 굿을 해달라고 부탁할 거였다. 해님 달님 신령님 맥아더 장군을 보내 주셔서 고맙습니다. 그분이 장수하고 부귀를 누리게 하시옵소서. 우리나라에 미국 군대를 보내주신 트루먼 대통령도 장수하게 하옵소서.

그건 그렇고 우선 오늘 먹을거리라곤 보리 한 주먹밖에 없었다.

콩나물 살 돈도 없었다. 이런 상황에서 말랑말랑하면서도 속이 땅땅한 가지 불알을 보물로 알고 신주 모시듯 하면서 잘 쓰라고?

"엄마! 엄마!"

미나하고 리호가 뛰어 들어왔다. 얼른 부엌 한구석에 쌓여 있는 나무 짐 밑으로 가지를 쑤셔 넣고 일어나 아이들한테 두 팔을 벌렸다.

"미나! 리호! 너희들 머리에 인 게 뭐야? 쌀이야? 어디 좀 보자. 아이고, 미국에서 왔지?"

"근데, 엄마 미국 쌀은 맛이 없어. 젓가락에서 미끄러져 떨어지고 냄새도 이상해."

미나가 제 머리에서 자루를 내려놓고 리호 것도 내렸다.

"이 작은 자루에 든 건 뭐니?"

"가루우유."

"너희들 선생님한테 '고맙습니다' 하고 인사했어? 맛이 있든 없든 냄새가 나든 안 나든 이걸로 한 주일 입에 풀칠해야 해."

쪼그리고 앉아서 두 딸을 안아 줬다.

"난 안 먹을래, 몸마"라고 리호가 말했다. '엄마'와 '이모'를 합해서 리호는 나를 '몸마'라고 했다.

"가루우유 먹으면 설사가 나."

"나도"라면서 미나가 쪽마루에 걸터앉았다.

"그럼 엄마가 마술을 부려서 이걸 근사한 요리로 만들어야지. 그렇지?"

시어머니와 친정어머니한테서 받은 금반지 패물들을 팔아서 이제까지 셋돈 내고 먹을 거 사고 애들 등록금을 내왔다. 겨울에는 동네 사람들 스웨터를 짜주고 푼돈을 좀 벌었고 동네 애들 돌잔치나, 누구 환갑잔치, 제사, 이런 데 가서 일 도와주고 또 용돈 좀 벌었다. 어떤 때는 현금을 받았고 어떤 때는 음식, 어떤 때는 두 가지 다 받았다.

정말 귀용하곤 다신 만나지 못한다는 걸 받아들여야 하나? 그이가 하라는 대로 첫 번째 열차를 타고 마산으로 왔다. 그런데 귀용은 온데간데가 없었다. 기차는 화물차여서 짐 운반용으로 의자도 없고 창문도 변소도 없었다. 기차가 몇 시간 만에 서면 사람들이 들로 뛰어가 볼일을 봤다. 그리고 사람들이 기차에 기어오르기 전에 차 바닥에다 던진 짐꾸러미들이 사람 어깨높이만큼 쌓였고 다들 그 위에 앉던지 비스듬히 기대앉았었다. 친정어머니가 급히 싸주셨던 떡보따리는 어디로 갔는지 찾을 수도 없었다. 그래서 기차가 서면 제일 가까운 시골집으로 뛰어갔다. 기차를 놓칠지도 몰라 겁에 질렸으면서도 시골 사람들한테서 보리밥하고 고추장 한 숟가락을 사서 미나를 먹였었다.

지난 열 달 동안에 동사무소를 샅샅이 뒤지고 경찰서마다 가서 이귀용이라는 사람을 봤는지, 박음천이나 이미나를 찾는 사람을 본 적이 있냐고 물어봤다. 그러면 이런 고함을 지르기가 허다했다.

"저기로 가 봐!"

순경이 소리를 질렀다. "저기 가마니때기 밑에서 썩는 시체 중에 있나 가서 보라고! 가 보고 맞으면 데리고 가!" 이랬다. 그런 가마니때기 옆에는 아낙네들이며 애들이 땅을 치고 울었다. 한 여자는 실성했는지 손톱으로 흙을 박박 갈고 그러다가 자기 몸에다 흙을 훌훌 뿌렸다.

그걸 보고 가까이 있는 진달래꽃 나무 뒤로 가서 토했었다.

그이가 이북으로 끌려갔나? 괴뢰군이 됐나? 남한 남자들이 끌려가 괴뢰군이 돼 국군을 쏴 죽이는 일이 허다하다고 했다. 형제들도 서로 떨어져서 하나는 괴뢰군 하나는 국군이 되어 폭탄 연기에, 눈물에 가려 서로 얼굴이 보이지도 못하니까 형제인지도 모르고 쏴 죽이는 경우가 많단다.

그건 그렇고 내가 빨리 수를 써서 돈을 벌지 못하면 딸애들 목구멍에 거미줄을 치게 되었다. 길가 노점이라도 벌려서 담배, 껌, 사과나 오징어 다리라도 팔아야 했다. 귀용이 옆에 있더라도 이번만큼은 반대 못 할 거였다.

천만 다행히도 서울에서 다니던 국민학교 친구 옥희하고 일주일 전에 여기 마산에서 딱 마주쳤었다. 옥희와 그의 남편이 여기로 피난 와서부터 오징어 도매 장사를 하고 있었으니 오징어를 한두 축 꿔 달라고 해야겠다.

그래 한창 푹푹 찌는 팔월 오후에 옥희네로 발걸음을 띄웠다. 신마산 시장을 지났다. 거기에는 눈물이 뺨에 말라붙은 고아들이 여기저기 있었다.

신작로에 있는 라디오 가게에서 라디오 방송 뉴스가 왕왕거려 밖으로 흘러나왔다.

"어제 대한민국을 위하여 용감하게 목숨을 바친 용사들의 수는 삼 백 명이었다"라는 방송이 나왔다.

"유엔군과 미군의 전사자 수는 아직 보고되지 않은 상태이다."

옥희네 삼층 방으로 가는 계단을 올라갔다.

귀용은 분명히 살아 있을 거였다. 그래서 나를 찾아다니고 있을 거였다. 왜냐? 아직도 부부 관계를 우리한테 주어진 몫을 다 못했기 때문에. 옛말에 사람들은 모두 일평생 몇 번이나 남녀 관계를 할 것인지 정해져 있다 했다. 그렇기 때문에 아무리 나이가 젊은 남자라도 여자관계가 난잡하면 일평생 동안 할 몫을 짧은 시간에 다 탕진을 해서 더 이상 못하게 된다지 않는가. 그이가 어디서 뭘 하든지 간에 이 찌는 날씨에 땀띠는 심하게 나지 않았는지? 같이 있을 때는 그이가 목물을 하고 난 뒤 그이의 사타구니와 불알 가장자리를 살금살금 돌아가며 약을 문질러 발라 주었는데. 그리고 그이가 구해온 신식 침대에 눕히고 빨가벗은 그이의 사타구니가 시원해지라고 부채질을 해 줬는데. 같이 있었더라면 개고기라도 삶아서 더위 먹지 말고 기운차리라고 한 상 차려 줬을 텐데. 개 잡는 사내들이 개를 나무에 거꾸로 매 놓고 나무 방망이로 패서 죽이는 걸 생각하면 속이 메스꺼워 나는 한 번도 먹어 본 적 없었다.

이렇게 친구 옥희를 보러 오는 동안엔 잠깐이라도 귀용의 걱정을 덜 할 수가 있어서 다행이었다. 작은집은 이맘때면 애를 낳았겠지. 아들이면 분명히 수양이 아들이라고 금줄에 고추를 주렁주렁 달아맸을 거다. 딸이면 조용히 숯을 박아 걸고.

옥희네 방에 들어서니 얼마나 맛있는 오징어 냄새가 코를 찌르는지 금방 입에 군침이 돌았다.

옥희는 뼹 둘러 쌓아 올린 오징어 묶음들 한가운데 앉아 있었다. 창문은 미군 담요가 늘어져 가리고 있었다. 담요가 좁아서 다 가리지 못한 창문 양쪽 가장자리로 햇빛이 구불구불 비춰 내렸다. 아랫부분 양쪽은 옥희가 핀으로 꽂아 조금 치켜 놓은 대로 햇빛이 들어와 노란 겨자색 삼각형을 하고 있었다. 낮에는 창문에서 덮어 놓은 천을 젖혀 놔도 비행기가 보고 폭격하는 경우가 많지 않았는데 옥희는 꼭 저렇게 담요로 덮어 놨다. 아래쪽을 조금 접어 올려서 해가 비춰들어 오게 해 놓은 것도 천장에서 늘어져 내려와 덩그러니 방 한가운데 매달린 전깃불의 전기료를 좀 아끼기 위해서였다.

내가 옥희 옆으로 방바닥에 앉으면서 "아이고, 낮에는 담요 좀 치워 놔도 돼요. 좀 열고 바람 좀 들어오게 해요" 했더니 옥희가 펄쩍 뛰었다.

"창문이 깜깜해야 도둑이 안 들어와! 정말이라고."

"그래, 도둑은 득시글거리지. 전쟁이니 먹을 건 없고 하니 구걸을 하거나 도둑질을 하거나 둘 중에 하나잖아. 나도 빨리 애 아빠를 찾든지 해야지, 안 그럼 애들 먹여야 하니 도둑질이라도 해야 할까 봐."

"창문이 저러면 간첩도 피한다고."

간첩이 북한에서 수없이 숨어 내려왔다. 맨날 나오는 이웃집 라디오 방송에서 "수상한 사람을 보고하십시오"라고 아나운서가 말했다. "버스비가 얼마인지 같은 삼척동자도 아는 걸 모르는 사람이나 북한 사투리 쓰는 사람 꼭 경찰에 보고하십시오." 이래서 북한에서 온 신 씨는 일부러 공산당을 '개똥'이라고 크게 부르고 돌아다녔다. 아무도 보는 사람도 없는 데도 "그 공산당 놈들 목을 비틀어야 해!" 하고 중얼거렸다. 남쪽에서도 북으로 간첩을 보낸다지만 그런 건 라디오에서 아무 말 없었다.

"좀 거들어 줄까" 하고 내가 오징어 한 묶음을 무릎에 놓고 제일 큰 다리를 몸에서 뜯어냈다. 그건 몸뚱어리보다 싼 데다가 더 쫄깃쫄깃해서 더 맛이 있어서 그런 다리만 찾는 손님들한테 옥희는 그걸 따로 팔았다.

옥희 옆에 있는 트랜지스터 라디오에서 국군 노래가 우렁차게 나왔다.

전우의 시체를 넘고 넘어
앞으로 앞으로
낙동강아 흐르거라
우리는 전진 한다

화랑 담배 연기 속에

사라진 전우야……

옥희가 라디오 소리를 낮췄다.

“아이고 잘됐다.”

내가 떨리는 목소리로 말했다.

“악몽이야, 악몽. 화랑 담배 연기 속으로 사라지는 전우의 얼굴. 그걸 들으면 귀용이 진흙 땅바닥에서 뒹굴고, 그이를 치고 넘어가는 군인들 군화가 그이 얼굴을 짓밟는 거 같아.”

“아직도 소식 없지?”

옥희가 보리차를 따라줬다.

그걸 마시고 좀 진정을 했다. 그리고 이런 이야기 저런 이야기를 했다. 응, 미나하고 리호 공부 잘하고. 미나가 백일 기침했던 거 다 없어졌고. 옥희는 전쟁이 터지자 두 달 만에 다리를 다쳐 제대한 남편의 상처가 천천히 회복되고 있다고 했다.

“나 말이야. 우리 딸 먹여 살려야 하는데. 길가에 구멍가게 하나 낼까? 오징어 좀 꿔 줄 거지?”

“구멍가게? 자네 미쳤어? 마산에 오더니 마산 땡볕에 머리가 홀딱 익어 버린 거야?” 하면서 옥희가 수말이 히앵히앵 하는 것 같은 소리를 내면서 웃어 젖혔다.

옥희는 뼈도 굵직굵직하고 말띠라서 그런지 말 같은 짓을 하면서 계속 말을 지껄였다.

"뭘 파신다고요? 그게 식은 죽 먹기만큼이나 쉬운 줄 아시나 본데, 아마 이틀도 못 갈 걸요?"

"아니, 세상에, 왜 못한다는 거야?"

"왜냐고요? 아니, 어느 술꾼이 와서 행패 부리면 누가 뜯어 말려준대? 좀도둑이 빙빙 돌면 누가 쫓아버린대? 깡패는 누가 패 도망가게 하고?"

"그렇지만 여자들이 장사하는 사람들이 얼마나 많은데? 다들 남자하고 하는 거 아니잖아? 참기름 장사에 고춧가루 장사에 호떡 장사에."

옥희가 미안한지 웃음을 참으려고 하니까 입술이 씰룩거리는 게 보였다. 그 모양 전에도 봐서 알고 있었다. 그런 비웃음을 들으면 꼭 밥만 먹을 줄 아는 밥통이 된 것 같았다. 사실 옥희가 그럴 만도 하긴 했다. 옥희의 남편이 상처를 입어 생계를 이루지 못하게 되기 전에도 옥희는 피눈물 나는 고생을 했었다. 내가 귀용이 벌어다 주는 밥을 먹고 호강하는 동안에 옥희는 옷감 뭉텅이에 떡 보따리에 화장품 보따리에 갖은 걸 다 머리에 이고 발이 부르트도록 먼 길을 뛰어다녔다.

"미나 엄마는 곰이 강냉이 까듯이 서투르게 장사를 시작하면 안 돼. 미나 엄마가 구멍가게 한다는 건 내시가 사돈을 갖고 싶어 하는 거나 마찬가지야. 웃기잖아!"

이렇게까지 심하게 나올 줄은 몰랐다.

"그러지 말고 내가 다른 좋은 수를 가르쳐 줄게" 하면서 옥희가 목소리를 곱상스럽게 바꿨다.

"내가 말이야, 아는 여자 손님한테 배 씨라는 남동생이 있는데 직장도 있고 훤칠하게 잘 생겼어. 옛말에도 그러잖아. 떡도 잘생긴 게 잘 넘어간다고. 내가 그 사람 소개하면 어때?"

내가 옥희를 쳐다봤다. 남자를 만난다고? 너무 기가 차서 말 문이 막혔다. 이 친구가 도대체 나를 어떻게 보는 거야? 남편이 살았거나 죽었거나 일평생 한 남편한테 지키는 정조는 눈곱만큼도 없다고 보는 거 아냐? 기생년같이 빠진 년인 줄 알잖아? 똥구멍으로 호박씨를 깔 년으로 알잖아!

사실은 남편이 살았는지 죽었는지도 모르면서 애인을 두거나 재혼을 하는 여자들이 꽤 많이 있기는 있었다. 그런 사람들을 옳다 그르다 할 자격이 누구한테 있을까. 먹여 살려야 하는 애들은 많고 그 애들한테 아비 노릇 해줄 사람도 필요했을 테고. 그렇지만 대부분 여자는 그저 옛날식으로 죽으나 사나 한 남편한테 정조를 지키는 게 보통이었다. 입술을 깨물었다. 정조 못 지키는 여자들을 무시할 마음은 전혀 없었다. 나의 친여동생을 봐서라도. 둘이 다 어렸을 때 어머니가 매일 일러 주시던 말씀 —너희들 속 내리닫이에 스물아홉 개 달아 준 단추들 그 어느 하나도 다른 남자가 건드리지 못하게 해 — 그 말씀이 진희로 해서 똥통으로 들어가 버렸듯이 나도 그렇게 되면 절대 안 되었다. 딸 하나가 부스러진 것도 부모님들한텐 평생을 가슴에 못을 박고 사는 한이었다.

그냥 아무 말도 안 하고 오징어 다리만 떼고 있었다. 솔직히 옥희는 좋은 친구였고 절대로 일부러 알면서 모욕적인 말로 친구의 마음을 후벼 팔 사람이 아니었다. 나는 오징어 다리를 노끈으로 똘똘 묶고 손바닥으로 보통보다 더 세게 한 번 탁 두드렸다.

옥희는 그 배 씨라는 남자에 대해서 계속 지껄였다. 평양 태생이고 거기 지금도 집이 있데.

"평양! 그럼 공산당이잖아!"

어찌나 크게 소리를 질렀는지 나 자신도 깜짝 놀랐다.

"쉬이이이! 아니 정신 돌았어? 내 말 들어 봐! 그 사람은 백 퍼센트 남한에서 장사하던 사업가라고! 서울하고 마산에 벽돌 공장을 두 개나 갖고 있었다고! 그래서 자기 처하고 아들 둘을 마산으로 이사시켜서 누나하고 가까이 살게 할 계획이었대. 그래 작년 초여름에 아들 둘을 데리고 마산에 와서 누나한테 맡기고 서울 공장에 갔는데, 그때 그만 카아아악 전쟁이 터져서 총알이 사방에서 쏟아져 나왔다잖아. 평양으로 가서 처를 데리고 오려고 했는데 몇백 명이 몰려 삼팔선을 넘지 못하고 기관총이 비 쏟아지듯 하고 그래서 혼비백산 마산으로 도망쳐 누나네 집 방공호에 숨어서 팔 개월을 살았대. 서울 공장은 폭탄에 날아갔고. 마산 공장은 간신히 누나가 처분해줬대. 그리고 방공호에서 나와 담요 공장에 취직했대. 그 사람은 재혼 생각 없다는데 누나가 재혼하라 한다고."

옥희가 숨을 쉬었다.

"그 누나가 하는 말이 동생이 재혼하고 안 하고는 동생 자유지만 동생의 새끼들한테 어미를 구해 주는 건 자기 몫이라고 하더군. 그 말이 옳지."

어느 날 옥희네 배 씨 누나가 들렀을 때 우연히 내가 첩을 봤다는 얘기를 했더니, 더 알고 싶어 했단다. 내가 자기 배로 낳은 애가 없고, 양녀 하나 있다는 얘기에 그의 귀가 솔깃했단다. 자기 배 아파 낳은 자식이 없는 여자가 제일 적합한 계모감이라고 생각해서랬다. 두 사람이 정식으로 혼인은 못 해도 다른 사람들이 하는 것처럼 그냥 같이 살면 어떠냐고 했단다.

"걱정할 거 하나도 없어. 내가 당신 같은 친구를 위험한 구렁텅이로 몰아들일 사람으로 보여? 물론 이북하고 연결이 있는 사람은 알다가도 모를 일이 있을지도 모르지만, 이 사람은 우리 남쪽 사람이나 똑같아. 내가 장담하고 내기까지 하지. 내가 지면 우리 도매상 싹 가져가라고. 그럼 됐지? 아니 남한 남자 후보자가 하나 있다고 쳐보자고. 그럼 남한 사람이라고 다 안심할 수 있는 거야? 남한 남자 중에도 우리가 말 한마디 삐쭉 할 새도 없이 자기한테 이익이 되면 우리를 눈 깜빡할 사이에 감옥으로 보낼 빨갱이 간첩들이 많다고."

그건 맞는 소리였다. 해방 때 일본 놈들이 조선에 제대로 정치해 나갈 사람 하나도 안 남기고 나라를 혼란에 빠뜨려 놓고 본국으로 도망들 갔을 때부터 조선에서는 빨갱이들이 날치기 시작했다. 그러니까 더군다나 귀용과 미나의 안전을 생각해서라도 북한하고 연결이 있는 자는 천리만리 멀리해야 했다.

"그냥 한 번만 만나 봐" 하면서 옥희가 오징어 한 묶음을 등 뒤로 놓았다.

"보고 싫으면 그만이고. 봐서 손해 보는 건 없잖아. 그렇지만 생각은 해보라고. 이 염병할 전쟁이 우리 머리 꼭대기에서 씽씽 쌩쌩 무당이 작두춤 추듯 하는데, 남녀 가리지 않고 매일 죽어 넘어가는데, 당신도 나도 얼마나 목숨이 남았는지 모르는 판에 뭐? 도덕? 체면? 정조? 우리가 죽으면 그 썩어가는 얼굴에다 대고 여기 정조 지킨 얼굴하고 체면 지킨 얼굴이 있으니 인사들 하세요, 할 것 같아?"

옥희가 제 명에 신이 나서 또 웃어 젖혔다.

내 손가락은 파르르 떨렸다.

"정조가 밥 먹여준답니까? 미나 엄마도 알듯이 옛날 말이 있잖아. 맛은 황석어젓 더할 거 없고 여자 배 따뜻이 해주는 건 영감밖에 없다는 거? 그러니 잔말 말고 새서방 하나 얻어요. 미나 아빠는 살아 있든 아니든 새 장가가서 작은집이 있잖아. 이제 아들까지 있을 걸. 왜 그런 사람한테 목을 매야 하는데? 내가 할 말이 뭔질 알아요? 그러는 건 소똥이다, 소똥."

옥희가 내 얼굴을 자세히 들여다봤다.

"아니, 나한테 화났어? 아이고, 성주대감, 이 여자를 어떻게 처리를 좀 해주십시오. 내가 자기 팔 안에 남자를 하나 안겨 주고, 밥도 먹게 해주려는데 나한테 화를 내? 날 보고 화냥년이라고 부르고 싶소? 그래, 그럼, 한번 해봐. 똥구멍으로 호박씨 깔 년이라고 해봐. 그러고 죽었든지 살았든지 모를 남편한테 얼씨구 하고 그 허여멀끔게 잘난 정조 한번 지켜보세요. 그리고 밥도 쫄쫄 굶으세요. 내 근처에도 오지 말고, 오징어 꿔달란 소린 엄두도 내지 말고."

"상주댁이 나한테 가지 말린 거 줬다고 합니까?" 하고 내가 마침내 입을 뗐다. 옥희가 퍼붓는 소리를 들으면서 가만히 생각해보니까 상주댁하고 옥희가 귀용이 없이 내가 얼마나 외로울까 하면서 걱정을 해준다는 뜻으로 말을 주고받지 않았을까 하는 생각에 미쳤다.

"그래서 배 씨를 이렇게 나한테 떠미는 거요?"

그리고 치맛단을 올려서 코를 닦았다.

"그래서 이러는 거면 고마워요. 그렇지만 우선 내가 해야 하는 건 입에 풀칠이야. 우리 딸내미들 먹여 살려야지. 미나 아빠 찾는 것도 우선이고. 오징어 좀 꿔 줄 거요 아니오? 아, 관둬. 다른 데서 구해보지."

며칠 후에 콩죽으로 저녁을 때우고 일찌감치 잠자리에 들었다. 전기도 아끼고 초도 아껴야 했다. 여름 방학이 이 주밖에 안 남아 애들을 버스를 태워서 진희한테 보냈더니 쓸쓸하고 애들이 보고 싶었다.

속으로만 진희한테 부탁했다. 진희야, 제발 애들 있는 동안만이라도 남자들 데리고 집에 들어오지 말아라.

옥희네에서 며칠 전 있던 일이 아직도 가슴에서 뭉클했다. 오늘은 웬일로 B29의 윙윙 소리도 잠잠했고 폭탄이 어디 멀리서 터지는 소리도 없었다. 그래서 숨을 좀 편안하게 쉬고 누워 있는데, 이렇게 조용한 순간에도 불구하고, 저 멀리 어디선가 중공군과 괴뢰군들이 숲속을 살금살금 웅크리고 걸어가고 있을 거였다. 귀용은 허벅지까지 찬 강을 거스르며 적군을 죽일 덫을 치고 있을 거였다. 적군과 딱 마주쳐 거의 코를 맞대다시피 하고 맞서 노려볼 때 그들의 쿵당쿵당 하는 숨소리가 귀에서 울렸다. 눈을 꼭 감았다. 그이가 총을 맞고 쓰러졌을까? 그 끔찍한 생각에 내장이 빙 돌았다. 다른 여자와 아이를 낳고 그 여자한테로 정이 조금씩 기울어 가고 있더라도 그이가 그리웠고 필요했다. 그이가 여기도 만져 주고 저기도 만져 줬으면. 저기에도 불을 피워줘. 그 조금 탄듯한 맛과 몸이 저절로 비틀어지게 하는 단맛이 너무 좋아 감당을 못할 것 같은 순간 참다못해 터지는 눈물. 눈꼬리로 주룩 흘러내리곤 했었다. 그이가 그걸 핥아 줬었지.

"여보."

그이가 속삭였었지.

"제비 소리 들려, 당신? 남쪽에서 돌아왔어."

가지가 눈앞에서 어른거렸다. 몸이 뜨거워 왔다. 안돼. 옆으로 돌아 누웠다. 손을 뻗으면 닿는 곳에 자그만 상이 있고 거기에 바늘

방석이 있었다. 억지로 작년 유월부터 전투하다 목숨을 잃은 군인들 숫자를 생각 해봤다. 남북 양쪽하고 미군과 중공군만 해도 벌써 백만이 거의 되었다. 그리고 신문에서 본 맥아더 장군의 파이프 물고 군모를 쓰고 선글라스를 낀 얼굴이 떠올랐다. 아, 우리 대한민국 동포들의 영웅. 우리의 구세주. 우리의 신령님. 아주 잘 생기기도 하셨네. 그분의 간이 그분의 코만큼이나 커져서 그렇게 위험한 인천 상륙 작전 같은 큰일을 작년 구월에 해내실 수가 있었나 보았다. 그분이 그런 해륙을 겸한 상륙을 실천할만한 천재가 아니었고, 오척 높이의 파도를 헤치고 나갈만한 배짱이 없었더라면 우리 남한은 지금 다 빨갱이의 나라가 되어 있을 거였다.

그런데 왜 그분이 더 이상 우리를 위해 싸우고 계시질 못할까? 왜 트루먼이 그분을 파직시켰을까. 트루먼은 한국 사람들을 그렇게 싫어한단 말인가? 공산당한테 넘어가도 좋단 말인가?

주인집 남자는 맥아더 장군의 야망대로 트루먼이 따랐으면 제3차 세계 대전이 일어날 가능성이 있었다고 했다. 마당에 쭈그리고 앉아서 땅에 침을 탁 뱉으면서 주인이 말하기를 "그래 제3차 세계 대전이 일어나면 어때서?"라고 했었다. "그래야만 공산당이 이 지구에서 싹 없어진다면 제3차 세계 대전을 해야지. 이미 벌써 흘린 피가 얼만데? 그 피를 트루먼이 아무 소용도 없이 흘린 거로 취급을 해도 되나?"

이런 찰나에 배 씨를 만나? 아이고, 부처님. 저를 불쌍히 여기소서. 그런 무책임한 행동을 하면 그 나쁜 기운이 공기를 타고 멀리 가서 귀용을 두 쪽으로 베어 버릴지도 몰랐다.

게다가 북한과 연관이 있으니 그 사람이 어떤 빨갱이 행위를 한 것이 폭로되는 날에는 그 사람은 물론 그 사람 근처에 멀찍이 있는 사람들도 사형을 당할 것이었다. 어떤 사람들은 씻어 놓은 접시같이 과거가 깨끗해도 이마 한가운데에 총을 맞고 죽는 수도 있었다. 사형 대상이 누구인지 명단을 만드는 데는 남쪽, 북쪽, 양쪽 다 오차를 낸 적이 허다했다. 어떤 땐 오차가 아니라 고의적인 학살인 경우도 있었다.

천장을 쳐다봤다. 내일은 옥희네 가서 저번엔 미안했다고 하고 오징어를 받아와야겠다.

다음날 옥희네 방 밖에서 왔다는 기척으로 기침을 했는데 안에서 크게 웃는 소리가 들렸다. 옥희가 문을 열더니 "지금 금방 미나 엄마 얘기를 했는데" 했고, 옥희의 남편 강우 씨가 앉으라고 방석을 내줬다. 그이는 얼마나 순한 사람인지 그런 사람을 보고 사람들은 "물에 물 탄 듯 술에 술 탄 듯하다"라고 했다.

"아유. 손님이 계시는 걸 모르고"라며 내가 주저했다.

"아냐. 그냥 우리 저이 생일로 미역국 먹고 있었어" 하고 옥희가 수저를 한 쌍 더 상에다 놓으면서, "웅, 여기 배 선생님이셔. 인사해" 했다.

나의 숨이 헉하고 터질 뻔했다. 그 남자는 금방 감옥에서 풀려나온 것 같았다. 수척해 보였고, 수염도 안 깎았다. 누님 방공호에서 여덟 달을 숨어 살았다더니 정말 그런 모습이었다. 그렇지만 흰 와이셔츠는 깨끗했고 다림질이 잘 돼 있었다. 곁눈으로 간신히 조금 쳐다봤는데 벽을 뚫어지라 보고 있는 그 사람의 눈은 컸고 따뜻한 빛이 돌고 눈썹은 짙었다. 옥희가 한 말이 맞았다. 아주 잘 생겼다. 인사하는데 그 남자는 눈을 아래로 내리고 고개만 약간 내 쪽으로 돌렸다. 나도 내외를 했다.

저녁 식사가 끝난 다음 옥희가 오징어를 보자기에 듬뿍 싸더니 배 씨와 나를 같이 밀어내면서 말했다.

"밤이 깊은데 미나 엄마 좀 집까지 바래다주세요. 깜깜한 숲도 지나고 논길을 한참 가야 해요. 그리고 이 짐도 미나 엄마 건데 좀 들어다 주시겠어요?"

내가 사양을 했다. "아니, 아니야. 나 괜찮아" 하면서 보따리를 옥희한테서 뺏으려고 했더니 옥희가 그걸 배 씨한테 넘겨줬다. 그래 둘이 계단을 같이 내려왔다.

"요샌 너무 여자들한테 무서운 일이 많이 생겨서 조심해야 해!" 라고 옥희가 소리를 쳤다. "발 딛기도 조심하고!"

옥희네 방에서 쏟아지는 불빛이 배 씨와 그 사람이 입은 파란 여름 재킷에 비쳤다. 남자 옷치곤 공작새 날개를 보는 것 같은 요사스러운 푸른색이었다. 일단 길에 접어들어서자 배 씨가 앞장을 섰다.

옥희가 말한 무서운 일이란 신문에도 났던 사고였다. 어떤 백인 군인한테 한 여자와 두 소녀가 타박상을 입고 또 강간도 당했다. 그 소녀들은 벌써 자살을 했고 여자는 남편이 머리를 박박 깎아 광에 가뒀다. 동네 사람들이 그 두 사람을 피했고 결국 나중에는 부부가 다 망가지게 됐다. 그렇지만 이런 일보다도, 나는 평양에서 온 외간 남자하고 같이 걷는 걸 누가, 아무리 깜깜한 밤이래도 볼까 봐 그게 무서웠다.

논길로 들어서자 좀 마음이 놓였다. 아무도 알아볼 사람이 없었다. 그렇지만 다른 남자와 걷는 걸 귀용이 알았으면 좋아하지 않을 건 뻔했다. 달빛 밑에서 배 씨의 흰 셔츠 카라는 더 희어 보였고 파란 윗도리는 감색으로 보였다. 그들의 발걸음 소리가 가까이 올 때마다 개구리들이 울음을 그쳤다. 그래서 기분이 가벼워졌고 좀 유쾌한 생각을 하고 싶어졌다. 개구리들의 소리를 듣고 있으려니 자연히 청개구리 옛날 이야기가 생각났고 제법 킥하고 코웃음까지 터졌다.

"청개구리 생각이 나서요. 북쪽에도 그런 얘기 있지요?"

"엄마 말을 죽어도 안 듣던 놈 말이죠? 언제나 엄마가 하라는 말에 반대로 했던 놈요?"

그 사람의 목소리는 고르게 나왔는데 평양 억양은 뚜렷했다. 속이 섬뜩해졌다.

"슬픈 얘기니까 웃으면 안 되는 거였는데요."

"그놈은 나쁜 놈이지만 또 웃기기도 하는 놈이죠."

그 사람도 웃는 듯한 소리를 냈다.

"그런데 아주 이상한 건……"

그러더니 말을 뚝 끊어 버렸다.

그때 마침 돌부리를 차는 바람에 뒤뚱했다가 발길을 바로잡아 그 사람이 눈치채지 않게 빨리 보조를 맞췄다. 배 씨가 한숨을 길게 뽑더니 말을 이었다.

"어떻게 옛날 우화 이야기를 하고 또 웃을 수 있고 이렇게 시간을 보낼 수 있는 거죠? 우리 주위에서 사람이 죽어 툭툭 쓰러지는데."

배 씨도 역시 이렇게 나와 걷는 게 마음에 걸리는 것이 분명했다. 자기 처가 죽었을지도 모르는데 웃음까지 나온 것이 죄스러웠나 보았다.

그 순간 벼락같이 나의 옆쪽에서 호랑이 우는 소리 같은 게 폭발했다. 내가 혼비백산이 되어 그 소리 난 반대 방향으로 획 돌아섰고 동시에 배 씨는 나를 보호하느라고 그 소리가 난 방향으로 튀는 바람에 두 사람은 충돌했고 내가 배 씨의 가슴에 착 붙어 버렸다. 논고랑 쪽에선 계속 쿵쿵 꿍꿍 소리가 났고 물에 뭔가 무거운 게 철렁 빠지는 소리도 요란했고 무엇이 그러는지 돌이나 흙덩어리 같은 걸 막 차고 던지고 있었다.

그러더니 우리가 선 논둑 길옆의 고랑에서 두 다리로 서서 걷는 괴물 같은 게 보였다. 그러고 보니 술에 취해 고랑으로 떨어진 술꾼인 것 같았다. 그제야 속으로 '에구머니' 하며 내가 배 씨한테서 떨어져 나왔다. 그리고 하도 심장이 후닥닥거려서 말도 못 하고 걷기만 했다. 둘 다 아무 말 못 하고 개구리울음에만 열중하면서 걸었다. 집 앞에 오자 배 씨한테서 보따리를 받아들고 고개를 숙여 서로 인사를 나눈 후 나는 나지막한 담장 중간에 있는 싸리문을 열고 안으로 들어갔다.

방으로 들어오니 다리가 어찌나 후들거리는지 수돗가에 가서 세수를 할 수가 없었다. 그냥 방바닥에 쓰러져 모로 눕고 다리를 오므렸다. 그리고 귀용의 생각으로 머리를 꽉 채웠다. 자꾸 올라갔다 내려갔다 실랑이를 하는 전선을 좇아 싸움해 가면서도 그이는 틈날 때마다 나를 찾고 있을 거였다. 그이가 군복을 입은 모습을 그려 봤다. 그이도 내가 보고 싶어 미칠 지경일까?

눈을 꼭 감았다. 그리고 귀용의 팔 안으로 뼈가 부서지게 껴 안겼다. 온몸이 온천물에 담가졌다. 면도를 못 해 따끔따끔한 수염투성이인 그이의 뺨과 턱. 그이는 그런 얼굴로 나의 얼굴과 목과 손을 쑤셔 들어오다시피 하며 비벼댔다. 면도할 시간이 없었겠지, 물론. 이 따가움. 그리웠던 자극. 그것에 눈이 펄떡 떠졌다. 주위를 두리번거려봤다. 방이 아니고 부엌이었다. 얼굴은 소나무 불쏘시개 쌓아놓은 데 얹혀 있었고, 손은 불쏘시개 단의 뱃속 한가운데 박혀 있었다.

질겁을 해서 손을 빼냈다. 누가 이걸 봤나? 주인집과 셋방살이 하는 옆집 여자의 방들을 둘러 보니, 캄캄했다. 나는 손으로 머리를 싸잡고 변소로 뛰어가 새까만 밤 속에서 꼬부리고 앉았다.

귀용

음천을 찾아볼 시간이 십오 분밖에 없었다. 국군들 먹일 식량을 여기서 싣고 여러 대 트럭들이 한 줄로 움직여 운행해야 했다. 서울로 가는 길에 휘발유, 석유, 연탄도 유엔군하고 국군이 주둔하고 있는 데마다 긴급 공급해야 했다. 상급 공급 단장이 무선 통신용 라디오로 공급지 위치를 알아내서 운전사들을 인도할 거였다.

"아주머니, 이런 여자 보신 적이 있어요? 이렇게 생긴 꼬마는요?"라고 물으면서 "산나물 사요!" 외치는 여자한테 사진을 보여 줬다. 그랬더니 뒤에 업은 애를 앞으로 획 돌려서 젖꼭지를 물렸다. 그리고 "아, 비켜요! 그렇게 막으면 손님들이 산나물을 어떻게 봐요?" 했다.

그래서 거길 지나 몇 발자국 더 가서 달걀을 담을 달걀 짚 꾸러미를 만들고 있는 할아버지한테 물어봤다. "할아버지, 이렇게 생긴 여자 혹시 보셨어요? 이 애는요? 여덟 살짜리요. 예쁘고, 눈이 큰 아이요."

할아버지가 그 사진이 있는 방향으로 얼굴을 돌리고 피식 웃었다.

"보셨어요? 할아버지, 보셨다고요? 어디서요?"

내가 땅바닥에 무릎을 털썩 꿇고 노인의 어깨에 손을 얹었다.

"할아버지! 어디서요?"

대답이 없어 늙어 축 늘어진 노인의 눈꺼풀 밑으로 간신히 보이는 눈을 자세히 들여다보니 두 눈동자가 하얗다. 아니, 어떻게 장님이 달걀 꾸러미를 짤 수가 있단 말인가?

일어나면서 주머니에서 돈 몇 푼을 꺼내 노인의 허리춤에 매달린 담배 주머니에다 넣어 드리곤 "점심 사드세요, 할아버지"라고 했다.

아무래도 음천이 한강 다리를 못 건너 기차를 못 탔나 보다. 그날 다리가 폭격을 맞아 산산조각이 되었지만 분명히 음천이 건널 시간이 충분했었는데. 죽었을 리가 없었다. 보살님이 말했던 '검은 구름'도 피해 살아남은 사람인데. 만약 내가 그 보살님을 만난 후 그 순간부터 며칠 내라든가 몇 년 안에라도 음천이 죽을 운명이었다면 그걸 보살님이 알고 미리 얘기해주셨을 거 아니었나. 음천하고 미나가 한강을 못 건넜으면 어디로 갔단 말인가. 한강 다리 말고 다른 다리를 찾아서 헤매는 수백 명 피난민과 얼어붙은 땅을 한없이 걸었을 거다.

여보, 살아만 있어 줘.

그다음에는 달걀 장수, 갈치 파는 이, 문방구 주인한테 물어보고 시계를 봤다. 집에 들러 어머니와 경진이와 작은집을 볼 시간은 없었다. 그냥 다른 운전사들 기다리는 장소로 급히 뛰었다.

음천

배 씨하고 집으로 걸었던 때부터 닷새 되던 날 애들이 부산에서 돌아와서 얼마나 좋았는지. 애들이 보고 싶기도 했고 또 이제 신 마산에 있는 옥희네 집 근처에 얻어 놓은 셋방 한 칸으로 이사하는 걸 그 애들도 도와줘야 했다. 리호는 부산에서 먹은 맛있는 것들 거기서 본 재미있는 이야기에 신이 났다. 양 씨 아저씨하고 해변에 가서 수영도 했고 (진희가 결국 애들 있는데 남자를 끌어들였구나), 생선 파는 큰 시장에서 본 살아서 엉금엉금 기는 게들, 뱅글뱅글 물 함지 안에서 도는 뱀장어 또 살아 꿈틀거리는 뱀 (악, 하고 애들이 소리를 질렀다), 그리고 거기서 이모네 집까지 가는 데 있는 백 개나 되는 층계들, 또 미군 아저씨들이 초콜릿을 던져 줬던 일. (얼마나 맛있는지 몰라, 몸마. 하나 줄까? 몸마 줄 거 감춰뒀어)

이주일 후에 신 마산 큰 시장 건너편 길바닥에다 천막 구멍가게를 차렸다. 널빤지 위에다 오징어, 사과, 성냥, 깨엿, 또 야미 시장에서 산 말보로와 카멜 담배와 껌을 진열해 놨다. 귀용 그이도 이번만큼은 내가 집 밖으로 나가서 가게 차린 걸 반대 못 하리라.

만원이 된 버스가 우르릉하며 지나갔다. 아침저녁 통근시간에는 버스가 거의 십 분 만에 하나씩 있었다. 금방 지나간 버스는 하도 꽉 차서 남자 손님 둘은 밖에 매달렸었는데 차장 처녀가 그 남자들

엉덩이에 손바닥을 대고 밀어 들여보내고 차장이 간신히 발가락만 차에 걸고 매달려 버스 옆구리를 탕탕 치니까 운전사가 버스를 억지로 움직여 앞으로 나갔다.

내가 고개를 갸우뚱했다. 버스 안에 어떤 사람이 배 씨 윗도리 같은 색을 입었던 것 같았다. 여자였나 남자였나? 요새 같은 세상에선 밝은 색깔 옷을 입은 이가 드물었다. 그런 옷 입을 돈 있는 이들은 다 이 나라를 뿌리치고 떠났다. 하와이라는 데로 갔단다. 색이 있는 옷이 있다 하더라고 이런 판국에 그런 걸 입는다는 건 비애국적이 아닌가. 뭐가 신이 나서 그런 걸 떨쳐입겠는가. 애들까지도 검은 거나 회색을 입었다. 배 씨는 그런 색깔 옷이 어디서 났을까. 무슨 곡절이라도 있나? 부인이 선물한 건가? 이런 배 씨에 대한 생각이 들자 그걸 쫓느라고 고개를 양옆으로 흔들었는데 하도 세게 해서 하마터면 쪽바리 의자에서 쓰러질 뻔했다.

머리에 쓰고 있던 흰 수건을 눈썹까지 푹 내렸다. 버스를 쳐다봐야 할 이유가 티끌만큼도 없었다. 단지 버스에 내려서 이 가게를 향해 오는 사람들만 쳐다보면 됐다. 보도에는 은행잎들이 떨어져 여기저기 노릿노릿 했다. 뒤에 있는 개천가에도 떨어져서 시커먼 물이 눈에 띄게 했다. 바람이 훽 불어 올라오면 개천에서 썩는 냄새가 코를 쑤셔 막곤 했다.

옆에서 군고구마 장사하는 구 씨 가게에서 라디오 소리가 났다.

"국군과 유엔군이 오늘 이십육 킬로를 북진해서 전선을 확장했다. 시민 팔백여 명이 나와 환성과 국기를 들고 국군을 환영했다. 태극기가 바다를 이루었고 대한민국 만세가 하늘을 찔렀다."

구 씨는 어디서 온 분인지 모르겠지만 언제든지 가게에다가 태극기를 최소한 세 개는 날리고 아무도 듣는 사람 없어도 크게 공산당 욕을 하는 걸 보니 북한에 누구 친척이라도 있어서 누가 자기를 의심하지 않게 하려고 하는 것 같았다.

판 물건을 포장할 때 쓰는 며칠 묵은 신문지들을 정리하다가 경향신문 어제 것을 훑어봤다. 한문이 하도 많이 섞여서 다 읽을 수는 없었지만 사진을 보고 한글로 쓴 대목을 대강 읽고 내용을 짐작했다. 한쪽 눈이 찌그러진 이승만 대통령 사진이 신문 첫 페이지에 꽉 차 있고 그 옆엔 새로 임명된 미국 총사령관 리지웨이 장군과 그분 지휘 아래 군사들의 북진 진보에 대한 기사가 실려 있었다. 그 수천의 장병들이 북진해서 중공군과 괴뢰군을 철파했단다. 그러니 맥아더 장군이 파직됐을 때 전국시민들이 두려워했던 대로, 리지웨이 장군이 맥아더 장군보다 무력하지는 않은 분인가보다. 벌써 국군의 전사자 수는 십만을 넘었다.

이빨로 오징어를 묶은 끈을 잘라버리고 제일 긴 다리 두 개씩을 떼기 시작했다. 오징어의 고릿한 냄새를 맡으니까 좀 부끄러운 기억이 떠올랐다.

전쟁이 터지기 전에 동대문 시장에 갔을 때 어떤 주정꾼이 소리치는 걸 들었었다.

"그 오징어 좀 주쇼! 그것밖에 여자 밑구멍 냄새 같은 걸 맡을 수가 있어야지!"

그걸 싹 잊어버릴 것이지 왜 머릿속에 이때까지 끼고 살았단 말인가. 그 자체만으로도 얼굴이 뜨거워졌다.

큰길 건너 시장 쪽으로 시선을 돌렸다. 눈에 뭐가 씌었나? 저기서 어떤 남자가 공작새 날개 색처럼 파란색을 입고 사람들 속으로 사라졌다. 그리고 보니 옥희가 며칠 전 귀띔해준 게 생각났다.

"배 씨가 미나 엄마 지켜주는 거 알아? 미나네 가게 쪽 버스를 타고 직장에 가고, 집으로 오고 한대. 저녁 시간에는 저 시장 바닥을 괜히 왔다 갔다 하고. 그 사람 혹시 봤어?"

그런 사람을 두고 모른 척한다는 게 너무 지나치게 겁먹는 행동인가? 그런 사람을 내 사람으로 만들지 않는 게 천치 바보짓인가? 그런 것 같았다. 귀용도 아마 죽었을 게 분명한데.

벌떡 일어나 낡은 속 바짓가랑이를 찢어서 만든 먼지떨이로 사탕 봉지들을 퍽퍽 때려서 먼지를 털고 보통 껌하고 바둑 껌 쪽으로 갔다. 그리고 사과. 그런데 사과들이 한결같이 새파란 색이었다. 눈을 깜빡해 봤다. 청색 사과? 정신이 돈 거 아닌가? 갑자기 먼지떨이를 거꾸로 들고 그것을 옆으로 뉘어 진열 판을 싹 쓸어 버렸다. 사탕이 콘크리트 길바닥에 와르르 쏟아졌다. 사과들이 뛰어 올라갔다가 다시 떨어져서 땅에 굴렀다. 사과 손해 본 것만 해도 오늘 번 건 말짱 헛거였다. 그리고 머리가 띵해 자리에 다시 털썩 주저앉았다.

"무슨 일이요? 괜찮아?" 하고 구 씨 아저씨가 고개를 디밀었다.

"네, 무릎으로 판자를 치는 바람에요."

구 씨랑 같이 사과와 사탕을 주웠다.

신 마산으로 이사하던 날 불쏘시개를 꾸려 옮기기 전에 가지를 버리고 가려고 찾아봤다. 나무가재이 속을 뒤지니까 손수건은 나왔는데 가지는 없었다. 그 속 어디에 있을 텐데 그날이 토요일이어서 애들이 냄비니 뭐니 옮긴다고 들락날락해서 신문지를 불쏘시개 한 아름 밑에다 깔고, 짚신 끈으로 묶어서 이사를 했다. 그러니 그 불알이 쫓아 왔을 거다.

수양

"얘, 일어나 죽 먹어라."

시어머니가 조그만 쟁반을 방바닥에 놓으셨다. 대접에서 참기름 냄새가 콜콜 났다.

"먹어야 한다"라고 시어머니가 말씀하셨다.

"네가 안 먹으면 우리 왕자님도 굶잖냐."

경진이가 기저귀 없이 누워 자고 있었다. 땀띠 때문에 기저귀를 안 채워줬다.

"아이고, 그놈의 고추 예쁘기도 해라."

시어머니가 웃으며 눈가에 주름을 만들면서 경진이 고추를 쓸어 내리셨다.

시어머님한테서 숟가락을 받았다. 죽은 목으로 잘 내려갈 텐데. 지난번 경진 아빠가 들려서 크게 음천하고 미나 얘기를 하고 간 다음부터 동네 여자들이 눈을 찌푸리고 나를 대했다. 아무도 직접 말은 안 했지만 내가 우물 가까이 가면 여자들이 하던 말을 뚝 끊곤 했다. 어느 날 시어머니하고 친한 이웃 할머니가 시어머니한테 직접 물으셨단다.

"아니, 정말 아드님이 본처가 있소? 어디 살고 있다면서요? 딸도 있고?"

시어머니가 고개를 끄떡이시니까 이웃 할머니가 혀를 끌끌 차셨다. 나의 배속에서는 무슨 자잘한 이빨들이 장을 자근자근 씹는 것 같았다. 뭐 새삼스럽게 그러니? 이런 말이 귀에 들렸다. 귀용의 집에 발을 들여놓는 순간부터 사람 취급 못 받을 것 뻔히 알았던 것 아닌가.

다 먹고 나서 부엌으로 가 냉수 한 사발에 초 한 자루를 쟁반에 받쳐 들고 방으로 왔다.

"이렇게 늦은 시간에 정성을 들인다고?"

시어머님이 말씀하시더니 쟁반 옆으로 오셔서 촛불을 켜시고, "그럼 같이 하자" 하셨다.

만약 귀용이 전사한다면 나의 팔자는 그나마 더 구린 똥이 되는 거였다.

음천

"수제비 좀 가지고 왔어요. 식기 전에 잡수세요" 하고 내가 구 씨한테 양은냄비를 내밀었다. 집에 가서 수제비를 만들어 애들하고 먹고 구 씨 잡수시라고 좀 들고 왔다. 집에 간 동안엔 구 씨가 가게를 봐줬다. 그분이 북한하고 엄청난 연관이 있건 아니건 간에 그분처럼 도와주는 사람 없이는 이 길바닥 장사도 못 할 뻔했다. 문둥이들이 하루에 몇 번이나 뭉그러진 손을 내밀어 깜짝 놀라게 하지를 않나 술 취해 비틀거리는 상이군인이 작대기로 나를 때리려고 하지를 않나, 깡패들이 담배를 휘둘러 보질 않나 소매치기 녀석들이 빙빙 돌질 않나, 말도 못 했다.

"오징어 구운 거 하나!"

어떤 상이군인이 목발에 기대고 서서 석유램프 너머에서 소리를 질렀다. 눈 하나가 없거나 다리나 팔이 없는 상이군인을 보면 하도 겁이 나서 등 한가운데로 송곳이 꽂혀 들어오는 듯했다. 그들이 바친 희생은 한없이 고마웠지만 길에서 사람을 패기가 일쑤였다.

오징어 한 마리를 꺼내 숯불 풍로에 올려놨다.

"거, 그거보다 나은 거 없어?" 하고 그 사람이 목청을 더 높였다. 곤드라지게 마신 술과 뱃속에서 썩는 김치 냄새가 얼굴의 땀구멍으로 삐져나와 그 악취가 코로 불어 왔다.

"이게 제일 큰 거예요."

"그게 제일 큰 거라고? 이런 젠장."

"네. 제일 좋은 거예요."

"야, 너 참전용사 존경 안 하냐? 나 다리를 잃었다고, 다리를. 응? 상관 안 해? 아, 이 시발년 다 봤나!"

그러더니 하나 남은 다리로 힘을 주고 서선 기대고 있던 목발을 번쩍 들어 물건 놓은 판자를 내려쳐 담뱃갑들을 쓸어버릴 태세를 했다. 그런데 그러기 전에 사과 판자를 들어 엎으면서 보도로 홱 쓰러졌다. 풍로가 뒤뚱 기울어지자 새빨간 불덩어리들이 길바닥으로 확 쏟아졌다. 그 불똥을 피하느라고 뒷걸음질을 했는데 한쪽 발이 그만 보도 가장자리를 넘어가 개천으로 나가는 바람에 내 온몸이 훌렁 자빠져 낭떠러지로 뒹굴었다. 젖은 신문지 나부랭이 나뭇잎들 뭐 다른 쓰레기가 걸린 바윗돌에 채여 다행히 개천에 완전히 빠지는 것만은 면했지만 치맛단과 발은 벌써 시궁창에 들어갔다. 하늘을 보고 반듯이 누웠다. 돌멩이에 맞아 머리통이 터진 것 같았다. 발목도 칼에 찔린 것 같았고. 눈을 간신히 조금 뜨고 보니까 안개가 꽉 낀 저쪽에 구 씨 가게에서 비치는 불이 희미하게 보였다.

"아이고, 여봐, 젊은이! 일루 좀 와! 좀 도와줘!"

구 씨의 목소리.

"죽었나?"

다른 목소리.

바둑돌이 달각거리는 소리. 신발이 시멘트에서 지걱지걱 거리는 소리. 눈을 감고 있는데 누가 몸을 치켜들었다. 한 남자가, "길 좀 가르쳐 주세요" 했다. 귀용의 목소리? 아니었다. 구 씨가 "따라오세요" 했다.

안고 가는 남자의 팔도 귀용의 것이 아니었다. 그이였다면 하도 꽉 안아서 숨을 잘 못 쉬게 됐을 거였다. 그럼 이건 누구 팔일까? 지나치던 사람? 구 씨가 오라고 했던 젊은이?

눈을 그냥 감고 있었다. 누가 안고 가고 있는지 알고 싶지 않았다. 만약에 그것이 귀용의 팔이 아니라면 머리통이 터질 것 같아도 그 사람한테서 빠져나와 걸어가려고 애라도 써야 하니까. 다리를 건너갈 때 하고 땅바닥에 난 구멍을 헛디딜 적마다 몸이 많이 덜컹거렸다. 마침내 집에 와 방으로 들어와선 나를 내려 눕혔다. 그 사람의 냄새. 빨랫비누 냄새였다.

"엄마!"

미나의 목소리. 미나가 어깨를 흔들었다.

"엄마 괜찮으서. 걱정하지 마."

그 신비한 남자의 말이었다. 그때야 목소리를 알아야겠다. 파란 윗도리의 주인.

"몸마" 하며 졸린 목소리로 리호가 불렀다.

"쉬이이."

"괜찮을 거 같아?"

구 씨가 물었다.

"그런 거 같습니다. 미나야, 내가 부엌에서 따뜻한 물 갖고 올 테니 그동안에 엄마 깨끗한 옷 좀 갈아 입혀드릴래?"

미나가 저고리 고름을 풀었다. 어깨와 팔을 움직여서 미나가 가지고 온 잠옷 윗도리와 바지를 입히는 걸 도와줬다.

왼팔을 이마에 얹고 실눈을 떴다. 배 씨가 대야하고 수건을 갖고 들어 왔다. 그러더니 발목을 붙잡는 손이 닿았고 따듯한 수건으로 발바닥을 문지르고 발가락 사이도 잘 닦았다. 그다음에 정강이. 그의 손바닥이 바른쪽 발등에 있는 핏줄 위를 스쳐 내렸고 그의 손가락이 왼쪽 발뒤꿈치를 만졌다. 그이가 바짓가랑이를 좀 더 정강이 위로 치켰을 땐 더 이상 참을 수 없이 몸이 아찔해졌다.

한밤에 깼다. 아직도 새벽이었다. 발목이 아직도 아팠지만 참을 만했다. 머리통을 더듬어 봤다. 커다란 덩어리가 손에 들어왔다. 지긋이 만졌다가 꽥 소리가 나왔다. 그렇지만 터진 자리는 만져지지 않았고 피가 말라붙은 것 같지도 않았다. 일어나 앉아서 석유램프를 켰다. 딸애들이 옆에서 자고 있었다. 눈덩이들이 타일같이 매끄러웠다. 방 밖으로 나가서 불꽃을 낮추고 부엌 땅바닥에다 램프를 놓은 후 불쏘시개 속을 헤쳤다. 나뭇가지 하나하나씩 옮겼다. 그랬더니 밑 쪽에서 가지가 보였다. 신문지를 찢어서 그걸 싼 다음에 꺼냈다. 밖에 있어서 장작같이 딱딱해져 있었다. 불쏘시개를 풍로에 집어넣고 성냥을 그었다. 불길이 올라오자 그 불알을 떨어뜨렸다.

오렌지색이 튀어 올라왔다. 논이 있는 구 마산으로 다시 이사를 할 결심이 불끈 생겼다. 배 씨가 멀어지고 유혹이 멀어지는 데로. 진주에 가서 옷감장사를 할 거다. 잘 되는 시장터란다. 그런데 거긴 기차를 타고 반나절을 가야 하기 때문에 당일에 집에 올 수가 없어서 처음에는 안 가기로 했던 시장터였다. 이젠 그렇게 할 수밖에 없었다. 여덟 살하고 다섯 살짜리가 혼자 집에 남아야 했다.

1951년 8월 초
미나

어제 엄마가 리호하고 둘만 두고 진주에 가서 장사해야 한다고 그랬을 때, "누가 날 깨워줘?" 하고 물었다.

"엄마가 며칠씩 자고 와야 하는데, 거기 가서 돈도 많이 벌어오고, 그걸로 너희들 새 옷도 사주고 구두도 사줄게. 필요하면 주인 신씨 아줌마한테 말하고, 응? 옆집 아줌마도 상주댁 아줌마도 다 도와준댔어. 리호야, 미나 깨우는 건 네가 해야 해. 그리고 언니가 밥하고 빨래하는 것도 거들어 줘야 하고."

엄마 없이 둘만 남았던 날 주인네 수돗가에서 내가 바가지에다 쌀을 씻고 있는데, 리호가 부 안으로 뛰어 들어오더니, "언니, 냉이 따왔어. 우리 냉잇국 해 먹으면 안 돼?" 했다.

내가 "그래. 여기 앉아서 씻어" 하고 냄비를 리호한테 줬다.

"또 이거 봐! 철수가 언니한테 주랬다!"

리호가 메뚜기 한 줄을 들어 보이면서, "누구누구는 우습데요. 누구누구는……" 하고 놀려댔다.

내가 눈을 흘겨줬다.

"야! 그만 안 할래? 그건 저기 마루에 놔."

리호가 혀를 날름거리면서 마루로 갔다. 철수가 쪼끔은 괜찮고 쪼끔은 모르겠다. 작년 가을에 길 건넛집 마당에서 감나무 밑에 뱀이 있는 걸 모르고 하마터면 밟을 뻔한 걸 옆에 있던 철수가 별안간에 나를 낚아채서 떠미는 바람에 뱀한테 물리질 않았다. 이번 여름에는 개천에서 애들하고 맨발로 물장난을 하는데 발가락 사이에 거머리가 붙었다. 그때도 다른 애들은 소리를 지르고 도망갔는데 철수만 남아서 거머리를 떼어주었다. 그런데도 이상하게 그 애가 잘해주면 잘해 줄수록 더 싫어지는 것 같았다. 그런 거 생각하지 말자. 책 읽고 숙제하고 공부만 열심히 하자. 그렇게 혼자 마음을 다졌다. 반에서 일등을 하려면 여자애들 마흔 명에 남자 서른일곱 다 합해서 일흔일곱 명보다 더 점수를 잘 따야 했다.

냉잇국은 된장 풀어, 마늘, 파, 고추 썰어 넣고 멸치를 몇 마리 넣고 끓였더니 아주 맛있게 됐다. 거의 엄마가 만든 거만큼. 방 바깥에 붙어 있는 부엌의 땅바닥에 돗자리를 깔고 풍로 옆에 앉아서 밥을 먹었다. 다 먹고 나서 내가 설거지를 하는데 하늘에 별 하나가 반짝하고 나왔다. 리호가 메뚜기를 네 마리 불에 구워 두 개는 나를 주고 두 개는 자기가 먹었다. 배가 너무 불러 더 들어갈 구멍이 없지만 구운 메뚜기를 안 먹을 수는 없었다. 고소하고 반쯤은 닭똥집 맛이 나는 메뚜기가 얼마나 맛이 있는지.

리호가 "나 또 보여 줄 거 있지롱!" 했다. 그러더니 불쏘시개 속에서 뭘 꺼냈다. 다시 돗자리로 오더니 내 귀에다 대고 속삭였다.

"우리 담배 피자!"

내가 리호의 손가락을 펴봤다.

"효석이가 보여 줬다. 이 호박잎을 신문지에 싸래."

리호가 보조개를 싹 보이면서 말했다. 철수가 뱀 물릴 걸 구해줬던 집이 효석이네였다.

리호가 신문지에다 호박잎을 얹고 돌돌 말더니 신문지에 침을 발랐다. 금방 담배 두 개비가 만들어졌다. 풍로 불로 불을 붙여서 둘 다 담배를 입에 물고 훅 빨아들였다. 내가 목이 아려 기침하자 리호가 배를 잡았다. 리호는 담배를 평생 핀 어른같이 하면서 진희 이모가 하는 것처럼 담배를 엄지손가락과 가운뎃손가락 사이에 끼고 손목을 갸우뚱하게 들어 보였다. 그러더니 얼굴을 하늘로 돌려 연기를 반짝이는 별을 향해 뿜었다. 그 애는 정말 걱정 한 가지도 없는 배짱이 두둑한 여왕이었다. 나한텐 담배 맛이 회충약보다도 더 썼다.

북두칠성을 올려다봤다. 마산에 있는 별은 확실히 서울보다 훨씬 크고 더 밝았다. 마산에서 사는 건 저 마산의 별들하고 거의 똑같이 아름다웠다. 학교 가는 길이 논길인데 참 예뻤다. 그리고 혼자 살면서 사촌 동생을 돌보기까지 하니까 어른이 된 것같이 의젓한 기분도 들었다. 발가락에서 거머리를 떼어 주고 메뚜기를 잡아 주는 남자친구도 있고. 내가 계집애라서 작은엄마가 와야만 했다는 것도 마산에 사는 이웃들은 몰랐다. 전쟁 때문에 정신이 다들 빠져서 "넌 왜 아들로 안 태어났냐?" 하는 어른들이 마산에는 하나도 없었다.

아빠가 죽었는지 살았는지 그 걱정만 아니면 전쟁이 난 후에 사는 게 전쟁 전보다 훨씬 재미있었다. 구운 메뚜기처럼 아주 맛있는 날들이었다.

"메뚜기 더 구울까?"

리호가 물었다. 담배를 물고 말을 하느라고 입이 제대로 열렸다 닫혔다가 안 돼서 자기 엄마가 했던 것처럼 말이 얼버무려 나왔다. 아무튼 재미있는 것, 맛있는 것 생각해내는 데에 리호는 천재였다.

"그래! 그러지, 뭐."

보통 같았으면 그만 먹자, 하며 착한 애 노릇을 했을 텐데 오늘은 너무 기분 좋은 날이니까 그걸 망쳐 버리고 싶지가 않아서 그렇게 대답을 홀랑 해버렸다.

1951년 9월
음천

애들하고 이틀 동안 있으려고 진주에서 집으로 왔다. 둘이 잘들 있었다. 애들이 아침에 학교 가는 길에 상주댁 앞을 지나가는데 상주댁이 보니 둘이서 손에 가방을 들고 깡충거리고 잘들 가더라 했다. 리호 머리는 땋아 예쁘더라고도 했다.

"아니 미나는 재주도 좋지. 어디서 그렇게 불란서식인가 뭔가로 머리를 땋는 건 배웠어?"라고 상주댁이 말했다.

애들이 학교에 있는 동안 옥희네에 가보려고 신발을 신는데 그때 마침 귀신같이 옥희가 무슨 일인지 허둥지둥 들어왔다.

"쉬이이이!"

옥희가 잘 그러듯이 호들갑을 떨었다. "이건 정말 숨넘어갈 뉴스라고" 했는데 정말 그런지 얼굴이 하얘져 있었다.

"저기 쇠뿔 언덕 있는 데 개천 가는 길에 말이지. 새로 온 경찰서 반공부 부장이 또 빨갱이 잡아내서 처형한다지 뭐야. 배 씨 여자도 지금 그리로 뛰어갔다고. 그이 남동생 배 씨 말이야 사라진 지가 일주일이나 됐거든. 나도 내 시동생 찾으러 가야 해. 우리 그이가 아무리 찾아도 없잖아. 총살을 당할지도 모르는데, 어떻게 안 가봐? 빨리 갑시다. 빨리!"

"아니, 왜 나도 가야 해?"

벌써 다리가 떨렸다.

"쉬이이이! 우리도 전부 총을 맞고 죽어야 하겠어?"

"아니 내가 왜 그런 델 가? 난 그런데 근처에도 안가! 난 우리 딸들 밥 벌어먹이기도 바빠 죽겠는데!"

"아, 그래? 정말 그러셔? 아니, 미나 아빠는 어디 있는데? 못 찾았잖아? 못 찾은 지가 일 년 되잖아? 그러니 저런 빨갱이 잡아 죽는데 귀신이 들려 무당춤을 추다시피 하는 경찰이나 헌병한테 미나 아빠가 걸려들어 머리통에 총구멍이 뚫리지 않았다는 보증이라도 있소? 이 새로 온 경찰 부장은 사람 죽이는 박사야. 진짜 빨갱인지 아니면 빨갱이 비슷한 냄새가 나는 사람인지 그 사람은 상관하지 않고 우선 죽이고 보는 사람이라고. 그런 걸 분별을 하려면 몇 달이 걸릴지도 모르니까. 그렇게 할 시간이 없다잖아. 그러니 죽여 놓고 조사를 한다는 게 그 사람 사상이잖아. 조사부터 하는 건 사치라고 그런데, 그 사람이. 그러니 나하고 가는 게…… 미나 아빠 찾으려면……"

옥희가 말을 끝내기도 전에 내가 먼저 문밖으로 튀어 나갔다.

남들 눈에 띌까 봐 소나무 숲속으로 해서 폭격 맞은 공장 터를 지나서 멀고 꼬불거리는 샛길로 들어섰다. 신 마산하고 구 마산 사이에 있는 폭탄에 불탄 비행장 자리에 거의 다 왔을 때 눈에 보이는 게 있었다. 기겁해서 걷다 말고 서서 봤다. 눈을 수건으로 매어 앞을 못 보게 된 남자들이 한 줄로 주르륵 개천가에 서 있었다. 손은 등 뒤로 묶여 있고. 그러더니 핑 핑 핑 핑 총소리가 났고 금방 그 사람들이 그림자처럼 가볍게 앞으로 고꾸라졌다. 내가 귀를 막고 무릎을 땅에 꿇고 눈을 감았다. 그런데 눈을 감기 직전 어떤 푸른색이 눈에 얼씬거렸다.

"아이고!" 하고 앞에서 보고 있던 여자들이 아우성을 터뜨렸다. 다들 땅바닥에 무릎을 꿇고 광목 찢어지는 소리를 냈다. 앞으로 더 가까이 갈 힘이 다리에 없었는데 옥희는 앞으로 사람들을 비집고 가서 배 씨 비슷하게 보이는 두 조카 남자아이들하고 같이 있는 여자 곁으로 가 주저앉았다. 여자들의 굽은 등들이 커다랗게 뭉쳐 있었다.

군인들이 총을 다 쏘자 경찰이 쓰러진 시체마다 가마니로 덮었고 그제야 나는 그곳에 가까이 갔다. 가마니 밑마다 붉은 피가 흘러나와 고였다. 그 가마니 밑에 있는 얼굴들을 하나하나 다 들쳐 봐야 했다. 그 하나하나가 귀용이 아니라는 걸 확인 해야 하니까. 갑자기 귀신에 들린 느낌이었다. 무서움도 구토증도 없어졌다.

남자들이 시체들을 얼굴이 보이게 눕혀 놓고 다시 가마니때기를 덮었다. 여자들이 뒤를 따라가면서 가마니 귀퉁이를 조금만 들어보곤 놨다. 피 때문에 얼굴이 분간이 안 됐지만 나도 하나하나 뒤져 봤다. 파란 윗도리를 입은 사람 앞에 왔을 땐 땅으로 고꾸라지면서 손으로 입을 막았다.

거기서 귀용을 보지 않기를 바라는 마음이 나의 눈을 멀게 해서 귀용이 거기 있는데도 못 본 건지, 정말 없던 건지 확실히 알 수는 없지만 아무튼 그이는 보지 못했다.

"어이구우우, 어이구우우, 우리 동생! 어이구우우, 어이구우우" 하고 배 씨가 고개를 뒤로 젖히고 조카 애들을 휘어 안고 통곡을 했다.

나도 옥희 옆으로 털썩 무릎을 꿇었더니 옥희가 코를 푼 후 친구를 몇 발자국 떨어진 데로 끌고 갔다.

"시동생 못 봤지?"

내가 물었다.

"없었어. 미나 아빠도 못 봤지?"

"아니."

서로 부둥켜안았다. 잠깐 있다가 옥희가 그악스럽게 말을 토했다.

"빨갱이 쥐 잡는 반공 부장 노 씨는 사형당해야 해. 이 사람들처럼 말이야. 배 씨 같은 사람은 서울하고 마산에서 사업한 지가 삼십 년이나 되었다고! 당신이나 나처럼 똑같은 남한 사람이었잖소."

그리고 눈을 닦았다.

나는 대한민국의 관리가 이런 학살을 했다는 게 믿어지질 않았다.

"애국심이라는 게 어떨 때는 병이야, 병"이라고 옥희가 말했다.

"국가안전 보호병! 민주주의병! 한 피 한 민족 병. 다 설사같이 구린 거야!"

옥희는 말재주가 좋아 출마를 해도 되겠다고 나는 생각했다.

"배 씨 애들은 어떻게 되지?"

물어봤지만 답은 뻔했다. 배 씨의 핏줄이니 단단한 감시를 받을 거였다. 한 발자국만 잘못 놔도 저런 가마니때기를 쓸 거였다. 나라를 떠나 다른 데로 가지도 못할 거고 유학 가는 것도 힘들 거다.

옥희 쪽을 피해 고개를 돌리고 아까부터 울컥거렸던 것을 마침내 토해냈다.

Part 3

전쟁 후後

1953년 서울
귀용

끼룩 끼룩 끼룩. 국수다리가 통곡을 했다. 국수다리하고 내가 같이 파낸 흙무더기 옆에서 다리를 쭉 뻗고 앉아 국수다리가 울었다. 국수다리의 아버지 산소라고 생각되는 자리였다. 만약 장님이 그 사람을 보지 못하고 목에서 나오는 소리만 들었더라면 웃는 소리로 알았을 거였다.

국수다리 옆에 버려져 있는 나무 몽둥이 같은 것들 두어 개를 내가 집었다. 오후 한나절 언덕을 터덜거리고 다니면서 산소들을 기웃거리는 데 시간을 보내고 난 다음 여기를 한참 삽질한 결과 이 유골 몇 개하고 손바닥만 한 비석 조각 하나가 나왔다. 비석이 부스러져서 글씨는 알아볼 수가 없었다. 전쟁 때 쏜 대포와 폭탄 때문에 언덕에 웅덩이들이 나 있었다. 그러니 산소가 누구 것인지 분별할 수가 없었다.

아까 연세대학을 지나오면서 국수다리가 한참 또 열을 냈다.

"인천 상륙한 담에 우리 해병대가 여기를 쫙 장악하고 있었으니까, 부산까지 내려갔던 그 모가지를 뽑아서 똥장군 마개로 할 빨갱이 놈들이 서울을 빠져 북으로 도망을 치느라고 한참 눈이 뒤집혀 있었거든. 우리 쪽은 그때 인천 상륙 때문에 방금 공급도 받았고 기승이 하늘로 뻗쳤었거든. 그러니까 여기가 말이야, 우리 쪽이 저놈들의 코를 땅에다 박고 문질러 버린 데라고."

그러면서 주먹을 막 흔들어 보였다. 연세대학 교정에는 벽이 다 나가 버린 건물들도 있었고 어떤 동상은, 중요한 인물 동상이었나 본데, 머리통이 날아 가버려 몸만 우뚝 서 있었다. 국수다리가 "저 동상은 언더우드 박사야. 그분이 이 대학을 세운 분이라고" 했다.

광 광 광. 땅 파는 기계가 언덕을 부숴 내리고 있었다. 아파트를 짓는단다. 수십 명이 언덕을 돌아가면서 조상 산소 찾느라고 더듬거리고 있었다. 산소를 찾아 옮길 시간이 이제 일주일밖에 없었다. 어떤 여자가 땅바닥에 철석 앉아서 주먹으로 땅을 치고 있었다. 국수다리하고 땅속에서 파낸 유골 두어 개가 국수다리 아버지 거라는 단서가 없으니 사실은 그게 누구 건지 몰랐지만 그렇다고 그 사람한테 그런 말을 할 순 물론 없었다. 국수다리의 주머니에 손을 넣어 담배를 꺼내 불을 붙여줬다.

"자, 담배 피워."

나도 담배를 피울 줄 알았으면 하는 생각이 들었다. 담배라는 건 이런 때 펴야 할 것 같아서. 북한하고 유엔이 휴전한 다음 해에 국수다리네와 우리 가족처럼 피난 갔던 사람들이 서울로 올라와 부서진

집을 고치고 닦고 했다.

어느 날 마산 시장 바닥에서 어머니가 미나와 미나 엄마하고 딱 마주쳤던 건 정말 얼마나 오줌을 지릴 일이었던가. 뛰어 돌아다니면서 미나하고 그 사람 사진을 보여주고 물어봤던 똑같은 장사들이 미나 엄마한테 생선도 팔고 달걀도 팔고 그랬던 사람이었을지도 모르지.

마산에서 집에 돌아오니 다행히도 집도 동네집들도 큰 타격은 없었다. 운전하면서 둘러 보니까 가까운 데 학교, 가게, 공장, 관청 건물들이 타버렸고 그런 벌판에 꺼메진 탱크 쪼가리, 타다 남은 지프 반쪽짜리, 버스 그런 게 즐비했다.

국수다리가 셔츠 소매에다 얼굴을 닦고 담배를 피우는 동안 내가 손수건을 꺼내서 뼈를 주워 담았다.

"저리 내려가 막걸리 한 주전자 합시다"라며 내가 연희 산줄기 아래쪽으로 머릿짓을 하면서 비석을 집어 들었다. 국수다리보다도 먼저 술 마시자는 소리를 하게 될 줄은 몰랐다.

신촌 막걸릿집에서 국수다리가 빨갱이 욕을 또 해댔다.

"그 벼락을 쫓아가 나이대로 맞아 죽을 빨갱이 놈들이 비행기에서 또 삐라를 뿌렸잖아. 월요일에 오는 구두닦이 애 있잖아. 우동 한 그릇 사주고 그 애 보고 그 삐라 주운 거 달라고 했지. 거기 뭐 별 지랄 소리들을 다 써놓았더구먼. 미국이 충동질해서 이승만이 북한을 쳤대! 충동질 쳤대, 충동질! 그런 쥐씹에 말좆 같은 생거짓말을 저희같이 제미붙고 귀양 갈 놈들이나 믿지 누가 믿어!"

막걸리를 기울이고 동료한테 건네주면서 "자, 진정 좀 해. 그래도 이렇게 살아 있지 않나? 전봇대 봐. 벌써 저승 사람 됐잖아"라고 했다.

국수다리가 내가 따라 준 걸 후딱 마시고 더 따라 그것도 넘긴 다음에 술잔을 내밀면서 "그래, 두 여편네하고 사는 맛이 어떻소? " 했다.

"우리 다 목숨이 붙어서 만나게 된 것만도 그저 고맙지."

"아, 왜 이러시나, 여보. 더 맛있는 말 좀 던져주쇼, 잉? 그래, 서로 눈깔을 빼놓고 자네 거시기를 뜯고 그런 거 말이야."

"아직은 뭐."

수양이하고 하는 잠자리는 쓸 만한 셈이었다. 국수다리 말대로 새 맛이 있기는 있어서 처음에 음천한테 미안해 꼭 소 도둑질하는 것 같았다. 그렇긴 했지만 수양이하고 산다고 해서 음천한테 가는 게 하나도 식지는 않았다. 과연 왕불알 멧돼진 왕불알 멧돼지인 모양이었다. 식기는커녕 더 목이 타면 탔다. 그냥 하도 미안해서 그 마음이 아래로 내려갔나. 아니면 두 여자가 사내 하나를 두고 사니까 이를 악물고 사내를 꽉 잡아서 그렇게 된 건가.

"자네 빨리 마시고 잔 좀 돌려"

국수다리가 재촉했다. 나는 음천이 드러누워 있던 동안에 술이 많이 늘었다.

"그래, 아니 자네 딸이 경기를 떨었다는 게 무슨 소린가? 머리가 뛰어나게 좋다던 애 아냐?"

이쑤시개를 쑤시면서 미나가 입학시험치고 왔던 날 생각을 했다. 음천이 시험 결과 걱정을 태산같이 했었다.

"여보, 미나 손이 얼음장이었어요. 얼음장. 합격하는 애들은 시험을 치고 나왔을 때 손이 뜨듯하데요"라며 잠을 못 잤었다.

"그래서 자네 처가 자네하고 떨어져서 산다고 한다며? 미나가 이 차학교 다녀야 하니까 말이야. 그 근처로 방을 구한다고? 자네 그 멧돼지에 걸맞은 두 여자 살림은 어떻게 되는 거지, 그럼? 내 생각에는 미나 엄마는 십오 년이나 단물 빨아 먹었잖아. 그러니까 떨어져 나가서 살고 새 여자한테 조금 남았겠지만 남은 단물 좀 짜 먹으라고 해야 하는 거 아냐? 안 그래?" 이쑤시개를 땅바닥에다 뱉곤 "자네 안사람은 잘 있었어?" 내가 물었다. 국수다리가 킬킬거리면서 눈을 찡긋해 보였다. 아, 이건 저 사람 처한테 불리한 일이 생겼다는 뜻이었다.

"이거 하나 생겼어."

국수다리가 새끼손가락을 보였다.

1953년 10월
음천

경진이를 팔에 안고 수양이 아랫방에서 나왔다. 녀석이 나를 보더니 뺑끗 웃으면서 오겠다고 다리를 흔들어 댔다. 키를 내려놓고 애를 받았다.

"낮잠도 잘 주무시고 젖도 실컷 먹었어?" 하고 내가 경진이의 얼굴을 들여다봤다. 이 아이를 볼 때마다 하도 신기하고 귀여워서 애를 안은 팔이 부들부들 떨리기까지 했고 입술까지 깨물어졌다. 올해 들어서서 점점 슬프거나 좋은 기분이 참을 수 없이 느껴질 때 이렇게 됐다. 그러면 빰이 간질거리고 기절할 것같이 머리가 가벼워지는 게 가라앉았다.

수양이 "애 좀 봐 주세요, 형님. 오늘 저녁에 형님 고모님 댁에서 있을 굿 준비 좀 하려고요"라고 했다.

"글쎄. 이 녀석이 큰엄마를 따르지 않는 거 같은데?" 하고 내가 재미로 빈정거렸다. 그 녀석 얼굴을 들여다보고 있는데 녀석이 몸을 꼼지락거리면서 큰엄마의 고름을 풀고는 캐득캐득 웃었다. 내가 고름을 다시 매자마자 또 풀었다. 수양은 제 방으로 들어갔다.

오늘 저녁 때문에 준비할 게 뭐 있다고. 그건 핑계고 분명히 드러누울 거였다. 둘째 애를 밴 데다 뱃속도 더 나빠졌으니 틈만 있으면 누웠다. 속이 심히 아프면 실을 엄지손톱 밑에다 챙챙 감고 피를 땄다. 뱃속이 좋지 않으면 않을수록 나오는 피가 새까맸다. 오늘 굿은 수양의 회복을 위해서 하는 것이었다. 회복될 것인가? 아니면?

경진이의 보드라운 머리털에다 입을 대었다. 그 애를 안고 있으면 온 내장이 청포묵이 되었다. 녀석이 어떻게 이렇게 큰엄마의 마음을 뺏어 가버렸을까? 귀용하고 쏙 뺀 웃음이 저절로 나오게 하는 눈썹 생김새 때문이었나? 아무리 남편의 씨라 해도 딴 배에서 나온 애한테 이렇게 치를 떨도록 폭 빠지게 되리라곤 생각 못 했었다. 머리에서 나는 젖 냄새를 들이켰다.

무당 고모님이 작두춤을 추실 때 신령님께서 수양의 병을 고쳐 주실 것인지 그것이 첫째로 결정될 것이고 거기에 더불어 내가 바라는 것은 나에게 직접 주시는 특별지시였다. 귀용이 먹여 살려야 하는 대식구들을 데리고 이사하려고 새로 지은 집으로 나와 미나도 같이 들어갈 것인지 아니면 미나가 다닐 학교 가까운 데로 셋방을 얻어 나가야 할지 결정을 해야 하는데 그것에 대한 방향 지시가 필요했다.

그날 오후 막다른 골목에 있는 고모네로 올라가는 언덕을 걷고 있었다. 해가 지고 있어서 땅에 깔린 모래알들이 누런 보리 색으로 되고 있었다. 가을에 무를 밭에서 뽑아냈을 때 꼬리가 유난스럽게 길더니 겨울이 몹시 추울 것 같았다.

나는 고모가 좋기도 했지만 좀 무섭기도 했다. 그분이 모시는 신령님들은 영하시기가 짝이 없어서 누가 좀 잘못하면 사고나 병이 날 수도 있고 죽을 수도 있었다. 어렸을 때부터 고모에 대한 얘기를 많이 들었다. 특히 그분이 무당이 되신 계기에 대한 이야기를 자주 들었었다. 고모는 스물아홉 나이에 남편과 자식이 셋이나 있는 아낙네였는데 갑자기 하혈하기 시작했고 의사들한테 가봐도 소용이 없었다.

고모가 해준 이야기는 이랬다.

"꿈에 하얀 수염을 한 할아버지가 나타나서서 날 보고 한밤중에 어느 산에 올라가라 하셨어. 그런데 혼자 가기가 무서워서 너희 엄마가 같이 가 주셨단다."

나의 어머니도 그 일에 대해서 이렇게 말씀해 주셨다.

"그 산꼭대기까지 가니까 너희 고모가 하도 피를 흘려서 하얀 버선에 피가 흘러 찼었단다. 그런데 그 밤에 어느 나무 밑에서 나온 부처상을 가지고 내려와서 무당이 된 다음에는 하혈이 딱 끊어졌단다."

어머니가 더 말해 주셨었다.

"무당이 되니까 식구들이 고모를 쫓아냈지. 다행히도 동대문 무당이 고모를 신딸로 삼았어."

고모님 집에 들어서니 십여 명이 전부 바쁘게 왔다 갔다 했다. 고모님의 신딸 연화가 장구를 연습으로 치고 있었다. 고모님을 돕는 골통 박수는 제일 좋아하는 짓을 하고 있었다. 즉 예쁜 여자를 쳐다보는 거였다. 특히 고모님의 며느리를 눈여겨봤다. 그 며느리를 모두 "개돌 엄마"라고 했다. 그 젊은이가 나를 제일 먼저 보고 반겼다.

"빨리 오셔서 좀 거들어 주세요!"

예쁜 보조개를 한 개돌 엄마의 아들이 "개돌"이라고 불리기 시작한 얘기는 참 재미있었다. 그 애를 낳기 전에 유산을 세 번이나 했는데 그래서 그 젊은 며느리가 또 애를 갖자 고모님은 고사를 지내고 아이 이름을 개돌이라 지으셨다. 귀신들보고 그 애는 데리고 가지 말고 "걔 둬라" 하는 뜻의 말이 결국 "개돌"로 불리게 된 거였다.

나의 친정어머니와 개돌 엄마가 빈대떡을 부치고 있는 부엌으로 들어갔다.

"왜, 미나는 안 데려오고?"

어머니가 궁금해하셨다.

"걘 집에서 책 읽고 있는 게 제일이잖아요" 하곤 어머니 대신 부침질을 했다. 기름이 치직거렸다. 어머니가 바지 주머니에서 담배를 꺼내 불을 붙이셨다.

마당에서 일꾼이 싸리비로 마당을 쓸고 있었다. 또 한 일꾼은 마루에서 굿 상위에 올려놓을 굽이 있는 목기들을 광내고 있었다. 할 일이 많지만 그래도 다른 무당네보단 한가지는 덜 해도 됐다. 창호지를 잘게 가위질해서 대나무 장대에 풀로 붙여서 마당 한가운데에 세워 놓는 일이었다. 고모는 세속식 무당이 아니고 신이 직접 내리신 강신무이기 때문에 굿을 하시면 신령님들이 그런 방향 지시를 하는 장대가 없이도 이 집으로 직접 찾아오시기 때문이었다.

참기름 냄새가 콜콜 났지만 그래도 마루 한쪽에 있는 신령님들

모신 방에서 솔솔 불어 나오는 향냄새를 맡을 수가 있었다. 그 냄새는 항상 나를 최면에 걸리게 했다. 커다란 바다로 서서히 들어가는 것같이 시원하고 부처님이 가르쳐 주신 무상의 평온이 몸에 퍼졌다. 그 순간 오늘은 수양과 귀용뿐만 아니라 나에게도 아주 중요한 날인 것이 머리털 뿌리에까지 느꼈다.

고모의 작은 아들이 마당에 황토를 뿌렸다. 나쁜 잡귀들을 쫓아내는 절차였다. 그다음엔 마당에다 돗자리를 깔아 동네 사람들이 와서 굿을 볼 자리를 준비했다. 마당 한가운데는 질그릇 시루를 놨다. 시루 가장자리에 단 작두 두 개의 날이 하늘을 보게 세우고 새끼줄로 매어서 고정해놨다. 나중에 고모가 이 작두 위에서 맨발로 춤을 추실 거다.

"얘, 다림질 좀 해라."

고모님의 명령이셨다.

"네, 고모님."

굿 예복 두는 방으로 들어갔다. 삼층장에서 고모의 예복과 굿 기구들을 꺼냈다. 금박이를 한 남색 두루마기와 색깔이 맞는 전투모와 삼지창은 장군 신령님 것 금색 옷은 대감 신령님, 달님과 해님 신령님이 입는 금관들. 옷을 다린 다음 기구들을 다 모아 차려 놓아야 했다. 모자와 면사포 칼 부채 깃발 손 방울.

다리미에서 김이 얼굴로 올라와 더워졌다.

좀 있다가 고모님이 문 앞에 오서서 "그거 다 했니?" 하셨다.

"네. 버선도 다렸어요. 한 켤레면 됐어요?"

"응, 됐어. 그리고 마당에 나가서 칼 가는 이들 좀 둘러봐라."

"네, 고모."

그리고 고모를 쳐다봤다. 얼굴은 좁고 예쁘지 않은 데다 턱에는 새까만 사마귀가 붙어 있고 걱정근심에 찌든 얼굴이었는데 눈은 나를 꿰뚫었다. 찔끔했다. 혹시 내가 속으로 수양이 낫지 않기를 은근히 원하는 걸 뚫어보신 게 아닌가. 수양이 병으로 시름시름 하면 내가 귀용을 더 차지하게 될 거 아닌가. 그런 생각이 오늘 아침에 키질하는 동안에 슬그머니 들었었다. 만약 아예 수양이 저승으로 간다면, 경진이도 고스란히 나의 차지가 될 거였다. 그러나 수양에게 이렇게 야박한 의향을 품으면 안 되는 건 뻔했다.

마당으로 내려가니 수돗가에서 칼 가는 두 남자의 등이 보였다. 어깻죽지가 들먹거렸다. 칼을 가는 동안에는 엄숙한 침묵이 필요했다. 그 사람들이 정성 없이 지껄이면서 칼을 갈면 나중에 고모가 맨발로 춤을 출 때 발을 베일 거다. 쭈르륵 있는 방들 앞으로 살살 모로 걸어가서 그이들 옆 모습을 눈여겨봤다. 여자가 정면으로 다가가면 부정을 탄다. 그이들을 잘 쳐다봤더니 입에 붙인 창호지 쪼가리가 떨어지지 않고 제대로 붙어 있는 게 보였다.

그리고 부엌으로 가 어머니 옆에서 일을 도왔다. 저녁 무렵에 귀용이 수양을 데리고 왔다. 어서 먹고 대비하라고 내가 곁방에다 저녁상을 챙겨줬다. 이쪽 동네에선 제일 큰 굿이라 구경꾼들이 몰려

왔다. 대청에 마주 보이는 벽에는 신령님들의 그림을 그린 족자들이 주욱 달려 있고 그 앞에는 굿상이 다리가 부러지게 차려 놓은 고기, 떡, 갖가지 나물, 과자, 과일로 풍성했다.

고모가 대청마루 한가운데 앉아서 장구를 두드려 제대로 팽팽한지를 알아보곤 신령님들을 초대하는 첫 곡조를 뽑았다.

천리 길 만리 길을 내가 찾아왔소
여섯 지역 팔방에서 내가 왔소

그리곤 부정거리를 하셨다.

밤은 불을 켜 물리시고 낮은 물로 씻으시고
불과 물로 오물 개물 다 물리시고
봉황새 날개로 훨훨 나시고
해님 달님 못잖게 환히 비추시고
소원 성취 굽어보소서

나의 관자놀이가 팔딱거렸다. 대청에도 꽉 찬 구경꾼 사이를 뚫고 굿 상 저편에 귀용과 수양이 앉아 있었다. 내가 좀 떨어진 빈자리로 비비고 들어가 앉았다.

철르르, 철르르. 골통 박수가 굿상 왼쪽에서 꽹과리를 쳤다. 그 옆에 앉은 다른 박수가 피리를 불었다. 고모의 신딸 연화가 대청 한가운데 선 고모 옆에 서서 동쪽으로 서쪽으로 북으로 남으로 돌아가면서 절을 하고 손을 싹싹 빌었다.

골통 박수가 고모가 한 부정거리를 이어 했다.

깨끗한 것 들어오고
더러운 것 나가렷다
말의 부정 말이 잡고
소의 부정 소가 잡고
불의 부정은 하늘로
물의 부정은 땅으로
죽은 이 산, 이 부정은
나는 새 속으로 기는 벌레로
나비의 부정 머리칼에 하얗도다
부정 부정 뒷문으로 앞문으로
썩썩 물러가라

벽에 걸린 열두 신령님들의 얼굴을 보면서 나도 두 손을 싹싹 빌었다. 고모가 주신으로 모시는 해님과 달님 신령님들의 화상은 한가운데 달려 있었다. 신령님들의 옷들은 한결같이 보드랍게 물같이 흘러 내려왔다. 하다못해 장군 신령님같이 눈을 부릅뜨고 눈꼬리는 하늘로 뻗치고 무서운 삼지창도 하늘로 뻗치고 있는 분들의 옷도 여자 옷같이 부드러워 보였다.

고모의 안방에서 벽시계가 열두 시를 쳤다. 그러자 크고 작은 꽹과리도 함께 울려 북악산 쪽으로 멀리 퍼져갔다. 그 산봉우리는 창경궁을 굽어보고 있었는데 거기서 조선왕조 폐비가 왕을 못 잊어 왕이 '단심'이라고 친필로 써주었던 치마폭을 소나무 가지에 펼쳐 놓았었다 했다.

그런 역사와 신이 깃들인 산봉우리의 힘을 얻어 북 치는 소리가 밤하늘을 뒤흔들었다. 아직도 대청 한가운데서 고모가 몸을 쏜살같이 획획 휘둘렀다. 땀이 주위로 떨어져서 뿌려졌다. 구경꾼들이 숨을 죽였다.

옆에 있던 여자가 소곤거렸다. "저 얼굴 좀 봐. 주름이 확 잡히고. 눈에 불이 켜졌잖아" 했다.

한 손으론 삼지창을 휘두르고 다른 손으론 방울 종 묶음을 딸랑거리면서 고모가 휭휭 돌며 춤을 추었다.

떡떠그르르. 장군 신령님이 강신하신 거였다. 고모가 버선을 벗어 던지더니 대청을 뛰어내려 구경꾼들 속을 뚫고 나가 작두날이 시퍼렇게 서 있는 떡시루 쪽으로 날아갔다. 장군 대감 옷깃이 사방으로 접시같이 쫙 퍼지고 옷에 맨 끈들이 자주, 금색, 분홍으로 무지개색이 되어 고모의 몸을 두고 빵빵 돌았다. 고모가 날아 올라가 뽀송뽀송한 맨발로 작두 칼날에 팍 발을 디뎠다.

"어어어어."

군중이 신음했다.

"얼쑤 얼쑤."

박수들이 신을 냈다.

나는 눈을 감았다. 고모의 발에 피가 나는지 안 나는지를 볼 자신이 없었다. 피가 나오면 수양의 병이 낫는 건 어림도 없었다. 그렇게 피가 흐르면 박수들이 부정이 어디서 생겼는지 찾을 거였다. 누가 오늘 개, 돼지, 소 잡는 걸 봤소? 닭목 비트는 거 누가 봤소? 누가 손에 피를 묻혔소? 누가 가슴에 나쁜 생각을 품었소?

음악이 천둥 번개를 쳤다. 울음소리가 났다. 눈을 떠 보니 수양이 신음하고 있었다.

무지개색으로 눈이 부신 고모의 치마와 도포 자락 밑으로 고모의 떡같이 하얀 발이 칼날 위를 오르락내리락하고 있었다.

피 한 방울 안 나고.

그러더니 고모의 눈동자들이 눈 속 뒤로 훌떡 넘어가 눈이 하얘졌다. 고모가 기절해 작두에서 넘어져 땅으로 떨어지는구나 하는 순간 고모가 작두에서 펄쩍 뛰어내렸다. 그리고 삼지창과 방울 묶음을 던져 버리고 대청으로 올라왔다. 거기서 조수가 넘겨주는 빨간, 파란, 까만, 노란 그리고 하얀, 오방색 깃발을 받아 쥐었다.

"어머님 신령님, 아버님 신령님, 해님 달님 신령님!"

고모가 소리치더니 빨간 기를 빼서 수양의 어깨를 두드리곤 굿상에서 세모로 접은 창호지를 하나 골라 머리에 꽂았다. 수양의 조상 중의 한 사람의 이름이 거기 적혀 있었고, 그 사람의 혼이 고모의 몸으로 들어와 그 사람의 목소리로 말하기 시작했다. 남자의 음성이었다.

어이구 내 손녀딸 어찌 헐까 어찌해
얼쑤, 얼쑤, 박수들이 얼렀다.
어이구, 어이구, 버림받은 손녀딸 어찌할까 어찌해
얼쑤, 얼쑤
가여워라, 가여워
얼쑤, 얼쑤

수양이 두 손으로 입을 가리고 고모 앞으로 비틀거리며 나갔다. 눈물과 땀에 얼굴이 번쩍였다. 고모가 빨간 기를 바른쪽으로 세 번 왼쪽으로 세 번 돌렸다. 남자 목소리가 또 터져 나왔다.

왼쪽으로 둘러보고 바른쪽으로 둘러보고. 얼쑤, 얼쑤
남쪽으로 보고 북쪽으로 보고. 얼쑤, 얼쑤
사방 다 봐도 꽉 막혔다. 얼쑤, 얼쑤
거 뉘쇼? 뱀띠 뱀띠로다. 얼쑤, 얼쑤

남자요? 여자요? 아이요? 나오시오 나오시오 얼쑤, 얼쑤
우리 손녀 건져주소. 얼쑤, 얼쑤

누군가 구경꾼 중에서 헉 소리를 냈다. 다들 돌아봤다.

"쉬이이이."

한 구경꾼이 소릴 냈다.

내가 뱀띠였다. 귀용을 쳐다봤더니 그이가 심각한 눈빛을 하면서 고개를 가로 흔들었다. '당신 아니야' 하는 것 같았다.

'나예요, 여보. 내가 작은집을 살려줘야 한대요' 라고 눈으로 답을 보냈다.

수양이 저고리 소매 안에서 손수건 하나를 더 꺼내서 눈을 닦았다. 다시 소매 속에 넣고 고개를 숙였다 들었다 하면서 주문을 올렸다. 고모가 다시 기 다섯 개를 잡고 흔들면서 강풍처럼 거친 춤을 추기 시작했다. 귀용이 머리 위로 휘둘리는 깃발을 피하느라고 머리를 치웠다. 고모가 춤을 멈추고 깃발 손잡이들을 한 손에 모아 수양의 얼굴 앞에 내밀었다. 손잡이만 보이게 되어 수양이 그걸 더듬거려 보고 하나를 잡았다. 그걸 고모가 뽑아내 들고 높이 흔들었다. 구경꾼들이 숨을 크게 내쉬며 수군거렸다. 그건 노란색이었다. 흰색을 뽑은 것보다야 나아서 수양이 죽지는 않지만 병이 시원히 떨어질 건 아니었고 앞으로도 검은 구름이 낄 것을 말해 주는 거였다.

동네에서 온 구경꾼들은 집으로 갔지만 우리 식구들은 고모네에서 잤다. 다음날 집에 돌아와선 밤에 귀용이 내 방으로 와 잤다. 수양의 방 불이 꺼지고, 어머니의 코 고는 소리가 들린 다음 둘이서 소곤소곤 얘길 했다.

내가 새집으로 이사를 따라 들어가지 않겠다고 했더니 그이가 "안 돼, 절대 안 돼, 안 된다니까!" 했다.

"그럼 미나는 어떻게 매일 학교에 가요? 그리고 작은집이 위가 좀 좋아지면 좋지 않겠어요? 나하고 같은 지붕 밑에서 안 살면 좀 나아질 거예요, 여보."

"그렇지만 고모님이 말한 뱀띠는 당신이 아니라니까."

"아, 그걸 당신이 어떻게 알아요?"

귀용이 팔을 내 어깨에다 두르고 내 목에다가 한숨을 쉬었다.

"그냥 다 같이 있고 싶어서 그래, 여보."

그걸로 서로 주고받고 실랑이를 한참 더 했다. 그 후에 할 수 없는지 귀용이 말했다.

"당신이 정 나가서 셋방 한 칸살이 하려면 그럼 잠깐만 나가기로 해. 내가 돈을 마련해서 집 한 칸이라도 해줄 때까지만. 미나 학교 근처로 찾을 테니. 최소한 셋방살이는 면할 수 있게 말이야."

그 밤에 배를 그이의 배에 딱 붙이고 등을 화살같이 휘어 올려 그이의 몸을 빨듯이 맞아들였을 때 나의 눈에는 한 장면이 떠올랐다. 수양이 새집에 버젓한 여주인이 되어 있는 한 폭의 그림이었다.

그런데 그 속에서 수양은 갓난쟁이 기저귀에 하숙 방 남자의 내복에 시어머니의 똥 싼 속옷을 빨고 있었다. 나와 귀용은 나의 셋방에서 신혼을 치르듯 했다. 미나가 잠든 후 둘은 연인들처럼 서로의 귀에다 속삭이고 나는 귀용의 선명한 입술 선을 손가락으로 더듬었다. 그의 턱은 수염으로 덮여 김에 뿌린 소금을 만지는 것 같았다. 이만하면 나는 그이의 새끼손가락이 된 거 아닌가.

1958년 8월
수양

"뒤주 신령님, 고맙습니다."

놀러 오신 친정어머니가 내 새집 마당에서 손녀딸 똥 기저귀를 빨면서 인사를 꾸뻑하고 중얼거리셨다. 나는 시어머니가 내놓은 똥 묻은 속옷을 빨고 있었다. 손등으로 이마의 땀을 닦아 내렸다.

내가 "구월이 제발 좀 빨리 왔으면. 시원해지면 모기 입이 비뚤어져서 물지 않을 텐데. 뒤주 신령님은 왜 찾으셔요?" 했다.

"아, 고맙고말고. 너한테 복을 이리 많이 내리셨으니. 내가 아주 너도 너의 큰집네 여동생같이 애 뺏길까 봐 얼마나 발을 피지 못하고 살았는지 발에서 진땀이 바짝바짝 났잖아. 경진이, 경애 둘 다 뺏기고 네가 집으로 쫓겨와 봐라. 아이고 맙소사. 그런데 널 좀 봐라.

당당한 집주인 아줌마가 아니냐. 매일 어깨 너머로 내려다보는 큰 마누라도 없고. 게다가 셋째 애까지 갖고."

어머니의 얼굴에 생긴 검버섯들이 더 질어져서 어머니의 입술 색하고 같아 보였다.

"네 석류나무도 좀 봐라. 저렇게 주먹만 하게 탐스러우니."

내가 답으로 다소곳이 웃었는데 그 웃음기가 가시기도 전에 경진이가 문 안으로 쓰러지다시피 들어왔다. 여덟 살짜리 얼굴에 '입ㅅ' 자로 피가 흐르고 있었다. 내가 그 애한테로 뛰다가 배를 붙잡고 허리를 구부렸다. 애 가진 몸에 그렇게 빨리 움직이는 게 아니었는데. 친정어머니가 기겁해서 달려와 한쪽 팔로 나를 부축하고 다른 팔로 경진이를 안았다.

"진수가 때렸어!"

"하나님 맙소사!"

나는 동네 큰부인 댁들이 뒤에서 쑥덕거리고 나를 "여우 첩년"이라고 하는 건 참아 왔지만 그년들의 새끼들이 죄 없는 어린것들을 툭하면 때리는 건 참을 수가 없었다. 애 옆으로 가 무릎을 꿇고 어디서 피가 나나 머리칼을 헤쳐 봤더니 왼쪽 귀 뒤에서부터 피가 흘렀다.

"어머니, 나한테 업혀 주세요. 의사한테 데리고 가게요."

"안 된다. 너무 무거워 안돼. 내 등에 업히자."

"싫어!" 하고 경진이가 도망갔다. 막 그러는데 귀용이 들어섰다.

"어머, 그럼 아빠한테 업혀라. 빨리."

"무슨 일이야?"

"애부터 한 씨 의사한테 데리고 가요. 빨리!"

내가 경진이 궁둥이를 밀어 귀용에게 업혔다. 그리고 문밖으로 나가다가 돌아서서 어머니한테 말을 던졌다.

"여기 계세요. 경애가 깰 거니까. 그러고 뒤주 대감한테 뭐 더 고마워하실 거 있으세요?"

1958년 10월
미나

"구충제 먹는 날? 야, 신난다. 쪼그만 국수 토막 같은 회충? 야, 맛있겠다!"

리호가 장난을 쳐도 너무 쳐서 구역질이 나려고 했다. 저 애는 왜 저리 주책이 없을까. 작년에도 그런 말을 해서 그다음부터는 나는 국수를 안 먹기 시작했다. 굵은 국수도 가는 국수도 흰 국수도 메밀국수도 양념한 것 양념 안 한 것 전부 다 일 년 내내 먹을 수가 없었다.

"나쁜년!"이라고 리호한테 욕해 줬다.

"그럼 됐네. 둘이 똑같이 됐으니"라고 리호가 또 더 떠들었다.

매년 구충제 먹는 날이 돌아오면 담임 선생님이 회충약을 줬다. 먹은 다음 몇 시간 안에 애들이 변소로 뛰었다.

"똥 똥 살찐 거 두 마리."

"난 다섯 마리. 하난 속옷 안으로 떨어졌어."

이렇게 애들이 자랑들을 했었다. 자랑할 걸 해야지 이게 무슨 괴변인가. 쥐 잡는 날 잘라 모아 온 쥐꼬리를 선생님께 내면서 자랑했던 것처럼 회충 가지고도 그랬다. 쥐꼬리를 열 개 가지고 오는 애는 교실하고 복도 청소를 하루 안 해도 됐었다. 나는 피가 줄줄 흐르는 쥐꼬리를 가지고 오느니 차라리 혼자서 교실하고 복도를 다 청소하는 게 나았다.

저녁 먹고 나서 나는 상 밑에다 다리를 뻗고 앉았다. 상에는 내일 시험 볼 세 과목 교과서와 공책이 쌓여 있었다. 이렇게 시험에다 구충제 먹는 날까지 겹치니 이번 회충의 날은 중학교에서부터 고등학교 이학년까지 최고로 진저리가 쳐지는 날이 될 거다.

엄마는 스웨터를 짜고 있었다. 엄마는 보통 다른 사람들이 하는 식으로 코를 하나 뜰 때마다 실을 오른손으로 왼손 쪽 바늘에다 갖다 거는 그런 느린 식이 아니고 실을 그냥 왼쪽 엄지손가락에 걸어 뒀다가 그걸로 코를 만드는 빠른 식으로 했다. 리호는 그 애가 제일 잘하는 짓을 하고 있었다. 즉 이불 속에 누워서 뒹구는 거였다.

나는 제 팔을 꼬집었다. 세게 꼬집으면 아파서 회충 생각을 좀 잊을 수 있어서. 싫으면 싫을수록 더 여러 번 꼬집었다. 그런데 조금만 꼬집거나 손톱으로 찔러도 멍이 금방 들기 때문에 여기저기로 돌아가면서 했다. 허벅다리에 멍이 채송화같이 피어 있었다. 팔 안쪽으로도 국화 같은 멍이 있었다. 남이 볼 수 있는 눈덩이나 뺨이나 목에다 하지 않을까? 그건 비겁해서였다.

공책에 눈을 흘겼다. 속에서 한숨이 터져 올라오는 걸 참느라고, 그 대신에 그렇게 한 행동이었다. 한숨을 쉬면 엄마가 분명, "왜 한숨을 쉬어?" 하고 채근을 할 게 분명했다. 엄마는 걱정거리가 하나 더 생겨서는 절대 안 되는 사람이었다. 이부자리에 지네가 기어들어 오는 것만큼이나 걱정이 생기면 안 됐다.

"불 꺼. 나 자게."

리호가 엉뚱한 어리광을 부렸다. 육 년 전에 아빠가 식구들을 데리고 새집으로 이사했을 때 아빠와 떨어져 살게 되면서부터, 전쟁 동안 그랬던 것처럼 리호가 와서 살았다. 리호가 붙어서 살고 있던 외할머니네는 방 한 칸 셋방이었는데 창길 삼촌네 식구까지 해서 일곱 명이 복작거렸고 방에서 냄새가 났었다. 그래서 엄마가 리호를 데리고 왔다.

우리 셋방이 훨씬 더 나은 건 아니었지만 최소한 식구는 적었다. 이 방은 지난번 것보다 더 싸구려였고 아예 전깃불도 없었다. 하다못해 6.25전쟁 때도 전깃불이 있었는데 여기는 없어서 석유램프나 촛불을 켰다. 그렇지만 다른 사람들도 대개 다 이렇게 살았다. 휴전된 지 육 년이 지났는데도 백만 명이나 되는 서울 인구가 서울을 둘러싸고 있는 언덕에 판잣집이나 천막을 짓고 살았다. 그런 동네를 달에 더 가깝다고 해서 달동네라고 불렀다. 주인 남자가 읽고 남은 신문에서 읽었는데 한국 사람의 일 년 평균 수입이 미화로 오십 달러라고 했다. 그건 한 달에 사 달러 정도가 아닌가. 아빠가 주시는 매달 생활비는 그것보다도 더 적었다.

"미나야, 아버지 직장에 내일 좀 다녀올 수 있니?"

엄마가 아버지가 오셔서 돈을 주실 때까지 기다릴 수 없는 모양이었다. 엄마는 어깨를 구부리고 열심히 스웨터를 뜨고 있었는데 내일까지 마쳐야 동네 사람한테 팔고 돈을 받을 수 있었다.

"엄마, 내일은 시험이 세 개나 있고 또 회충 날인데 다음날 아빠한테 가면 안 돼?" 하고 물어보고 싶었지만 물어보지 않았다. 내 등록금 마감날이 지났고 리호의 등록금은 석 달이나 밀렸다.

진희 이모는 편지에다 "사흘 후에 돈 꼭 보낼게. 조상님들 앞에서 약속해"라고 써 보내 놓고는 꿩 구워 먹은 소식이었다.

그게 창피해서 리호는 농담을 만들어 냈다. "대포. 울 엄마는 대포. 소리만 크게 내곤 아무것도 없잖아"라면서 깔깔 웃었다.

처음 몇 년은 아빠가 매주 오셨다. 그런데 이젠 조금 덜 자주 오셨다. 그게 아빠의 마음이 작은엄마와 거기서 난 애들한테로 완전히 갔다는 걸까? 아니라고 믿었다. 그냥 정신이 나갈 정도로 바쁘겠지. 하루 쉬는 날은 작은엄마가 시장 보러 가고 빨래하고 밥하는 동안에 경애를 업어 재우셨다. 그리고 엄마와 내가 들어가 살 집을 마련하시느라고 일을 곱으로 맡아 하셨다. 그래도 다행인 건 할머니가 돌아가셔서 할머니가 싼 똥 묻은 옷을 빠는 건 안 해도 됐다. 할머니는 나하고 엄마가 뵙고 온 지 일주일 만에 돌아가셨다.

뵈러 갔던 날 할머니는 똑바로 드러누워 계셨는데 배가 쏙 들어가서 꼭 한가운데가 푹 패인 바나나 같았다. 나와 엄마의 손을 잡고 뭐라 하셨는데 틀니를 빼고 말씀하셔서 입술이 들락날락하는 바람에 알아들을 수가 없었다. 그렇지만 눈빛으로 봐서 또 흘러나오는 눈물을 봐서 하시려는 말씀이 뭔지 대강 알 것 같았다.

"이 약손. 미안하다. 아비한테 첩을 얻으라고 해서. 용서해라. 난 널 항상 마음에 내 딸로 뒀었다."

이런 말씀을 엄마한테 하셨을 거였다.

"미나야. 넌 참 귀한 손녀였다. 고추는 안 달았지만."

그런 말씀을 정말 하셨는지는 알 수 없었지만 그러고 싶으셨을 거라 믿었다. 아빠를 제일 최근에 봤을 땐 아빠의 눈이 좀 멍해져 있었다. 게다가 석탄을 싣느라고 코에 석탄까지 묻어서 옛날 농담하던 아빠 같지가 않았다. 심장 마비라도 오면 어떻게 해? 이제 마흔넷밖에 안 되셨다. 그렇지만 엄마한테 그런 말을 하지는 않았다. 엄마는 분명 야단을 쳤을 거다.

"함부로 말하면 안 돼! 말이 씨가 된다잖아" 할 게 뻔할 뻔 자였다.

"응, 아빠한테 들릴게"라고 대답했다.

국민학교부터 단짝이었던 병숙이가 밤새워 공부할 수 있게 만드는 밤샘 약을 줬다. 노트에 적은 건 다 공부해서 노트가 너덜너덜해질 지경이었지만 교과서는 한 번 더 봐야 했다. 시험마다 최고점수를 받아야 했고 학기마다 모든 반에서 성적이 가장 좋아야 하는 건 물론이었다. 같은 반 아이들 칠십 명을 따라잡지 못하면 이 년 후에 서울 법대에 가서 어떻게 몇백 명 남학생들을 이길 건가? 그렇게 못하면 어떻게 엄마가 보러 갔던 점쟁이들 말대로 될 수가 있을까? 그런 예언을 실행 못 하면 엄마는 어떻게 살 건가? 아들 많이 난 여자들한테 보여 줄 게 없어서 혀가 타서 죽을 거였다.

이 단칸 셋방은 다리를 잃거나 눈을 상실한 상이군인들을 포함해서 가난한 사람들을 위해 지어놓은 셋방이었다. 아직도 새것이어서 석회 냄새가 났다.

아무도 보는 사람이 없을 때 벽 냄새를 맡아 봤다. 작은엄마가 오기 전에 아빠는 엄마가 원했던 시멘트 장독대를 사람을 시켜서 지었다. 살결이 까맣게 탄 남자들이 호미같이 생긴 도구를 가지고 섞어놓은 시멘트를 퍼서 벽에다 발랐다. 엄마가 점심을 대접했다. 석회와 시멘트 냄새. 그건 행복의 냄새였다.

"몸마, 등 밟아줄까?"

리호가 물었다. 불 끄라고 생떼를 부리는 건 소용 없다고 생각을 한 거였다. 그래 봤자, "뙤, 게을러 빠진 메뚜기 같으니라고! 언니를 좀 봐라. 공부 안 하는 게 창피하지도 않니? 너도 일어나 앉아 공부해!"라고 엄마가 할 것이 뻔했다.

오늘 종일 무당 고모할머니네에서 엄마가 일했으니 허리가 아플 거였다. 그리고 거기서 밥하고 나물을 가지고 와서 그걸로 며칠 먹고 살 거다.

천만다행인 건 지긋지긋해진 잔심부름을 리호가 대신하는 것이었다. 이제 일주일에 몇 번씩 엄마가 얼굴을 찡그리고 어디가 아파하는 것 같으면 나는 모른 척하고 책을 펴들었다. 엄마가 아픈 건 무엇 때문이었을까? 늙어서였나? ("벌써 반 구십을 살았다"라고 엄마가 했다) 돈 걱정 때문이었나? 아빠를 더 자주 못 봐서였나? 이런 거보다 더 중요한 이유는 아들이 없다는 것에서 나왔다는 걸 나는 꿈에서도 잊을 수가 없지 않았나. 그래서 한 남자를 다른 여자와 주고받으며 같이 살아야 했다는 것, 그 한에서 나왔다는 것은 나의 뼛속에 녹아 있지 않은가. 내 아들이었더라면, 엄마는 좋아서 태평가에 맞춰 춤추느라고 아플 새가 없었을 거다.

"아유, 리호 예쁘지. 그런데 허리 말고 다리 주물러줘" 하고 엄마가 스웨터 짜는 손을 쉬지도 않고 다리를 뻗었다. 엄마의 다리를 주무르다가 리호가 갑자기 물었다. "몸마, 저 옷장 거울 어떻게 해서 깨졌어?" 하면서 방에 하나밖에 없는 옷장을 머리로 가리켰다. 창호지를 오려서 매화꽃 모양으로 자른 걸 수십 개를 붙여서 수선해 놓은 고물이었다. 십 년쯤 전에 엄마와 함께 창호지를 그렇게 자른 기억은 있는데 그 거울이 어떻게 해서 깨졌는지는 잊어버렸다.

"그냥 몸마가 어지러워서 넘어졌을 때 팔꿈치로 거울을 쳐서 깨진 거지"라고 엄마가 했다.

"피가 났어?"

"아니, 거울 조각을 밟아 쪼끔 상처가 났었지. 그런데 금방 가셨어."

매화꽃 가장자리는 누레져 있었다. 내가 온 천하가 우러러볼 만한 판사가 되면 엄마한테 새 거울을 사드리리라. 아니, 옷장 전체를 하나 마련해 드려야지. 리호가 이번엔 〈봄이 오면〉 노래를 불렀다.

봄이 오면 산에 들에 진달래 피네

진달래 피는 곳에 내마음도 피어

건너 마을 젊은 처자 꽃따러 오거든

꽃만 말고 이 마음도 함께 따 가주

리호가 걱정근심 눈곱만큼도 안 하고 태평인 데는 두 가지 이유 중 하나였다. 첫째는 신령님들이 주신 선물이었거나 아니면 강아지의 두뇌를 가졌거나. 공교롭게도 그 애의 띠도 개띠였다. 어느 쪽이 맞을까?

내가 책을 펼쳤다.

"리호야. 내 다리 인제 괜찮다. 자라."

리호가 얼씨구나 이불 속으로 파고 들어갔다. 나도 얼마나 그렇게 하고 싶었는지. 먼 데서 기차 소리가 났고 어느 집 개가 컹컹거리는 소리도 들렸다. 엄마가 잠들어 코를 골기 시작하면 그때 병숙이가 준 밤샘 약을 먹으리라.

책을 덮고 그 대신 법학 통론을 꺼냈다. 시험공부를 시작하기 전에, 매일 읽기로 한 장수만큼 먼저 공부해야 했다. 그래야 이 년 후에 서울 법대를 들어갈 준비가 될 테니.

법의 장소적 효력

법이 현실로 행하여지는 영역적 범위의 문제이다. 한 나라의 법령은 그 나라의 영역 즉 영토 영해 영공의 전반에 걸쳐 시행되는 것이 원칙이다. 그러나 이에는 다음과 같은 예외가 있다.

1) 국제법상의 원칙에 의하여 한 나라의 법이 그 영역 외에 미치는 경우가 있다. 이를테면, (1) 공해에 있는 선박 및 타국의 영해, 영해 내에 있는 자국의 군함, 공선에 대하여서는 자국의 법령이 효력을 미친다. 항공기에 대하여서도 선박의 경우와 같다.

아이고 재미없어! 엄마가 원하는 대로 법률가가 되고 싶은데 법학 통론은 페이지마다 너무 추상적이어서 그걸 계속 공부하느니 차라리 벽에 머리통을 박고 죽는 게 나을 것 같았다. 그렇지만 그것이

이 책을 공부 안 해도 된다는 이유가 되는 것은 아니었다. 그래서 예정대로 다섯 페이지를 읽었다. 마치 세상에서 제일 매끄러운 물고기를 잡으려는 어부가 된 것같이 이마에 주름살을 잔뜩 만들면서. 그걸 해치곤 면도칼로 연필을 깎았다. 나무껍질이 동글동글하게 신문지에 떨어졌다. 그 경향신문은 주인 남자가 보고 난 뒤에 변소에서 사용하도록 버려둔 걸 읽으려고 가지고 왔던 거다. 연필을 깎는 동안에 머리기사가 눈에 들어왔다.

"남가주 대학교가 임영신 여사에게 명예박사 학위 수여하다"였다. 임 여사는 엄마가 숭배하는 여성 중 한 명이 아닌가. 사진을 보니 그분은 어깨가 딱 벌어지고 등이 곧았고 강한 여자의 인상을 주었다. 1945년엔 한국여성당을 창설했다. 그 후에는 중앙대학교 총장으로 임명되었다. 오 년 후 한국의 첫 여자 국회의원이 되었다. 이제 미국에 있는 모교가 이런 영광을 베푼 것이었다. 나는 그 기사를 가위로 잘라 잘 보관하지 않았다. 그 대신 더 오래갈 방법을 택했다. 그분의 얼굴과 모자와 가운이 얼마나 눈부시게 화려한지를 이미 번개같이 두뇌 속에 모셔놓았다.

기차가 또 한 대 지나갔다. 그 소리를 들으니 가슴에서 홍수처럼 터지는 것이 있었다. 하나님, 저를 여기서 데려가 다른 세상에 놓아주세요!

다른 세상이라고? 어딜? 어제 승희가 말해 주었던 업둥이들의 세상 같은 곳? 웃음이 터져 나왔다. 입을 막고, 자는 리호와 엄마가 깨지 않았는지 둘러 봤다.

어제 학교에서 쉬는 시간에 승희가 애들 있는 데서 나를 끌고 옥상 한 귀퉁이로 데리고 가서, 뭐 때문인지 흥분을 해서 침을 튀기면서 말을 대포 쏘듯 했다. 나는 참 승희가 좋았다. 그 애한테는 인생이 모두 오페라였다. 오페라 속에선 사람들이 항상 사랑에 빠지고 죽고 울고 또 사랑하고 노래로 밤낮을 지새우니. 그런 드라마의 장면들 이외에는 아무것도 존재하지 않았다. 성악에 목을 매서 언젠가는 카르멘이나 나비부인 같은 주인공을 할 꿈을 갖고 있었다.

"우리 식모 아줌마가 그러는데 그이가 아는 노 씨 여자하고 어디서 부딪혔다고 하거든?"

승희가 나의 귀에서 조금 떨어지면서 소프라노 목소리로 말을 해댔다.

"오래전에 노 씨네가 너희 엄마하고 이웃에서 살았는데, 노 씨가 네가 업둥이로 들어온 애래! 기가 막혀, 글쎄! 하도 기가 차서, 우리 식모한테 그 노 씨 아줌마는 뭐 마약 하는 사람 아냐? 라고 했지. 말을 꾸며내도 왜 그런 엉뚱한 말을 꾸미고 돌아다니지? 우습지? 하필이면 왜 그런 소릴, 그치?"

내가 시멘트 땅바닥에 풀썩 앉아서 웃음을 터뜨렸다. 그게 정말이라면 무지개의 색깔을 한 연이 된 것같이 가볍고 기분 좋아 마음껏 하늘을 날겠다. 계집애로 태어난 것이 남의 아이로 태어난 거였더라면 첩이 오고 엄마가 쓰러져 못 일어났던 것은 내가 고추를 안 달고 낳은 것과 무관했다는 것 아닌가.

아빠가 새 여자와 잔 것도 내가 계집애라는 것과 상관없는 일이었을 것이다. 내가 살을 꼬집고 법학 통론을 씹어 먹을 이유가 없었던 거였다.

어제 그렇게 배가 아프도록 웃고 난 다음에 승희한테 말해줬다. 그런 소문은 십 년 전에도 한 번 있었던 거고 진짜가 아닐 뿐 아니라 낡아 빠진 헛소문이라고.

"그래. 그러면 그렇지? 나도 물론 그렇게 생각했지, 얘. 우리 식모는 참 먹통이거든. 또 뭐라고 했는지 알아? 참 우스워서. 네가 쌍둥이 오빠도 있단다!"

승희도 깔깔거렸다.

자는 엄마와 리호를 쳐다봤다. 엄마는 친엄마가 아닐 수가 없다.

"아유, 넌 엄마하고 똑같이 생겼구나!"

사람들이 자주 그랬다. 그럴 때마다 나는 좀 창피했다. 가만히 듣고만 있었지만 속으로는 그런 불공평한 비교가 싫었다. 왜냐하면 엄마는 진희 이모같이 예쁘지 않고 얼굴이 호박같이 둥글넓적했고 퉁퉁했으니까.

나는 항상 잠꾸러기였기 때문에 유치원과 국민학교 일학년 때는 엄마가 매일 아침잠을 깨워 주느라고 등에다 업고 집 앞길을 한 바퀴 돌곤 했다. 겨울에는 나의 운동화를 부뚜막에 얹어 따뜻하게 해서 학교 가기 바로 전에 신겨 주셨다. 병순이가 와서 같이 학교에 걸어갔는데 그렇게 따뜻한 신을 신는 게 부러워서 나한테 '군 신발의 공주'라는 별명까지 붙였다. 엄마가 친엄마가 아니었더라면 이렇게까지 정성을 뻗쳐 해줬을 수가 있었겠는가.

게다가 유감스럽게도 엄마의 태몽도 있었다.

"커다란 연꽃이 하늘에서 뚝 떨어져 내 무릎으로 달랑 들어왔지. 그리곤 너를 뱄지."

스르아악. 엄마의 코 고는 소리였다.

그러니 결국 그런 행복의 소문은 가짜이니 나는 얼마나 불행한 아이인가. 그래, 저 기적을 울리며 철컥철컥 달리는 기차가 나를 데려다줄 다른 나라—행복한 업둥이의 나라—는 결국 존재하지 않았던 거였다. 아, 가슴을 호박오가리같이 말리는 진실. 그러니 나는 어느 세상 잘 가던지 성공해서 엄마를 기쁘게 하여 구제해야 했다. 죽는 한이 있어도 법대를 가야 했다. 그래서 모든 사람이, 특히 아들 많은 여자가 침을 흘리게 만들어야 했다.

중학교 삼 년 동안 내내 방과 후에 일주일에 두 번씩 무용하고 미술을 했었다. 이제 행복했던 과거로 남은 날들이었다. 하루는 무용 선생님이 "미나야, 넌 대학 갈 때 무용과 안 갈래?" 하고 물으셨다. 또 한 번은 미술 선생님이 "넌 미술대 가라. 내가 장학금 타게 도와줄게"라고까지 하셨다.

그런데 이제 대학가기 이 년밖에 안 남아서 서울대학 입학 준비하느라고 무용하고 미술을 그만뒀다. 학교 건물의 꼭대기 방, 거기서 나는 나무 냄새, 숯 연필 냄새, 그렸던 석고상들, 비너스, 아그립바, 티베리우스 모두 다 그리웠다. 무용실에서 바를 잡고 토신을 신고 세 발가락으로 서서 한 다리는 하늘로 뻗쳐야 했던 피루엣, 얼마나 근사했었던지. “하나, 둘, 셋!”을 청청하게 불어로 뽑아냈던 무용 선생님의 목소리.

만약에 업둥이였더라면 그래서 엄마와 아빠한테 일어났었던 일이 나의 잘못이 아니었더라면 나는 일생 ‘백조의 호수’ 춤이나 추고 살고 싶었다. 매일 매일 춰도 진력나지 않을 거니까. 아니면 여자 미켈란젤로가 되어 화가의 삶을 즐기리라. 아, 호박떡같이 달고 쫄깃쫄깃하고 옛날 이야기같이 구수한 삶일 것 같았다. 리호가 잘 때 나도 같이 이불을 푹 파고 들어가 자고 리호같이 반에서 꼴찌를 해도 태평할 거였다. 후에는 영화배우 김동원같이 생긴 남자와 결혼을 할 거고 그 남자가 열심히 벌어다 주는 것 먹고 걱정근심은 그 사람이 두 사람 몫을 다 하게 내버려 둘 거였다. 영어 가르치시는 성 선생님이 말씀하신 대로 은하수의 배 한가운데 숨어 있어 보이지 않는 별같이 아무것도 아닌 사람이 되어도 괜찮다면 아니, 그것이 우리가 다 탐내야 할 인생이라면 얼마나 산다는 게 쉽고 매끄러울까.

다 깎은 연필을 나란히 밥상 위에 줄 세워 놓고 선생님이 주신 시험 연습문제지를 부채처럼 폈다. 머리가 아직 맑을 때 대수. 다음에는 지리. 병순이가 준 알약을 삼켰다.

1958년 섣달 그믐날
경진

"경진아."

아버지 목소리였다. 엄마가 준 약을 먹고 누워 왼쪽 머리가 쑤셔 깨지는 게 가시기를 기다리면서 라디오를 듣고 있었다. 외국 노래 중에서 제일 괜찮은 곡조라 끄기 싫었지만 라디오를 켰다. 그런 음악을 들으면 가슴 속이 강강술래를 하는 것 같았고 그러면 머리가 대장간 불 속에서 시뻘겋게 달궈 꽝꽝 망치로 때려 맞는 것 같은 게 좀 가라앉았다. 친구 중에 한 놈 만석이, 아니 촌놈 방귀가 그랬는데 그 음악 이름이 '미국 썰퍼'랬다. 그 노래를 부르면서 촌놈 방귀가 팔은 한쪽으로, 무릎은 반대 방향으로 막 뒤틀면서 발뒤꿈치를 땅에다 박고 싹싹 비벼댔다. 그런 음악이 없으면 동네 사는 중국 애 바보놈같이 됐을 거였다. 그 애의 할머니는 발이 아기같이 작아서 걸을 때 오리같이 뒤뚱뒤뚱했다. 애들하고 그 중국 애의 하얀 찐빵 같은 뺨을 꼬집어주고 도망가는 건 참 재미있었다. 방바닥에서 일어나는데 아버지가 들어 왔다.

"머리 또 아파? 많이?" 하면서 머리를 만지셨다.

"경진아!"

촌놈 방귀 목소리였다.

"좀 나아요. 쥐불놀이하러 갈래요."

"그래라, 그럼. 얘, 이것 좀 네 책상에 넣어둬라. 내일 큰엄마네 갈 때 누나한테 줄 거다. 네 거는 엄마한테 있다."

아버지가 주는 봉지를 책상 속에 넣었다.

"경진아, 만석이 왔다."

어머니의 아주 가느다란 목소리가 부엌에서 들렸다. 시발. 목소리를 좀 크게 하면 하늘이 무너지나? 그렇지만 그 상소리는 속으로만 생각한 거였다. 아버지가 거기 서 있기 때문만이 아니라, 엄마가 들으면, "넌 네 엄마가 첩이라서 그런 개년의 자식이라 저렇게 상놈질을 한다, 그런 말 들어야겠니? 그런 말 들어야 살겠어? 그럼 칼을 쥐고 서 있어라. 내가 그 칼에 배를 찔려 죽을 테니"라고 할 거였다. 그때만 엄마가 말을 퍼부었다. 다른 때는 말이 없어 벙어리인 것 같은데.

"그래, 나가 봐. 너무 빨리 뛰진 말고."

방 밖으로 나서려는데 "경진아" 하고 엄마가 또 불렀다. 이번에는 마당에서 내 방 옆문을 열고 서서 불렀다. 차가운 공기가 방으로 쏴 들어왔고 엄마가 입은 자주색 누빈 조끼에서 떡국 냄새가 났다.

"약이 좀 들었어? 아직도 아프면 나가지 마."

"응, 좀 나아졌어."

벽에서 윗도리를 잡아채 입고 나가기 전에 미나한테 주라던 봉지를 들여다봤다. 아빠하고 누나는 특별히 가까웠다. 아빠는 엄마가 밥할 때 경애를 업어주기도 했지만 아빠와 누나가 가까운 거에는 비교도 할 수 없었다. 아빠가 가르쳐 줬다면서 누나가 혀를 뻗어 코끝에 닿게 하는 걸 보여 줬었다. 그리고 그걸 하면서 눈을 사팔뜨기로 하라고 했다. 그러면 애들이 웃을 거라고. 아빠를 똑 닮아 웃기기를 좋아했다.

툇돌에서 운동화를 신었다. 학교에 신고 가는 신발은 대문 꼭대기에 매달려 있었다. 어제 외할머니가 애들 신발을 바구니에 넣어 대문에 걸면서, "이렇게 하면 일 년 내내 애들한테서 귀신이 떨어져 나간다"라고 하셨다.

추워서 부르르 떨렸다. 고추가 얼어 떨어지면 큰일이었다. 그것 때문에 엄마가 아빠 집에서 안 쫓겨났었는데.

만석이가 맨날 몰려다니는 떼거리를 데리고 왔다. 이 애들의 엄마들은 다들 첩이었다. 인식이만 빼놓고. 올해도 큰마누라 아들 새끼들이 쥐불놀이 때 서자들을 두들겨 팰 건데 서자 중에는 태수만 덩치가 커져서 올해는 아마 태수가 그놈의 새끼들을 패서 피가 줄줄 나게 해줄지도 몰랐다.

"야, 빨리 가자."

만석이가 대장 노릇을 했다. "야, 이거" 하고 나한테 깡통을 줬다. 강가에 가서 깡통에 불을 붙이고 빙빙 돌려대는 건 섣달 그믐날 놀이 중에 제일 재미있었다. 오렌지색 불꽃이 꼬리 떨어진 다람쥐같이 달달달달 뛰었다 내렸다 하는 게 하늘을 더 새카맣게 만들었다. 머리가 아직도 지끈지끈했지만 이런 재미를 놓칠 수는 없었다.

절을 하고 세뱃돈 받는 것도 신났지만 이게 더 신났다.

"조심해! 그러고 너무 늦게까지 있지 말고!"

엄마를 지나치는데 엄마가 한마디 했다. 그 말은 두 가지 뜻밖에 없었다. "또 얻어맞고 코피 내지 말아!"나 "집에 와서 공부해!" 둘 중 하나였다. 그 공부하라는 말은 들으면 밥 먹은 게 다 올라오려고 했다. 다른 여자들처럼 엄마도 '일류대학 시험 준비병'에 걸려 있었다. 아직도 아들이 국민학교 학생밖에 안 된 건 상관도 없는 것 같았다. 그리고 그 녀석이 대학을 벌써 안 갈 마음을 먹은 것도 모르면서. 그 놈은 서울에서 제일 똥통 학교에도 떨어질 건데.

"미나 누나는 서울대학교 간데. 게다가 법대"라고 엄마가 말했었다. 거긴 천재만 간다는 것쯤은 나 같은 똥통 머리도 알고 있었다. 그래서 엄마가 지금부터 사설이었다. 시발 대학. 시발 학교. 시발 산수. 나는 아버지하고 자동차 밑에서 바퀴를 갈고 수리하는 거 도와 드리고 손에 기름때 묻히는 게 재미있었다. 트럭 밑에 아버지하고 누워 있으면 아주 머리가 좋아진 것 같았다. 젠장, 왜 큰엄마한테서 태어나지 않았지? 누나의 진희 이모한테서 난 아들 준호는 첩의 배에서 난 것도 모르고 큰엄마 아들인 줄 알고 좋아하고 있을 건데. 준호 같은 새끼들이 오늘 밤 나랑 만석이 같은 애들을 때려죽이려고 할 거였다.

"자, 가자!"

다들 언덕을 튀어 내려갔다. 나뭇가지에 깡통 줄이 엉킬까 봐,

또 깡통에서 짚이 쏟아질까 봐 줄하고 깡통을 겨드랑이 밑에 끼고 소나무와 도토리나무 숲을 빠져 내달렸다. 콘크리트 기둥들이 서 있는 쪽 강변으로 갔다. 거긴 돌들이 없어서 돌부리도 안 챘고 기둥들 때문에 바람도 덜 셌다. 만석이가 불을 다 붙여줬다. 태수의 깡통 불이 제일 먼저 빨갛게 붙어 올랐다.

"야아아아!"

태수가 깡통을 휘두르면서 뛰기 시작했다. 카악 카악. 새까만 새들이 불에 놀라서 소리를 질렀다. 새나 다른 짐승들을 겁내게 해주는 건 얼마나 신나는지. 왜 나만 때려 맞고, 놀래서 관자놀이가 펴드덕거려야 되는데? 바람이 날카로워 뺨을 톱질했다. 불알이 조알만 해졌다.

이리 뛰고 저리 뛰다가 봤다. 저 먼 쪽 강가에 오렌지색 점 같은 것들이 꼭꼭 박힌 것 같으면서도 그것들이 꼼지락거리는 것을. 뛰던 건 좀 늦췄지만 깡통은 계속 돌렸다. 그 오렌지색 점들은 이쪽 오렌지 점들보다 훨씬 많았다. 그리고 부채같이 펴지면서 그 점들이 점점 커졌다. 그게 뭔지를 몰랐더라면 야, 근사하다, 했을 거지만 알고도 남았으니 깡통을 집어 던지고 도망을 쳤다.

1959년 10월
미나

종로로 가는 버스를 탔다. 제일 뒤로 가서 하나 남은 자리에 앉아 법학 통론을 폈다.

법 해석의 본질

법의 해석이란 법의 의미, 내용을 명백히 하여 구체적인 사실에 법을 적용, 이행하기 위한 기준을 제시하는 작용이다. 관습법이나 판례법에 관해서도 해석이 문제가 될 수 있으나, 특히 해석이 문제가 되는 것은 성문법에 관해서이다. 성문법은 원칙으로 추상적인 법규로 되어 있으며, 그 법규는 추상적인 언어, 문장으로 표현되어 있는 것이므로, 그것을 구체적인 사실에 적응하기 위하여서는 우선 그 의미 내용을 명백히 하지 않으면 아니 된다.

이걸 읽는 맛보다는 차라리 연필을 지걱지걱 부셔 먹는 게 더 맛있을 것 같았다. 그리고 목구멍으로 내려가는 것도 더 잘 넘어갈 것 같았다. 헤밍웨이의 『노인과 바다』의 번역판을 읽는 건 너무 재미있는데. 법대 시험에 붙어 들어간다고 하더라도 이렇게 재미없는 걸 어떻게 사 년 동안 공부할 것이며, 법률가가 된 다음에도 계속 이런 책을 읽어야 하는데, 사람이 너무 재미가 없는 병으로 죽을 수도 있을까?

"저명한 법률가가 지루해서 죽다"라는 신문 머리기사를 상상해 봤다. 밖으로 시선을 돌렸다. 작년 선거 때 붙였던 광고지 나머지 쪼가리들이 아직도 가게 창문이나 전봇대에서 바람에 펄럭거렸다. 광고지 하나에선 야당 대표 신익희 씨의 이마와 눈 하나가 보였다. 이승만 대통령은 참으로 세상에서 제일 운이 좋은 정치가였다. 선거운동하는 중간에 신 씨가 심장 마비로 죽었던 거다. 나는 좀 더 정치와 경제에 관심을 가져야 했다. 안 그러고 어떻게 점쟁이 말대로 훌륭한 지도자가 될 수 있겠나.

손님들이 더 많이 타는 바람에 뒤까지 꽉 차 사람들 가방이 내 무릎을 툭툭 쳤다. 종로 5가에서 승객들을 뚫고 내렸다. 학교 쪽에 있는 조그만 음식점을 지났다. 창문마다 해장국이라는 글씨로 덮여 있는데 글씨가 안 쓰인 창 하나로 보니, 김이 모락모락 나는 국 위로 머리를 박고 국을 먹는 남자들이 보였다.

반에서 담임 선생님이 하얀 회충약 봉지를 책상 위에 놓으셨다. 난로에 있는 주전자에서 보리차를 컵에다 부으셨다.

"윤수미" 하셨다. 첫 번째 희생자. 꼽추여서 반에서 제일 작은 애였다. 수미가 선생님 앞에 가니까 선생님이 약을 입에다 털어주고 물을 주었다. 수미가 꿀꺽 삼켰다. 그다음에 차례대로 다 따라 했다. 어젠 얼굴이 동그랗고 눈이 작아 찐빵같이 생겨서 다들 찐빵이라고 부르는 애가 과학 선생님한테 물어봤다.

"미국에도 회충약 먹는 날이 있어요?"

"아니."

"일본에는요?"

"거기도 없어. 밭에다 똥 거름 주는 걸 안 하거든."

그 소리를 들으니 미나는 미국만 갈 수 있다면 팥빙수 먹는 것을 평생 포기할 수 있을 만큼 가고 싶었다. 그렇지만 일본은 아니었다. 제2차 세계대전 때 한국 사람들한테 성을 일본식으로 고치라고 강요했고 한국인들의 땅을 빼어갔었다. 비단 만드는 일본 사람 공장에서 엄마하고 이모가 더운물에다 손을 담그고 일을 하도 해서 손이 터지고 피가 났었다고 했다. 일본에는 1592년 임진왜란 때 일본군들이 한국군들을 죽여 기념으로 귀를 떼어가서 그런 귀를 모아 진열해놓은 박물관이 있다고 했다.

하필이면 영어 가르치시는 성 선생님 시간에 배가 뒤틀기 시작했다. 그 선생님은 다른 분도 아니고 오시던 첫날부터 여학생들의 가슴을 금방 난 강아지 가슴처럼 팔랑거리게 하셨던 분인데. 애들이 반해서 그 선생님 뒤를 졸졸 쫓아가면서 선생님의 새까만 양복과 하얀 셔츠와 까만 넥타이에서 나는 라일락 향수 냄새를 맡았다. 왜 배가 나중에 있는 못생기고 징글거리는 지리 선생님 수업이 될 때까지 기다리지를 못했을까? 성 선생님은 마침 국민학교 일학년 때 갔던 소풍 얘기를 시작하셨다. 살결이 하얗고 수줍은 학생이었다고 하셨다.

"보라색 꽃이 만발했었어" 하면서 선생님은 우리를 보지 않고 창쪽에 있는 어떤 눈에 보이지 않는 존재에게 말을 하시는 것 같았다.

"우리 사내 녀석들이 온종일 언덕을 구르고 재미있게 놀았어. 보라색 도라지 꽃잎이 내 눈썹을 스치고. 우린 맘대로 웃었다. 김밥도 먹고. 〈솔로몬의 옷〉 같은 찬송가도 부르고. 내 뺨이 새빨개질 때까지 뛰고. 밤에 집에 와서 자려고 누웠는데 보라색 꽃이 눈에 보였어. 누가 잃어버린 보자기도. 그게 바람에 훌렁거리더니 내 옆 보라색 꽃에 걸렸어. 그런데 그 꽃이 슬퍼했어. 애들 다 어디 갔지? 하고. 애들 웃음소리도 다 사라졌고. 그때 눈물 한 방울이 내 눈에서 흘렀어. 그리곤 또 하나, 또. 그다음엔 다신 소풍을 한 번도 더 안 갔어."

그 말을 마치곤 한숨을 쉬셨는데 하도 조용히 쉬셔서 앞줄에 있는 애들만 들을 수 있었다.

"그 소풍 가기 전에는" 성 선생님이 계속하셨다.

"북극성 폴라리스같이 밤하늘에서 일 년 내내 제일 빛나는 별이 되고 싶었어. 누구나 다 우러러보는 아주 유명한 사람, 그런 빛나는 인물이 되고 싶었지. 사람들이 길을 잃으면 폴라리스를 따라가면 길을 찾을 수 있으니까. 그런 지축과 같은 뛰어난 사람이 되고 싶었어. 그런데 그 소풍을 갔다 와서부터는 아무도 봐주는 사람 없는데 피는 보라색 꽃 같은 사람이 되고 싶어졌지. 은하수 속에 숨어 있는 수천 개의 별 중 하나같은 보이지 않지만 있는 존재. 그렇게 되는 것이 나의 최고의 야망이 됐어. 우리말로는 은하수가 용의 시냇물이야. 용의 시냇물이 훨씬 더 시적이지? 거기 있는 별들은 숨어 있지만 그래서 더 빛나는 북극성보다 강해. 왜냐하면 그 숨은 별들은 자기들을 내세우지 않고 자기 욕심과 명예심으로 부풀어 있지 않기 때문이지. 그들은 자기 자신을 숭배하는 생각들을 모두 태워버린 존재들이거든. 그런 상태에 이르면 그 존재들은 도라지꽃, 수선화 또 별들이 하는 말을 알아들을 수가 있게 되거든."

배가 폭발하려는데 그래도 회충 새끼들은 기다려야만 했다.

성 선생님이 윌리엄 워즈워스의 「수선화」를 영어로 읽기 시작하셨다.

언덕과 계곡 위를 떠도는
구름같이 외롭게 떠다녔다
그때 갑자기 난 노란 수선화 한 무리를 봤다.
호숫가에 나무 아래서
파르르 떨면서 춤추는…

선생님이 계속 말씀하셨다.

"수선화와 도라지꽃은 하나하나가 절경 미인들인 동시에 커다란 한 무리가 모이면 황홀 그 자체를 발산하여서 한 우주를 형성한다. 작은 별들이 모여 은하수를 만들듯이."

끝이 뾰족뾰족한 별 한 개가 나의 배를 콕콕 쑤셨다. 참다못해 고꾸라지듯이 허리를 굽혔다. 저런 우아하신 선생님한테 어찌 창피하게 '변소'라는 똥내가 나는 말을 꺼낼 수가 있겠는가. 입술을 꽉 깨물고 선생님 앞으로 뛰어가 어물쩍거렸다.

그리곤 운동장을 건너뛰었다. 그런데 뛰는 동안 무언가 젖은 고무줄 같은 게 다리 사이로 툭 떨어졌다. 속도를 팍 줄이고 걷는데 제대로 걸음이 놓이지 않았다. 변소에 들어서자 바닥에 쌓여 있는 신문지를 찢어서 그것을 싸서 빼냈다. 똥통 아래로 던져 버린 후에도 손이 떨려서 속옷을 제대로 입을 수가 없었다. 수돗가에서 손을 씻었다. 이렇게 리호 말대로 "국수"가 걷는 동안에 빠져나온 건 처음이었다. 체육관 옆에 있는 사철나무 위로 해가 비쳐 거기 앉아 머물고 싶었다. 그렇지만 수업시간에 밖에 멍청히 앉아 있으면 교장 선생님 방에 호출이 될 거였다. 그래서 반으로 돌아와 문밖에 잠깐 서 있었다.

성 선생님 말씀 같으면 아들보다 열 배 더 성공하겠다는 건 북극성같이 되고 싶어 하는 것과 같았다. 남이 올려다보는 존경의 대상이 되려고 버둥거리는 건 정결치 못하고 수치스럽고 똥내가 나는 거였다. 그렇지만 숨겨진 사람이 되는 건 커다란 인물이 못 될 때 노력 안 해도 저절로 되는 것이 아닌가? 벽에다 머리를 박고 쾅쾅치고 싶었다. 그렇게 머리를 쪼개서 할 수만 있다면 그렇게 해서라도 성 선생님이 하시는 말씀의 뜻을 확실히 이해하고 싶었고, 그분의 말씀이 점쟁이들과 엄마의 말보다 왜, 어떻게 훌륭하고 그것이 과연 내가 따라야 할 길인 가를 깨닫고 싶었다.

꼭 조선왕조 때 죄인들한테 벌줄 때 했던 것처럼 거꾸로 매달려 코와 눈과 입으로 모래 섞인 물을 받는 것같이 호흡하기가 가빴다. 시험에 매번 꼭 백 점을 받으려고 밤샘을 하고 공부하는 게 바보천치가 하는 짓이라고? 성 선생님 말씀이 맞나? 그분이 하시는 말씀을 따르면 큰 꿈을 이룰 자신이 없어 도망간 비겁한 인간이 되는 건 아닌가? 또 그렇게 되면 엄마가 아파 드러눕게 되지 않을까? 회충은 떨어져 나갔지만 아들보다 열 배 성공해야 한다는 건 그대로 나의 안에서 왕성하게 숨을 쉬었다.

방과 후에 시청으로 가는 버스를 탔다. 눈살을 펴고 눈을 크게 떴다. 아빠 앞에선 오늘이 구충약 먹는 날이었다는 걸 보이면 안 됐다. 가방을 들지 않은 손으로 이마를 가린 머리를 치켜 왼쪽으로 쓸어내렸다. 아빠는 내 이마를 보길 좋아하셨다. 아빠 소속인 교통부에 들어서자 복도에 있는 창문을 향해 미소를 지어, 아빠에게 보여줄 웃음을 연습했다. 사무실에 도착하니까 여직원이 아빠가 춘천으로 출장 가셨는데 이틀 후에 오신다고 했다. 엄마가 리호의 등록금을 내일 못 내면 학교에서 리호를 집으로 보낼 거다.

"야아아아!" 하고 리호는 학교 안 가도 되는 걸 신나 할 거였다. 리호는 발레와 고전무용은 좋아해서 내가 무용반이었을 땐 같은 방에서 연습했었는데 공부하는 건 씀바귀 먹는 것보다 더 지겨워했다. 리호한테는 학교 빠지는 게 재수 있는 일이지만 엄마는 머리에 끈을 매고 드러눕고 걱정하느라고 이를 꽉 물을 거였다. 윗눈꺼풀이 팽팽해질 거다.

버스는 손님이 반밖에 없었다. 앉아서 법학 통론을 또 꺼냈다. 업둥이로 들어온 행운도 없었으니 엄마를 위해서 죽는 한이 있더라도 법학 공부를 해야 했다.

성 선생님의 말이 말짱 헛소리였다. 은하수를 구성하고 있는 수많은 숨은 작은 별들은 바보천치였다. 그들이 큰 별이 아닌 이유는 하나였다. 할 능력이 모자라서 못한 거였다.

법 해석의 본질

법의 해석은 법견의 객관적인 의미 내용을 명백히 하여 그것을 구체적으로 실현하기 위한 실천적 지침을 제시하는 적용이다. 그것은 실천적으로 무엇이 '정'이며 무엇이 '부정'이냐를 결정하는 것인 까닭에 과학적 지식과 같은 정도로 객관성을 가지는 것이라고는 말할 수 없다.

창밖을 내다봤다. 동대문 로터리에 남자들이 게시판 앞에 서 있었다. 요새 뉴스에서 재일한국교포들을 일본이 북한으로 보낼 예정이라고 했다. 그 교포들은 북한으로 귀화하기를 원한다고 일본이 주장하고 있었는데 그들 중에는 원래 남한에서 온 사람들도 끼어 있었다. 그래서 보통 정치과나 법과 학생들 지휘하에서, 학생들이 그런 일본의 처사에 반대하는 데모를 하고 있었다.

데모하는 학생 중에는 여자 고등학생들도 끼어 있었다. 나도 그런데 참여를 해야 하는데. 그러지 않고 어떻게 정치와 법학 분야에서 뛰어난 인물이 될 수 있겠나. 그런데도 나에겐 그런 활동을 할 수 있는 용기도 관심도 없었다. 그냥 무용해서 피루에를 기차게 하든지 미술을 해서 비너스를 그리든지『노인과 바다』를 읽고 싶었다.

음천과 진희

음천과 진희가 무당 고모님의 신전 방에 앉아 있었다. 생각도 못 하고 있다가 별안간 여동생이 얼굴을 보여줘서 음천은 기분이 좋았다. 애들도 싱글벙글 할 거였다. 진희가 애들 먹이라고 커다란 마른 대구 한 마리와 애들 옷을 들고 왔고, 돈도 줘서 귀용이 생활비 주길 기다리는 동안에 긴요하게 쓸 수도 있게 됐다. 오늘은 뺏겼던 진희의 아들 준호가 어디 있는지를 고모가 점쳐 볼 거였다. 또 왜 요새 부쩍 미나가 시무룩하고 입을 쑥 내밀고 있는지에 대해서도 고모가 말씀해 주셨으면 하고 음천이 속으로 빌었다. 처음에는 사춘기 때문이겠지 했는데, 전보다도 더 죽어라 책만 들이 파고 책에서 눈을 떼면 어디를 쳐다보는 게 하도 침통해서 무서울 정도였다. 무엇을 그렇게 죽자 하고 생각하는 걸까? 누가 혹시 업으로 들어왔다는 걸 가지고 입을 까불었나? 부처님, 저를 불쌍히 여기소서. 어떤 이들은 미나가 이제 그만큼 나이를 먹었고 끔찍하게 애지중지했으니 이제 업으로 들어온 걸 알아도 그 충격을 잘 이겨낼 거라고 생각했다. 그렇지만 그건 절대로 안 되는 일이었다. 음천의 눈에 흙이 들어가도 안 됐다. 배 아파 낳지 않은 엄마로서의 욕심이라고 해도 좋았다. 미나는 음천의 것이었다. 음천한테만 딸린 단 한 명의 목숨. 딸도 아들 열 배 나을 수 있다고 증명해 줄 딸. 학기마다 칠십 명 있는 반에서 일등을 해온 건 물론이요. 올해부터 치는 전교 대학 모의고사에서 세 번이나 일등을 했다. 사방을 둘러보면 퇴학한 중고등학생들이 수두룩했다. 그 애들이 온종일 하는 짓이 뭔지 아는가? 아비한테 머리통을 한 대 맞고서 길거리에 나가 아비가 주워오라는 담배 꽁초를 모으고 있기가 일쑤였다.

혹시 또 고모가 귀용에 대한 말도 해주시려나? 근래에 살이 부쩍 빠졌고 눈을 뜨기도 힘든지 눈꺼풀이 늘어졌다. 수양이 그년이 서방을 얼마나 밝히길래? 아니, 그년이 뱃대 밑에 바람이 들었나? 그렇다면 모가지를 비틀어 꽥꽥 소리를 내게 해줘야지. 음천 여사! 아니 이게 무슨 아가리로 방귀 뀌는 소리야? 의젓한 '하늘의 음성' 이름이 부끄럽지도 않으냐! 한 서방을 나눠 가지며 산 세월이 십 년인데 감정이 수그러들기는커녕 오히려 더 기가 뻗치는 것 같았다.

"애, 이 빨간 실 여기다 매라" 하며 음천이 야생잡초 한 묶음을 진희한테 줬다. 고모는 조그만 빈 꽃병 같을 걸 흔들면서 정신집중 하느라고 이마를 한창 찌푸리고 있어 주름이 죽죽 가 있었다. 밖에서 바람이 불어와 창문에 스치는 감나무 잎사귀 소리와 고모가 흔드는 병 속에서 찰싹거리는 쌀알들의 소리가 섞여 들렸다.

"고모, 준호 어디 있어요?"

진희가 물었다.

"꿈에 커다란 바다에서 용 한 마리가 기어 나오더니 저를 향해 오는 거예요. 그럼 준호 찾을 만한 무슨 꼬투리가 생겼다는 게 아닌가요, 고모?"

진희는 아직도 미인이었다. 갓 짜놓은 흰떡같이 하얀 이마에. 이젠 사십을 바라보는데 또 그렇게나 마신 술도 별로 크게 해가 된 것 같지 않았다. 그렇지만 이제는 그렇게 계속 술에다 서방질에다 하면서 속속들이 무사할 수가 없을 거였다. 특히 피부가 먼저 나갈 거지.

진희가 빨간 실로 묶어 놓은 들잔디 풀 한 움큼을 굽이 높은 놋대접 안에 있는 모래에다 음천이 세워 놓았다. 거기다 향도 피워 놨다. 파란 연기가 꼬불꼬불 올라왔다. 고모가 모시는 신령님이 이 '나무' 위로 강신하실 거다. 고모님이 손목을 번개같이 틀면서 병에서 쌀알들을 앵두나무 상 위로 뿌리셨다. 알 하나하나가 신령님의 힘을 입어 꼭 가야 하는 자리로 제각기 찾아 떨어졌다. 그 자리의 모양새를 보는 동안 그 쌀알들의 위치를 통해서 신령님이 진희한테 하는 말씀을 고모가 알아듣는 거였다.

"그 애는 또 다른 새집에서 산다"라고 고모가 말씀하셨다.

"그래서 찾을 수가 없었던 게다. 그리고 애 이름도 '왕' 자를 넣어서 그 애 아버지가 새로 지어 줬다. 그다음 자는 흐려서 뭔지 잘 안 보이지만 확실히 '왕' 자는 보인다."

'왕' 이라면 임금이다. '왕' 하고 또 무슨 자가 그 애 이름인가? 왕호? 왕룡?

입술을 달달 떨면서 진희가 간청을 했다.

"고모님, 좀 더 잘 봐주세요. 그 애 이름 좀 더 똑똑히."

음천이 동생의 등을 쓸어줬다. 고모가 한번 입을 열었다가 닫으면 그걸로 그만이었다. 신령님 말씀은 한 번에 나오지, 조금씩 질질 짜 나오지 않으니까. 더 말씀 듣고 싶으면 다음에 또 와야 했다. 아이의 이름이 뭔지도 모르고 아무리 부산하고 서울 사이에 있는 국민학교를 일일이 뒤져 교장 사무실 직원들한테 학생 명단을 조사해 달라고 해도 말짱 헛일이었다. 이때까지 교장들과 교장실 직원들의 땀이 주르르 흐르는 손바닥에다 쥐여준 뇌물만 해도 집 한 채 살 만했다.

진희가 손수건에다 얼굴을 박고 우는 동안에 음천이 등을 손으로 쓸어 주었다. 아무도 감히 겉으로 말은 안 해도 실상은 생모가 있다는 걸 알지도 못하고 사는 것이 그 애를 위한 일이라는 걸 뻔히 알고 있었다. 그 애는 결국 썩은 개천에서 생겨 하늘의 용이 되어 훨훨 날아 남이 우러러보게 될 거였다. 그래, 훨훨 떠나보내자. 적자로 살게 해주자. 우리나라의 대통령도 되게 해주자. 기생년의 자식이라는 게 알려지면 그것은 불가능할 거니까.

"그런데, 넌 무슨 걱정이냐?" 하고 고모가 음천한테 물으셨다.

"너, 미나 걱정이구나. 어디 좀 보자. 미나가 태어난 시간이 밤 한 시에서 두 시 사이지."

고모가 쌀알을 주워 모아 한 손에 쥐고 관자놀이에다가 기대시곤 눈을 감으셨다. 그렇게 한참을 계시더니 눈을 뜨셨다.

"미나는 아무것도 모른다! 업 들어 온 것 낌새도 몰라. 갓난 돼지 새끼같이 아는 게 하나도 없다. 사방에서 계집년들이 미나한테 얘기 해주고 싶어 입이 간질간질해서 죽으려고 해도 너의 그 애지중지하는 옥잎은 아무도 아니고 꼭 너한테만 딸린 보배다."

고모가 쌀을 모두 다 병에 넣고 대전 상 위에 놓으셨다. 오늘 점치는 건 끝난 거다. 귀용에 대해서 한마디 말도 없으니 그건 다음까지 기다릴 수밖에 없었다.

진희가 머리를 음천의 어깨에다 기댔다. 진희는 이렇게 남을 배려해줄 때가 있었다. 진희가 머리를 거기다 기댔기 때문에 진희의 슬픈 눈에 띄지 않고 준호의 소식에 대한 미안한 얼굴을 할 필요 없이, 다만 미나에 대한 소식으로 마냥 흐르는 기쁨의 눈물을 흘려도 되었다. 저 천 개도 넘는 별 아래서 저 눈멀게 빛나는 태양 밑에서 미나는 오직 음천의 것이었다. 고맙습니다, 부처님. 고맙습니다, 신령님. 묻는 말에 미나가 딱 한 마디 말을 발라낸 생선 뼈같이 퉤 퉤 내뱉어도 그 애가 한 지붕 밑에 있다는 것만으로도 족했다. 옆에서 잠들어 쌕쌕 숨 쉬는 소리를 듣는 것만으로도 좋았다. 미나가 가진 오직 하나뿐인 엄마라는 사실이 꼭 금방 지은 오곡밥같이 따스했다. 자기 손으로 직접 그 애를 먹이려고 온갖 정성을 다해 지을 찹쌀, 조, 콩, 보리, 메밀, 이 다섯 가지 오곡 밥. 얼마나 쫄깃쫄깃하고 달콤할 것인가.

1960년 8월
미나

아빠가 와서 주무셨다. 지난 몇 년 동안 아빠가 오실 때마다 한 칸 셋방과 밖에 있는 툇마루에 붙어 있는 부엌이 꾀죄죄했다가도 별안간 별로 초라해 보이지 않았다. 아빠 오시기 전까지는 삶이란 푼돈 쪼개 쓰는 것, 고기 안 들어가 콩나물국 먹기 그리고 책을 머리에 들이박기였다. 그러다가도 아빠가 방으로 굽어 들어오시면 갑자기 좋은 냄새가 났다. 아빠 피부와 내리닫이 바지에서 나는 휘발유 냄새같이. 얼굴에는 트럭하고 시청에서 쓰는 기구들을 수선하시느라고 검은 기름이 묻어 있고 미소는 지쳐 있었다. 그래도 가지고 오신 군것질거리를 보면 금방 파티하는 기분이 됐다.

여름에는 짚 끈으로 맨 수박을 사 오셨다. 엄마는 그러면 다른 날 했던 것처럼 그냥 수박을 숭덩숭덩 썰어서 내놓는 게 아니었다.

"리호야, 빨리 이 씨네 가게 가서 얼음 좀 사 와라." 치마를 올리고 속바지 주머니에서 꼬깃꼬깃한 돈을 꺼내 주었다. 그다음에 수박 한가운데다 구멍을 뚫어 설탕을 넣고 수박을 얼음에 넣었다. 아, 얼마나 맛이 있는가.

그날 엄마는 저녁밥도 근사하게 지으셨다. 보통 동태찌개도 특별히 요리해서 일류 중국집에서 주문해온 것만큼이나 맛있게 만들었다. 엄마는 또 아빠가 오시는 날을 미리 아는 점쟁이 같아서 오시기 사흘 반 전에 깍두기를 담그셨다. 깍두기가 아빠가 제일 좋아하는 정도로 딱 맞게 익어 국물이 더 시지도 설지도 않은 상태에서 보글보글 방울이 올라올 때 아니나 다를까 아빠가 오셨다.

오늘도 "리호야!" 하고 부르시는 아빠의 목소리에 나의 저녁 시간이 백팔십도로 변했다. 오늘 해야 하는 공부는 내일 있을 대학모의고사 준비하는 건데 훨씬 일찍 끝낼 거다. 빨리 끝내고 자야 하니까.

아, 대학입학 고시를 놓고 해야 하는 고민. 서울법대 시험을 쳐야 하나. 아니면 새로 생긴 서강이라는 미국 예수회 신부들이 와서 세운 대학을 가야 하나. 서강은 생긴 지 일 년밖에 안 돼 법과가 없었다. 그리고 학교가 코딱지만 해서 건물이 하나밖에 없었다. 그 한 건물에 교실들이 있고 도서관도 거기 함께 있었다. 다른 건물이라곤 신부들이 사는 사제관밖에 없었고, 설립할 때 한국 교육자들에게 혹독한 비평을 받았다. 이미 역사가 찬란하고 훌륭한 대학들이 즐비한데 왜 외국인들이 들어와 새로운 대학을 만드냐 미국 사람들이 뭐라고, 게다가 예수회 신부들이 뭔데 이러는 거냐 결국 새 대학에 다닌 똑똑한 학생들이 다 미국으로 가 버리고 돌아오질 않을 테니 한국의 뛰어난 젊은이들을 뺏긴다. 이런 비평이었다. 이런 소용돌이를 무릅쓰고 서강은 올해 세워졌다. 그런데 법과가 없으니 영문과나 뭐 다른 과를 택해야 했다. 이런 전공 분야들은 내가 되어야만 하는 법률가나 다른 훌륭한 인물이 되는 데 도움이 안 되는 것들이었다. 그렇지만 법대를 가라면 공부가 너무 재미가 없어 참다 못해 일이라도 저질러 버릴지도 몰랐다. 예를 들어 한강에 빠진다든지.

"넌 어떻게 생각하니?" 하고 며칠 전에 병순이한테 물어봤다.

"어떤 게 먼저 일어날까? 내가 이름도 없는 대학을 가서 분통이 터져 엄마가 죽어버리는 게 먼저일까 아니면 싫어하는 법대에 갔다가 살 수가 없어서 내가 물에 빠져 죽는 게 먼저일까?"

병순이는 언제나처럼 똑같은 시원찮은 대답을 했다.

"몰라."

서강을 가고 싶은 건 공부하고 상관이 없었다. 거기에 가고 싶은 오직 하나의 이유는 거기에 가는 것이 지겨운 이 나라의 진저리쳐지는 전통과 관습으로부터 제일 빨리 도망칠 수 있는 장학금을 얻을 길이기 때문이었다. 그렇게 공부와는 관련이 없는 목적을 달성하기 위해서 영어로 된 서적들을 산같이 쌓아 놓고 공부를 해서 미국 대학원의 장학금을 얻어야 한다는 건 좀 야릇하지 않은가. 평균

B학점 이상을 받으면 미국 대학원 장학금을 얻게 해준다고 신부님들이 말씀하셨다. 아, 미국, 미국! 아, 거기선 내가 고추를 달았건 아니건 상관이 없을 거 아닌가! 여자라는 것이 인생 최악의 조건이 아니지 않는가!

아빠는 이제 도착하실 때 "미나야!"라고 부르지 않았다.

"왜냐하면 넌 이제 아이가 아니고 머리가 큰 처녀거든"이라고 하셨다. 옛날같이 놀리지도 않으셨다. 리호는 아직도 놀리시면서. 특히 그 애의 개띠라는 것 가지고 자주 그러셨다. 그 애가 꼭 강아지같이 뛰고 발발거리고 깽깽거린다고 하셨다. 몇 주 전에 오셨을 때는 리호가 심술을 부렸었다. "이모부, 저도 이제 젊은 처녀예요"라고 했다. 아빠가 그 소리에 얼마나 세게 웃으셨는지 목소리가 안 나올 정도였다. 다 웃으신 후 아빠가 새끼손가락을 들어 보이시면서, "야, 요것같이 쪼끄만 놈이, 참" 하시곤 나한테 눈을 찡끗하셨다.

오늘 가지고 오신 군고구마는 나중에 간식으로 먹기로 했다. 엄마가 설거지하시는 동안 나는 대야에 뜨거운 물과 찬물을 섞어서 아빠가 발 씻을 물을 탔다. 엄마는 부엌 구석에 앉아서 대야 물로 얼굴을 씻고 난 다음 그 물로 뒷물을 했다. 뒷물은 보통보다 열심히 했고 비누질을 하는 동안에 짹짹 소리가 났다.

오늘은 공부를 빨리해서 평소보다 두 시간쯤 일찍, 한 열두 시쯤 끝낼 거다. 아빠는 엄마 옆에서 코를 고실 거고. 방이 좁아서 리호와 나는 책상 밑에 머리를 두고 잘 거였다. 다리도 오므려서 엄마를 발로 차는 일이 없어야 했다.

엄마와 아빠가 깊이 잠든 다음에 내가 자면 아침까지 깨지 않고 쭉 잘 수 있을 거다. 내가 자는 동안에 엄마와 아빠는 깨서 두 분 만의 시간을 가지시겠지. 그때 잠이 깨지 말아야 하는데.

아빠가 다녀가신 후 얼마 동안 엄마가 아프고 쑤시는 게 좀 없을 거다. 리호가 엄마의 다리와 팔을 주물러 드리는 걸 좀 안 해도 된다. 그러면 나는 엄마를 살피는 걸 리호한테 맡겨서 미안한 걸 좀 덜 느껴도 된다.

한밤중 잠이 깨었는데 엄마와 아빠가 얘기를 하고 있었다.

“경진이가 공부 좀 잘해요, 요새?”

“아니. 그놈 미나같이 공부 좀 했으면 좋겠는데.”

그러더니 아빠가 말을 돌렸다.

“당신한테 보여줄게…… 내가 당신 거기 데리고 갈게.”

“어디요?” 하고 엄마가 물었으나 왠지 엄마가 이미 알고 있었던 것 같았다. 아빠가 집 마련해줄 돈을 다 모았나? 눈이 깜빡거리고 떠지려고 했다. 아버지가 해주는 집으로 이사 가더라도 아빠가 지금보다 더 많이 엄마를 보러 오지는 못할 거다. 벌써 작은엄마가 난 애들이 아들 둘에 딸 하나, 그리고 지금 밴 애. 그러니까 집안이 북적이고 아빠가 거기 많이 있어야 했다.

그래서 아들의 피는 아교, 딸의 피는 물이라고 했나 보다. 그래도 엄마와 내가 사는 단독 집에 아빠가 가끔 오시면 아기자기할 것 같았다. 작은엄마가 오기 전처럼.

"추석 때 내가 이틀 쉬고, 당신이랑 그 땅 보러 갑시다."

아빠의 목소리가 나지막하고 느슨히 나왔다. 말끝에 매력 있게 미적거리는 소리가 아주 조금 났다. 아빠가 일을 곱으로 해서 너무 피곤해 그런 소리가 목소리에 묻어 나왔나. 그렇다 하더라도 그 소리가 참 좋게 들렸다. 예를 들어 게리 쿠퍼 같은 배우가 연애하는 장면 같은 데서 그런 특이한 목소리를 냈다. 엄마와 아빠의 이불이 부스럭거렸다. 아빠가 엄마를 끌어당기는 걸 상상했다.

1960년 9월
귀용

철원으로 가는 날이었다. 시청 로터리를 빙 둘러 가고 있는데 반도 못 갔을 때 광풍이 몰아쳐 공중으로 붕 뜨는 것 같았다. 그러더니 바다의 배 속 한가운데로 빠져들어 갔다. 트럭은 가라앉지 않고 떴는데 물이 막 트럭 안으로 콸콸 쏟아져 들어왔다. 그래서 숨을 쉬기가 힘들어 허우적거렸다. 길길이 높은 파도가 쳐들어와서 해안으로 쓸어 버렸다. 트럭이 나보다 앞서 튀어 나갔다. 서서히 가슴이 빨래 짜듯이 죄어들었다. 음천의 큰 눈이 앞에 보였다. "여보" 하고 불렀다.

"당신 집 지을 땅 보러 갑시다."

음천이 "여보, 아직 가지 마" 했다.

"저쪽에서 당신 기다리고 있을게."

(그렇게 음천에게 말했는데 어디로 가지? 죽는다는 소린가? 지금 죽고 있는 건가?) 트럭이 커브에 박혀 엔진이 혼자 달달 거리고 있었다. 사람들이 몰려왔다. (뭘 보는 거야, 이 사람들아) 조금 열어 놨던 창문 위로 머리가 뒹굴었다. 수양의 얼굴이 보였다. 이마 한쪽 가르마 있는 데에서 자잘한 머리털들이 조그마한 부채같이 펴지고 있다. 내가 거기다 입김을 불기라도 한 것처럼 "여보"라고 불렀다. 그렇게 부른 게 처음이었다. 어색했다. 꿈속에서도 (이게 꿈인가?) 수양을 그렇게 한 번도 안 부른 게 생각났다. 아냐, 아냐. 그렇게 부를 생각은 없었어. 수양은 '경진 엄마'였다. 그래서 수양을 항상 '경진아' 하고 불렀다. 경진이가 집에 있을 땐 둘이 다 대답을 했다. 그러면 둘 중에 하나 불렀던 사람한테 말을 했다. 부르지 않았던 사람은 하던 것을 하러 돌아갔다. 참 우스운 관습이었다. 하나 남은 마지막 숨을 쉬었다.

"여보, 당신…… 저기…… 서…… 기다……"

'여보'는 얼굴이 둥그렇고 눈꼬리가 아래로 흐른 여자를 뜻한 거였다. 그 눈은 재물을 갖다 준댔는데, 재물이 아니고…… 사랑? 사랑이라고 했어, 여보? 아냐, 그냥 사랑뿐이 아니었어. 까르르하고 같이 손을 잡고 뛰고 뒹굴고 웃고 끝없이 까르르. 울지마, 여보. 내가 기다릴 건 당신이지 누구야.

1960년
미나

아빠가 돌아가셨다는 소식을 듣고 엄마는 무게가 없어진 상태가 되었다. 작은엄마가 동네 소년을 보내 소식을 전했다. 아빠가 엄마를 데리고 집 지을 땅에 선금을 내러 가려고 했던 추석 엿새 전이었다. 그 소년과 내가 엄마를 부축해서 방으로 가 방바닥에 요를 깔고 눕혀 드렸다. 그 소년이 가기 전에 "아주머니하고 애들이 병원 안치실에서 기다리고 계신댔어요" 했다.

엄마 옆에 앉아 엄마의 벌어진 입을 쳐다봤다. 이와 혀가 보였다. 거기서 나오고 싶은 말들이 너무 많아 꾸역꾸역하기만 하고 나오지를 못했다. 나는 입을 닫고 있었지만 머리가 반으로 갈라놓은 박 같았다. 안에 나란히 씨가 들어 있는데 그걸 숟가락으로 긁어 하나하나 꺼내 쪼개보고 거기서 아빠가 갑자기 돌아가신 뜻을 찾아내야 할 거였다.

밖을 내다봤다. 방과 울타리 사이에 있는 공간이 구불구불해 보였다. 엄청난 재난이 생긴 순간을 사람들은 이렇게 표현해왔다.

청천벼락(파란 하늘에서 벼락이 번쩍이더니 그것이 와서 태워 버렸다)

날벼락(익은 벼락보다 날벼락은 펄펄 뛰는 벼락이다)

하늘이 무너졌다. (세상이 톱밥같이 잘게 부서졌다)

하늘이 노랗다.

그네 널판만 한 마당 저쪽에 있는 나무 울타리가 썩어서 위 가장자리가 들쑥날쑥하였다. 그 뒤로 하늘을 자세히 보니 정말로 노랬다. 황달에 걸린 피부 색깔이었다.

"쉬이이이!"

내가 리호한테 조심하라고 했다. "엄마가 오나 지켜봐"라고 해놓고 책상 서랍을 열었다. 거기서 창호지, 연필, 바늘, 실하고 네모로 된 빨간 비단 천 한 장을 꺼냈다.

"부적하고 부적 넣을 주머니 만들건대 너도 거들어야 해. 내가 부적을 그리고 주머니도 만들게. 네가 할 건 엄마가 오나 그것만 보면 돼. 엄마가 오면 금방 말해. 이런 거 감춰야 하니까."

"뭘 만든다고? 또 왜 감춰야 하는데?"

"오래오래 살라는 부적 만드는 거야."

"몸마 줄 거? 그런데 왜 비밀로 해야 해? 이거 만들어 드리는 거 보면 몸마 좋아한다."

리호한테 진실을 말해 줄 수는 없었다. 이 부적은 사실은 작은엄마한테 줄 거니까. 돌아오는 아빠의 사십구재 때 작은엄마한테 다른 사람 몰래 줄 거였다. 아빠 돌아가신 지 사십구일 되는 날 아빠는 지하에서 빠져나오셔서 하늘나라로 가서 사실 거다.

장례식 때 엄마와 작은엄마는 형제들처럼 둘이 서로 붙잡고 곡을 했다. 그때부터 나한텐 새로운 고민이 생겼다. 불교에서는 영혼의 윤회를 가르쳤고, 유교는 종교보다 철학이기 때문에 영혼 얘기를 안 했지만 그래도 돌아가신 조상들의 혼이 살아서 산사람을 굽어본다고 믿어서 제사를 지내게 했다. 고모할머니 같은 분들도 영혼은 죽지 않고 계속 내생을 산다고 했다. 그렇다면 아빠의 혼은 계속 살아계시고 엄마를 기다리실 거였다. 아빠가 작은엄마도 기다리실까? 아빠가 기다리든 말든 간에 아무튼 작은엄마가 죽으면 아빠를 찾아갈 거고 그렇게 되면 작은엄마는 또다시 엄마와 아빠 사이에 끼어들게 될 것이 아닌가.

안돼! 안돼! 엄마와 아빠가 또다시 작은엄마와 그렇게 셋이 같이 살게 된다면 나는 죽은 후 차라리 혼자 멀리 있는 지옥으로 떨어지는 게 나을 거라 생각했다.

꼭 한 가지가 분명했다. 작은엄마보다 엄마가 먼저 돌아가셔야 했다. 그래야 엄마와 아빠는 둘만의 행복을 이룰 거니까. 엄마는 될 수 있으면 빨리 돌아가셔야 하고, 작은엄마는 최대로 오래오래 살아야 했다. 그래야 엄마와 아빠가 한 쌍의 원앙새로 둘만이 오손도손 사는 햇수가 연장된다.

내가 불교를 믿나, 유교를 믿나, 미신을 믿나, 하고 자신한테 물어봤다. 그 대답은 무엇인지 모르겠으나 확실한 건 세상 사람들이 어떤 형태로든지 영혼의 존재를 전제로 하고 행동에 옮기는 이상,

나는 그걸 무시하고 세 분이 또 함께 사는 시간이 오도록 내버려 둠으로써 엄마와 아빠의 가슴에 또다시 한이 축구공처럼 커지게 해서는 안 되겠다는 사실이었다.

그럼 엄마가 얼마나 빨리 돌아가시기를 기원해야 하는가? 이런 생각을 하니, 아무리 엄마가 빨리 돌아가시기를 원하는 것이 그분의 행복을 위한 것이더라도 그런 희망을 품는 건 내장 안에 땀띠가 쫙 나는 것 같은 일이었다. 그래서 결국은 작은엄마가 오래오래 살게 해주는 방법으로 내가 지금 할 수 있는 것을 생각해낸 것이 이 부적을 만들어 주는 거였다.

사십구재에 오는 사람들이 많을 텐데 어떻게 아무도 보지 않게 작은엄마한테 줄 수 있을는지 몰랐다. 엄마의 남동생 창길 삼촌이 보면 얼굴이 새빨개져서 나를 꽉 붙잡아 낚을 거다.

넌 어떻게 그 여자한테 그런 걸 주고 네 엄마한테 안 드릴 수가 있니, 엉? 너 미쳤니? 넌 도대체 누구 딸년이냐? 그리고 사시나무같이 나를 흔들고 따귀를 때릴지도 몰랐다.

누가 밖에서 기침을 했다.

내가 부적 만들던 것 위로 담요를 부리나케 덮었다. 리호는 문을 빼끔 열고 내다봤다.

"주인 여자 변소 간다."

"어" 하고 담요를 젖혔다.

"왜 몸마한테 비밀로 해야 한다고?"

"엄마 깜짝 놀라게 해주려고. 그러니까 꼭 말 안 한다고 약속해! 내가 엄마한테 준 다음에라도 엄마한테 받았냐고 묻거나 그거에 대해서 말하거나 그러면 절대 안 돼! 절대! 부적은 그것에 대해서 말을 하면 효과가 없어지는 거야. 알았지?"

"응, 알았어. 그럼 나도 뭘 할까? 몸마 오는지 보는 거 말고?"

"그럼 주머니 만드는 거부터 해봐. 여기부터 꿰매 봐."

"야, 이 천 예쁘다. 어디서 났어? 언제 났어?"

"무슨 말이 그렇게 많냐? 그냥 하라는 대로만 해."

무당 할머니 신전에서 슬쩍 빌려 가져온 부적 책에서 '가정의 행복'이라는 부적의 그림을 그렸다. 장수의 그림은 찾지 못해서 이걸 택했다. 그걸로 작은엄마가 오래 살 것 같았다. 그런데 그 그림의 모양새는 줄도 여러 개였고 동그라미도 많고 한문 비슷한 글씨 일부분이 섞여 있어 복잡했다. 그래도 다 베껴서 종이를 여덟 번 접어서 크기가 손톱만 하게 했다.

"이리 줘. 내가 꿰매는 거 마칠게."

"그래, 잘 됐다" 하고 리호는 방바닥에 훌렁 드러누웠다. 바느질 홈을 몇 개 뜨는 데 온 힘이 빠진 것처럼.

작은엄마네에서 사십구재를 지내는 동안에 아빠를 하늘나라로 보내 드리고 엄마랑 리호랑 인사를 하고 나왔다. 작은엄마와 경진, 경애, 아기 경찬이 다 대문 밖으로 배웅을 나왔다. 작은엄마한테 부적을 건네줄 적절한 기회가 없었다. 너무 보는 눈이 많았다. 할 수 없었다. 다음 기회를 기다리는 수밖에.

언덕 아래로 좀 내려오다가 뒤를 돌아보니 작은엄마가 혼자 서 있는 게 아닌가. 이때다! 나는 뒤로 돌아 뛰어 작은엄마의 손에다 그 선물을 쥐여 줬다.

“빨리빨리 집어넣어. 그리고 비밀이야.”

“뭔데?”

“열어봐.”

뭔지 보고 작은엄마 눈에서 눈물 한 방울이 흘러나왔다.

“미나야. 이건 엄마한테 드려. 응, 벌써 먼저 드렸구나? 엄마가 건강하시고 오래 사셔야지.”

“응, 엄마한테 벌써 드렸어. 내가 줬다는 거 아무한테도 말하지 마, 약속? 작은엄마도 오래 살아야 해.”

그러는데 엄마가 뒤에서 “미나야, 뭐하니?” 했다. 그리고 남의 일을 시시콜콜히 알아내지 못하면 몸살이 나는 리호가 언덕에 다시 올라오고 있었다.

“나 가야 해. 저고리 안에다 꼭 꿰매. 비밀 지키고.”

그리고 손가락을 입에 대고 쉬이이 하면서 올라오는 리호와 같이 깡충거리고 내려갔다. 엄마가 계단 아래에서 쳐다보고 있었다.

“뭐 잊어버린 게 있었니?” 했다.

“응, 경진이 줄려고 갖고 왔던 연필이 있었거든.”

"어, 그놈은 연필이 반갑지 않아도 작은엄마는 좋아했겠다."

셋이 나란히 걷기에 길이 좀 좁았는데 그래도 같이 걸었다. 그러다가 리호가 엄마 허리를 붙잡으려고 팔을 휘두르니까 엄마가 뒤뚱하더니 발을 헛디디어 계단 아래로 굴러 내려갔다.

"엄마!"

"몸마!"

내가 뛰어 내려가 간신히 엄마를 붙잡았다.

"괜찮아, 엄마?"

"아파, 몸마?"

엄마를 둘이 부추겨 계단에 앉게 했다.

엄마의 흐트러진 머리를 만져주고 리호는 엄마의 등을 문질렀다. 좀 있더니 엄마가 괜찮다고 일어섰다.

안심되었다. 안심되다니? 엄마가 빨리 돌아가셔야 하잖아. 빠르면 빠를수록 좋은 건데. 이 자리에서 엄마가 심장마비나 뇌출혈로 즉사를 했더라면 아빠한테 바로 갈 수 있을걸.

그건 그랬지만 엄마가 오늘 당장 죽는 건 좀 받아드리기가 힘들었다. 그럼 언제가 안 힘든 데? 일 년 후? 이 년 후?

집에 와서 막걸리 한 잔을 따라 엄마한테 줬다.

"다리 주물러 줘, 몸마?"

"리호야, 넌 참 똑똑하기도 하다. 어떻게 그렇게 내 마음을 생쥐가 쌀자루에 터진 구멍 알듯이 잘 아니?"

엄마가 등을 벽에 대고 다리를 쭉 뻗고 막걸리를 받았다.

아빠를 서방국으로 보내드리는 일로 모두 촟국이 되어 있었다. 그래도 아빠가 사십구일 동안에 지하에 머무실 때는 좀 가까이 계신 것 같은 느낌이었는데. 이제 아빠는 정말 멀리 떠나셔서 가까이 안 계셨다. 오늘 하루만 책을 펴지 않기로 했다.

"리호야, 노래 좀 해라."

그 애한테 노래를 하라는 건 원숭이한테 바나나 먹겠느냐고 묻는 거나 마찬가지였다. 리호가 대뜸 춘향가 한 곡절을 뽑았다. 으레 그걸 할 줄 알았다. 다음주에 학교에서 공연하는 춘향전에서 리호가 기생 딸한테 반하는 양반 아들 이몽룡 역을 맡아서 연습을 맹렬하게 하고 있었으니까.

춘향아, 네가 죽으면 무엇이 되려느냐
바다는 되지 말아라 멀리멀리 쓸려나가 퇴진이 되니
나직이 자리하고 변치 않는 호수가 되거라
나는 백학 말고 원앙새가 될 것이니
눈부신 원앙 색깔로 나를 알아보거라
너를 타고 이리 둥실 저리 둥실 끝없이 놀련다

너는 죽어서 향 좋은 찔레꽃이 되거라
나는 나비가 되어 너의 얼굴에 내 얼굴을 박고

하나가 되어 봄바람에 살랑살랑
이리로 어여 둥실 저리로 어여 둥실 끝없이 놀련다

엄마가 그 신나는 리듬에 참고 가만두지를 못해 결국 막걸리를 방바닥에다 놓고 앉은 채 근질거리는 어깨와 팔을 리호의 줄기찬 판소리 곡조에 맞춰 들먹거렸다.

그걸 보면서, 아, 엄마가 아빠한테로 가 아빠의 팔 안으로 폭 쌓이는 순간은 언제 오든지 그건 부처님하고 고모할머님의 해님 달님 신령님께 맡길 수밖에 없다고 생각했다.

그때를 기다리는 동안 우선은 춘향가 후렴 한가락을 뽑아서 폼을 한번 잡아 보는 게 제격인 것 같았다.

눈부신 원앙 색깔로 나를 알아보거라
너를 타고 이리 둥실 저리 둥실 끝없이 놀련다

After story

금의환향의 길모퉁이에서

2005년
미나

"전 의원님!"

기자들이 나를 넘어뜨릴 뻔하면서 대한항공 카운터 앞을 뛰어 우르르 몰려갔다. 나는 그전 국회의원에 대해 읽은 바가 있었다. 대북대책위원회의 회장이었다.

"인천 맥아더 장군 동상 철퇴 요구 데모에 대해 언급해 주십시오."

카메라 플래시가 번쩍였다. 반미운동 주동자들이 미군에게 철수하라고 몇 달 동안이나 메가폰으로 고함을 질러 시청광장을 수라장으로 만들었다. 미국의 원조가 없었고 미군이 전혀 주둔하지 않았더라도 1953년부터 오십여 년 동안이라는 평화의 시절이 가능했을 거라고 새 세대들은 생각하는가? 그런 안정상태가 유지되지 않고도 '한강의 기적'이라는 경제적 기적이 성공했으리라고 보는가?

어렸을 때 마산으로 피란을 하러 가서 살았을 때부터 나는 트루먼 대통령과 맥아더 장군과 유엔군이 목숨을 살려줬다고 생각해왔다. 그리고 그분들이 지금 데모하는 젊은이들의 조부모와 부모들의 생명도 구해줬다고 믿었다. 그 구세대가 다 죽었더라면 지금 데모하면서 "미국 놈들 시발 놈들!"을 외치는 자들은 태어나지도 못했을 거다.

내가 꿈꿨던 대로 법대를 가서 판사가 되었거나 국회의원이 되었더라면 기자들이 저 여자한테 하는 것처럼 쫓아다니고 기자회견 요청을 했을 것이다.

그렇게 됐더라면 나의 귀국은 금의환향이 되었으리라. 무덤 속에서라도 엄마는 "저거 봐요. 우리 딸이 아들 열보다 더 잘 될 거라고 내가 안 했어?' 했을 거다. 이 판사님, 기자들이 불렀을 거다. 북한에서 남한으로 귀향한 사람들한테 여러 가지 특혜를 주자는 국회의 제안에 대해 어떻게 생각하십니까? 플래시에 눈이 부신 가운데서도 특출한 명답을 서슴지 않고 던져 주었으리라. 아, 마침내 아들 없는 엄마의 소원을 풀어 드렸구나! 이런 상상을 했다.

전 의원 옆을 지나갔다. 그이 때문에 벌어진 일로 산만해져서 공항 안의 어마어마한 파노라마를 미처 제대로 감상하지 못했다. 이제 두리번거리니 빛나는 공항 실내에서 구석구석 마다 거액의 돈과 찬란한 과학기술의 업적이 세밀히 보였다. 360도로 돌면서 열심히 구경했다. 이 광경이 과연 오십 년 전 이십만 명 전쟁고아들이 이가 득실거리는 옷을 걸치고 있던 땅 일부분인가가 의심스러웠다.

이렇게 경제 과학 기술방면에서 획기적인 발전을 했으니 다른 방면에서도 크게 발전을 했을까? 예를 들어 남성 중심 사상을 남녀

평등화하는 분야에서도 선진국과 비슷한 보조를 맞추어 왔나? 부패한 법들이 개혁되었나? 예를 들어 작은엄마같은 처지에 있는 여자들이 남편의 호적에 아내로서 자기들이 낳은 애들의 엄마로 올라가 있게 되었나? 아니면 아직도 친정집 호적에 '처녀 여식'이라고 적혀 있나? 엄마가 돌아가신 지 십오 년이나 지났는데도, 이 년 전까지만 해도 엄마의 이름이 아빠의 이름 옆에 오직 한 명의 처로 등록되어 있었고 작은엄마가 낳은 사남이녀가 다 아빠와 엄마의 자식들로 되어 있었다. 그래서 호적에는 내가 여섯 애 중에 장녀로 되어 있었다.

택시 정류장으로 나갔다. 리호하고 작은엄마한테 온다는 소식은 알렸지만 도착 시간은 알리지 않았다. 미국으로 유학 간 후로 처음 오는 이 역사적인 순간을 조국의 땅과 나 둘만의 재회로 만들고 싶어서였다.

귀국할 기회가 몇 번 있었으나 항상 두려웠다. 남성우월주의 사상 때문에 여성에겐 사자굴 같았던 모국 사회에 과연 발을 다시 들여놓아야 할 것인가. 그렇게 하고 싶지 않았다. 이제 중년이 넘은 나이에 이르고 보니, 탯줄이 아직도 끊어지지 않았던 유아 시절의 자신과 다시 한번 손을 잡아 보고 싶은 충동이 슬슬 일어났었다. 그리고 그 옛날에 있던 모든 일을 미주알고주알 캐내 숙고해보고 싶어졌다. 그렇게 해서 나의 주위에 있던 가장 중요한 인물들의 눈동자에 비쳤던 미나라는 인간의 삶에 대한 객관성을 캐낼 수 있기를 바랬다. 또 그 주인공들의 삶의 의미에 대한 객관성도 획득해야 할 필요성을 느꼈다. 나아가서 꼭 풀어야 할 중요과제는 그들의 삶을 주물러 조형했던 그 당시 사회와 사상들에 대해서도 좀 더 유기적이고 건설적인 이해를 하고자 하는 것이었다. 그런 마음으로 귀국을 결정했다.

자녀들도 이제 국제학, 미술, 엔지니어링 등 분야에서 자리잡고 있어 걱정 놓았고 미국인인 남편 맷도 학기 중에 한국에 올 예정이었다. 세인트루이스대학원에서 유학할 때 만났는데 미국 일리노이주 태생에 시카고 컵스 야구팬이었고 아시아와 미국 간의 외교사를 전공한 사학자였다. 그 사람을 배우자로 택한 중요한 이유 중 하나는 그 사람이 '어떤 사람이다'라는 것보다 그가 '어떤 사람이 아니다'라는 점이었다. 즉 그 사람은 한국 남성과 한국 전통사상과는 거리가 멀다는 것이었다.

작은엄마와 시간을 보낼 예정이었다. 작은엄마의 사남일녀의 생활이 모두 궁금했다. 경진이는 어렸을 때부터 앓던 한쪽만 쑤시는 두통으로 고생이 태산 같았다. 자녀는 둘. 그 병 때문에 건설용 크레인과 트럭 운전기사 자리를 포기할 수밖에 없었고 그 후 잘 웃고 살림 잘하는 처와 함께 밤에 포장마차를 했다. 낮에 자고 나면 밤에 일할 수가 있다고 했다.

엄마와 아빠에 대해선—그 두 원앙새 분들은 저세상에서 만나 지난 십오 년 가을 한 쌍의 나비와 꽃으로 살고 있다고 나는 믿었다. 그리고 작은엄마가 아직도 살아 있어서 엄마와 아빠를 방해하지 않고 있다는 것이 날 아기를 갓 낳은 여자같이 흐뭇하게 했다. 내가 고등학생이었을 때 작은엄마한테 만들어 준 부적이 효과가 있었나 보다. 또 '제일 좋은 약'을 사드시라고 작은엄마한테 보내준 돈도 도움이 되었으리라.

리호하고도 또다시 한 지붕 밑에서 잘 계획이었다. 그 애한테도 물어보고 싶은 게 많았다.

"너희 엄마의 남자관계에 대해서 너도 어렸을 때부터 다 알았지? 그런데 왜 우린 그런 이야기를 서로에게 한마디도 안 했을까? 했더라면 우린 서로에게서 숨기느라고 덜 외로웠을지도 모르는데. 혼자서 고민을 꽁꽁 묶고 감추느라 우린 따로따로 더 힘들었잖아."

준호는 마침내 진희 이모가 돌아가시기 전에 찾아냈단다. 이번 가을에 캐나다에서 잠시 귀국할 예정이라고 했다. 진희 이모가 돌아가시기 전에 리호와 함께 그랬듯이 나와 리호도 큰 회사의 사장이 된 준호를 먼발치에서만 숨어 지켜볼 거다. 이모가 결국 준호 앞에 나서지 않고 돌아가셨기 때문이다. 이모는 준호가 오복 중 최소한 삼복—건강, 재물 그리고 튼튼한 치아—을 갖고 있다는 걸 안 것만으로 만족하기로 했단다. 네 번째의 복, 장수는 앞으로 봐야 할 일이었고 다섯 번째 복, 다남은 이모가 보기엔 딸만 둘 둔 준호한테 불행의 씨가 될 가능성이 있었다. 그러나 준호와 그의 처는 외국 문화권에서 사는 현대인들이었고, 더구나 기독교 신자들이어서 다행히 전통에 얽매이지 않았다.

도착한 지 이틀 후에 작은엄마를 만나러 에밀레 음식점으로 갔다. 택시가 광화문을 지났을 때 여기서 태어나 대학 졸업 때까지 살았던 이 고향에서 내가 알아볼 수 있는 건물이라곤 둘밖에 없다는 것을 깨달았다. 하나는 광화문이었고 다른 하나는 남대문이었다. 어찌나 높은 빌딩들이 들어섰는지 그 고층 건물들의 정글 속에서 남대문은 새끼 거북만도 안돼 보였다. 삼천만이라는 인구가 미국 서부도시 덴버 정도만 한 지역에서 엎치고 덮쳐서 사는 이 빛나는 국제무대의 주인공 중 하나인 서울에서 나는 외국인이 되어 있었다.

에어컨으로 수박 속같이 시원한 택시 안에서 밖을 내다봤다. 거리는 점심 먹으러 음식점을 찾아 급히 걸어가는 사람들로 새까맣게 덮였는데 그들의 발밑에 펼쳐진 아스팔트는 아마도 저 태양의 뜨거움에 물렁물렁해졌지 않았을까. 이제 장마도 끝났을 텐데.

다시 태어난다면 우리 아빠하고 또 살 것 같아요? 라고 작은엄마한테 물어보는 연습을 해봤다. 아니, 그건 너무 진부한 질문인 것 같았다. 아빠하고 행복했어요? 아빠가 잘 해줬어요? 우리 엄마를 많이 싫어했어요? 언제부터 우리 집에서 쫓겨나지 않을 걸 아셨어요?

작은엄마의 위병도 좀 치료되었고 경진이의 만성두통도 더 악화는 안 되었으면 하고 생각했다. 용한 한의사와 외국에서 훈련받은 양의한테도 가봤는데 두 사람의 병에 별 차도가 없다 했다. 옛날부터 두 사람의 병을 두고 방 씨 같은 동네 여자들이 입방아를 찧었다. "아귀가 씌운 거지. 안 그래요? 그 여우 같은 첩년 벌 받은 거지"라고 방 씨가 콩닥거렸었다. 어린 나이에도 그런 말이 마음에 안들었다. 집마다 아들이 있어야 하고 엄마와 아빠도 꼭 아들을 낳아야 한다는 건 하늘이 내린 일이었고 작은엄마가 조작해낸 억지가 아니지 않나. 왜 작은엄마가 벌을 받아야 했는가.

자동차가 밀려 도로가 철갑 등을 한 동물이 떼 이동을 하는 것같이 번들거렸다. 모국이 이렇게 세계 최신형으로 변신한 모습은 흐뭇하지만 실망도 했다. 한국 민족이 드디어 태조 때로부터 유전자 속에 박혀 이겨내지 못했던 당파 싸움의 DNA를 어떻게 극복했는지, 아무튼 극복해서 하나가 되는 바람에 그들이 마침내 해낸 이 눈부신 현대화는 자랑스러웠다. 국민학교 다닐 때 하나하나 따로따로 몇 송이씩 한여름을 두고 계속 피는 무궁화처럼 한국 사람들은 단합을 못 하고 따로따로 노는 치명적인 결점이 있어서 못 산다는 역사 선생님의 말이 뇌리에 박혀 있었다. 일본을 봐라. 한꺼번에 다같이 수만 개가 동시에 확 피는 벚꽃같이 함께 행동하지 않느냐. 그렇게 단합하기 때문에 그들은 저렇게 선진국이 되어 세계 최강국 안에 들어가지 않느냐. 그런데 한국도 그 기적을 만들어냈다. 경제와 과학기술에서. 그런 반면에 유교 사상 중에서 긍정적인 면은 제외해 놓고 부정적이고 비인간적인 철학 조류와 생활관의 분야에서는 아직도 구세계에서 벗어나지 못하고 있어, 그런 상태에 빠져 있는 대여섯 개국 중에 하나로 점찍어져 있지 않은가. 1995년 한 해 동안만 해도 이만 명의 여자 태아들이 인공유산 되었다고 보도되지 않았나.

택시가 철과 크롬과 콘크리트의 성 프레스센터 빌딩 앞을 지날 때 한강 쪽에서 먹구름이 쳐들어오고 있었다. 비가 퍼붓고 홍수가 날 기세였다. 아직도 장마철이 다 끝나지 않았나 보다.

차가 청와대가 있는 북악산 방향으로 들어섰다. 1974년에 북한에 의한 박정희 대통령 암살시도 사건이 있었던 그 끔찍한 곳.

보통 운전기사한테 물어보던 "북한이 또 남침을 할 것 같아요?" 대신에 오늘은 "이라크 전쟁 어떻게 생각하세요?"라고 물었다.

그는 웃으면서 "부시 대통령을 우리가 뭐라고 부르는지 아세요?" 했다.

"아뇨."

"조지 부시가 조지고 부신다."

나도 웃으면서 그 농담은 부시 대통령 한 명의 미국 정치인에 대한 비평이지 전반적인 반미사상을 나타내는 게 아니었으면 하고 바랐다.

창경궁의 돌담이 북쪽으로 구부러지기 바로 전에 택시에서 내렸다. 에밀레 요리점은 조금 올라가서 고궁 길 건너편에 있었다. 위에서 내려다보고 찍은 사진을 보았더니 고궁은 천길만길 높은 빌딩들에 빙 둘러싸여 있어 소꿉장난의 녹색공원같이 보였다.

리호가 에밀레의 궁중 요리가 좋다고 추천을 안 했더라면 이 음식점을 택하지 않았을 거다. 어마어마하게 참혹한 옛이야기가 그

역사적인 종에 얽혀 있으니. 771년 종이 만들어지는 과정에서 죽 끓듯이 펄럭이던 놋쇠가 식을 때 번번이 깨져 실패로 돌아갔는데 마침 시주 나갔던 스님에게 주어진 갓난 계집아이를 부글부글 끓는 놋쇠 속에 던져 봉헌했더니 종이 마침내 굳어져 그 유명한 '에밀레 에밀레' 울리게 되었다는 전설을 누가 잊을 수 있겠는가. 그 소리의 맑음과 울려 퍼지는 파문의 거리는 세계에서 최고로 치는 노트르담의 종에 버금갔다.

이 근처를 좀 둘러 보고 음식점으로 가려고 조금 일찍 도착했다. 인사동 같지 않아 여긴 사람들이 그리 많지 않을 거다. 인사동은 한옥을 기념품 상점과 식당가로 만들어 외국에서 오는 관광객이 붐비는 곳이니까. 사철나무들이 어디를 가나 거리를 푸르게 하고 소나무 같은 냄새를 풍풍 풍기고 있었다. 국민학교 때 왜 그랬는지 기억이 안 났지만, 그 사철나무 잎을 따서 돌로 짓이겨서 짜낸 액체를 먹 갈 때 섞었다. 그 향기 때문이었을까 아니면 거기서 나오는 기름이 먹에 섞여 서예를 할 때 더 매끄럽게 쓸 수 있어서일까? 아무튼 그때도 사철나무는 어딜 가나 있었다. 근래에 향초에 대한 책을 읽으니, 사철나무는 사람의 몸에서 독성을 빼주는 '육체적인 정신적인 해독제'라고 돼 있었다.

수양버들 은행 소나무가 구불구불 끝없이 이어지는 고궁의 담등뼈 너머에서 굽어 넘겨 보고 있었다. 저 담 뒤에 고고히 서 있는 대전에서는 조선왕조 육백 년 동안 임금님들이 유교 학자 고관들과 함께 나라를 다스렸고, 왕비와 후궁들은 왕자를 잉태하기 위해서 베개 밑에다 은도끼 부적을 베고 잤었다.

에밀레종의 기생 지붕이 보였다. 어젯밤 고국의 문화역사의 한 모습을 익히느라 인터넷에서 에밀레종 기사를 읽었다.

771년에 완성됐다. 현재 이 종은 경주 국립박물관에 장비되어 있다. 이 종이 울릴 때 들리는 여운은 세계적으로 유명하여 그것을 듣는 이들을 백여덟까지 어려움으로부터 해방해 준다는 전설이 있다. 또 다른 전설에 의하면, 그 종소리에서 들리는 '에밀레 에밀레'는 엄마의 손에서 스님에게로 봉헌되었던 어린애, 즉 종 만드는데 넣어진 아이의 울음이라고 한다.

왜 계집아이가 제물이 되었을까? 남자애가 훨씬 귀중했으니 종의 신령님께 바치는 제물은 사내아이를 받쳐야 마땅하지 않았을까. 아무래도 신령님이 신통치 않은 제물을 그냥 덥석 받으신 것 같았다.

음식점 들어가는 입구의 바른편에 나무로 된 종각이 있었고, 종각 창살 안으로는 해태 단 위에 안치된 에밀레종이 있었다. 해태의 동자 없는 하얀 눈은 아무것에도 흔들리지 않는다는 듯이 표정이 없었다.

에어컨으로 시원해진 음식 점안에 들어서자 나는 긴 머리를 땀이 난 목에서 치켜들었다. 머리를 길게 하고 있는 것은 모국 풍습에 대한 반항의 표현 중 하나였다. 한국에서 중년이 넘으면 짧게 잘라 보글보글 파마를 하는 게 일반화되어 있었다. 그러한 개인의 개성을 말살하는 생활방식에 대한 항의였다. "아이고, 머리를 풀고"라고 한 친구가 말했다. 그 억양에 마땅치 않고 어이없다는 뜻이 들어 있었다. 긴 머리는 또한 조선왕조 때 죄를 지은 신하나 왕의 여인이 임금님 앞에서 석고대죄할 때 했던 머리이기도 했다.

작은엄마는 아직 도착하지 않았다. 나는 전통적인 노르스름한 마로 된 한복을 입은 호스티스를 따라가 창가에 앉았다. 밖에 보이는 정원 바닥은 모래였고 일본식 소형 소나무와 돌로 된 램프로 장식되어 있었다.

직원이 차를 따르는 동안 옆에 있는 선반에서 경향신문을 집어 들었다.

"북한 핵무기 협박 겁날 거 없다"라는 편집장의 메시지가 눈에 띄었다. 그 글은 "팔은 안으로 굽는다"라는 옛말을 인용했다. 남과 북은 오십 년간이나 적으로 살아왔지만 속에는 한 피가 흐르고 있다. 그러니 한 피의 북한 동포들에게 경제원조를 주면 나중엔 결국 남한으로 돌아올 것이다. 즉 노벨 평화상을 수상한 김대중 전 대통령이 주장하던 햇볕 정책의 핵심 개념이었다.

"하하, 잘들 해보쇼" 하며 내가 속으로 조롱을 했다.

"일찍 왔네!"

"작은엄마!"

사실은 '작은어머니'라고 불러야 했다. 그런데 그냥 어렸을 때의 습관대로 '작은엄마'가 튀어 나왔다. 둘이 손을 붙잡고 서 있다가 작은엄마가 어설프게 웃으면서 나와 마주 앉았다. 작은엄마는 항상 그렇게 미지근하게 웃었다. 내가 주문을 하자 직원이 차가운 수건을 갖다 줬다.

"경진이랑 경진이 가족들 다 잘 있어요? 경훈이도? 경수, 경현이도요? 그 애들 처들도 잘 있고요? 경애하고 그 애 신랑도요?" 하도 급히 이름들이 한꺼번에 쏟아져 나와 둘이 다 웃었다. 왜 아빠는 작은엄마가 낳은 애들만 빛날 경 자를 이름에 넣어 지어주시고 나만 엉뚱한 이름을 지어주셨을까? 업으로 들어오기나 한 것처럼. 그것도 작은엄마한테 물어봐야지.

"나하고 경진이는 맨날 약으로 살지, 뭐. 다른 애들도 다 그냥저냥 먹고살고."

작은엄마가 손을 닦고 수건을 대나무 소쿠리에 놨다. 작은엄마는 항상 그렇게 자신이나 자식들에 대해서 겸손했다. 작은엄마는 자식들이랑 똥을 싸도록 힘든 삶을 살았다고 생각할지 모르지만 자기 아들을 길러보지 못한 진희 이모의 삶에 비할 것은 아니었다. 진희 이모는 작은엄마같이 자기가 배 아파서 난 아들을 기를 수만 있었다면 하다못해 남의 오줌이라도 마시라면 마셨을 거다. "우리 엄마가 돌아가셨을 때 눈을 못 감고 가셨어. 아들 앞에서 내가 네 어미다, 한마디 못했으니 안 그랬겠어"라고 리호가 편지를 썼었다.

내 생각을 눈치챘는지 작은엄마가 "우리 잘 살고 있지. 더 바라면 벌 받지" 했다.

밥이 나왔다. 실같이 잘게 썰어 볶은 홍당무채에 파, 지단, 고기 산적을 동그란 부침개에다 쌈을 싸서 작은엄마에게 내밀었다.

"아, 참, 작은엄마, 장수하시라고 제가 옛날에 만들어 드렸던 부적 이젠 다 부스러져 없어졌겠죠? 생각나세요? 벌써 사십 년 전이네요!"

가방을 뒤지더니 플라스틱 봉지에 담긴 단추 같을 걸 꺼내 보이면서, "헤져서 봉지에다 담았지. 봐, 아직도 빨간 헝겊 보이지?"

봉지를 받아 들고 부적을 꺼내지는 않은 채 겉으로만 만져 봤다. 신령님들은 갓난 강아지 같고 하얀 눈같이 단순한 마음을 가진 어린 것들의 기도를 들어 주신다. 열여섯 살 때 나의 기도를 들어주셨듯이. 그때로부터 이 긴 세월 동안 엄마와 아빠가 작은엄마의 훼방이 없이 둘만 행복하시기를 비는 나의 마음에는 조금도 변함이 없었다.

"그리고 좋은 약 사 먹으라고 보내준 돈 고마웠어. 미나 같은 큰딸을 둔 작은집이 나 말고 또 이 세상에 어디 있겠어?" 하면서 작은엄마가 내 손을 다독거렸다.

그 말에 부적과 돈을 준 진정한 목적을 숨기는 것이 속으로 죄가 돼서 말대꾸할 수가 없었다.

대신 "많이 잡수세요" 했다.

"살 좀 찌셔야 하겠어요. 할머니가 매일 하시던 말씀 생각나죠? 고기 한 점에 귀신 천이 도망간다고."

작은엄마가 고개를 끄덕거리면서 "'많이 먹어'가 내가 미나네 집에 들어왔던 첫날 엄마가 나한테 하신 첫 말씀이었다"라고 했다.

"그래요? 잘됐네. 우리 엄마하고 나하고 똑같은 말을 했으니. 그 말을 듣고 어땠어요?"

작은엄마는 대답하지 않고 얼굴을 딴 데로 돌렸다. 아무래도 옛날 이야기를 끌어내는 게 쉽지 않을 것 같았다.

나도 밀병 부침개 하나에 속을 싸 넣어 한 입 먹었다. 작은엄마가 호박죽을 다 먹고 밀병 부침개 쌈을 두 개 더 먹고 고기도 좀 먹은 후에 얘기를 꺼냈다.

"작은엄마한테 옛날에 있었던 일들 오랫동안 물어보고 싶은 게 있는데 여쭤봐도 괜찮아요? 예를 들면 우리 아빠한테 오시게 된 사정이라던가, 그런 거요?"

작은엄마가 빈 국그릇을 쳐다보곤 젓가락을 그 옆에 가지런히 줄을 맞춰 놓았다. 그 질문이 작은엄마한테는 "왜 와서 우리 일생을 망쳐 놨어요?"로 들렸나? 작은엄마가 냅킨으로 입 가장자리를 닦았다. 그리고 눈을 하도 천천히 올려 떠서 마치 눈꺼풀이 두부 쪽이나 된 것처럼 움직였다. 그렇게 힘들게 위로 뜬 눈으로 나의 어깨 뒤 어디쯤 시선을 두고 아무 말 없었다. 혹시 내 질문을 못 들으셨나 하는 생각도 들었지만 작은엄마의 얼굴 위로 깊은 생각들이 주르르 지나가고 있는 게 보여 들은 건 확실했다. 나는 시선을 테이블로 떨어뜨렸다. 서로 눈을 맞추지 않고 있으면 좀 더 쉽게 마음을 열 수 있지 않을까? 침묵이 계속됐다. 대답할까 말까 주저하거나 생각하고 있다기에는 긴 시간이었다. 확실히 당황했고 대답을 하고 싶지 않거나 대답을 모를 수도 있었다. 작은엄마를 몇 번 만난 후에야 옛 얘기를 꺼내야 할 걸 그랬나 보다.

그러더니 입을 열었다. "난 너한테…… 해줄 말이…… 더 중요한 게 있는데……" 말이 덩어리로 나왔다.

더 중요하다?

"뭔데요? 뭐든지 말씀해 주세요. 아무거나 다 좋아요."

아무거나, 라고 해놓곤 움찔했다. 너무 자신만만했던 것 같다.

"이건 엄마하고 아버지가 관 속으로 갖고 가신 말씀인데. 나도 그래야 하는데."

아니, 이게 무슨 소린가? 등골 한 군데가 죽이 식어가는 것같이 천천히 차가워졌다.

"우리 진희 이모하고 준호 얘기세요? 그렇다면 준호 찾았어요!"

작은엄마가 한숨을 쉬었다.

"오늘 이 얘기를 꺼내는 건 얼마나 오랫동안 고민했는데. 만약 엄마가 돌아가시기 전에 미나한테 말씀 안 해주고 가시면 나보고 미나한테 꼭 해주라고 아버지가 돌아가시기 전에 부탁하셨어."

컵에 내가 차를 따랐고 이어 차를 마셨다. 아무리 한낮이어도 술을 주문할걸. 아주 커다란 주전자로.

"너 업으로 들어왔어."

'업이요?'를 입으로 묻지는 않고 눈으로만 물었다. 사람들은 지나치게 충격적인 걸 들으면 혼비백산을 한댔다. 혼이 갈기갈기 찢어져 백지 사방으로 흩어진다고 했다. 분명히 말을 듣기는 했지만 믿어지지는 물론 않았다. 그런데도 불길 같은 것이 내장 속을 훑어 올라와서 속을 거무스름하게 그을리는 것 같았다.

그러다가 삐쭉삐쭉 웃음이 삐져나왔다. 또, 또, 그 얘기?

내가 이러는데 작은엄마는 따라 웃지 않았다. 그걸 보고 나도 웃음을 거두었다. 그리고 생선전 접시를 치우고 식탁 위에 손을 모아 잡고 이게 도대체 무슨 말인가를 알아내기라도 하는 듯이 작은엄마 얼굴을 뚫어지게 봤다. 눈이 마주치자 작은엄마의 속눈썹에 눈물방울이 달랑거렸다.

나는 비바람에 휘둘려진 머리카락을 빗어 내리듯 생각을 가다듬으며 물었다.

"작은엄마, 그건 사실이 아닌 거 작은엄마도 잘 알잖아요? 그전에도 그런 소문은 있었잖아요? 생각나죠?"

여섯 살 때 방 씨 딸이 공기에 지고 심통이 나 괜히 나를 가지고 업둥이네 뭐네 지랄을 했던 일을 작은엄마한테 상기시켜줬다.

"그럼 기억하지. 그럼 미나는 그 일이 있은 바로 후 엄마가 머리에 흰 끈을 매고 드러누우셨던 것도 기억하지?"

그리고 이번에는 한꺼번에 말을 쏟아냈다.

"미나가 업 들어온 걸 알게 되는 줄 알고 기절을 하실 뻔했는데. 우리 전부 그랬지, 뭐. 아버지가 집에 들어오셔서 그 소리를 듣고 막 주먹을 순자네 집 쪽에다 휘두르고 엄마한테도 막 야단을 치셨지. 너 잠 깰까 봐 낮은 목소리로. 할머니한테도 귀신에 씐 사람같이 야단을 치셨어. 아유, 아버지 무섭더라. 그러시는 것 처음 봤어. 엄마하고 할머니가 사람들 입을 꿰매 놓지 못하면, 우리를 아무도 모르는 낯선 먼 데로 이사 가야 한다고 하시면서."

물론 엄마의 하얀 머리끈을 어떻게 잊을 수가 있을까. 그렇지만 엄마는 그걸 매는 것을 떡 먹듯이 했지 않았나. 그걸 어떻게 일일이 무슨 이유로 했는지 누가 다 헤아려 낼 수가 있으며 게다가 몇십 년 후까지 기억을 할 수가 있겠나.

밖을 내다봤다. 아니다, 내가 업둥이일 수가 없다. 아니, 업둥이가 아닌 걸 탄식하면서도 업둥이가 아니라고 했기 때문에 잠 안 오는 약을 먹어가면서 밤을 새우고 책을 팠고, 그 지겨워 이에서 신물이 나다 못해 뱃속에서 신물 홍수가 나게 했던 법학 통론을 읽느라고 죽을 뻔했는데 어떻게 이제 와서 아, 너는 결국 업둥이였다 할 수 있는가. 말이 되는가. 아니, 아들로 낳았더라면 작은엄마가 오지도 않았을 거고 엄마가 그날 밤 쓰러지지도 않았을 것이라는 말을 수만 번도 더 들어 귀가 뚫어져 반대쪽 귀하고 마주치게 될 뻔했던 그걸 다 어찌하고 이제 와서 그것이 다 실은 그렇지가 않았던 것이라고 한단 말인가. 아니, 엄마의 다리가 쑤시고 허리가 부러지려는 것이 모두 내가 고추를 안 달고 나왔다는 데 잘못이 있다고 믿으면서 미안해서 다리를 주물러드린 게 몇 수천 번이었으며 허리를 밟고 올라서 왔다 갔다 한 것이 몇백 번인데 이제 와서 그것이 너의 잘못이 아니었다고 어찌 그럴 수가 있단 말인가. 아니, 절대 받아들일 수 없어. 안돼.

아까 택시에서 봤던 먹구름이 빗줄기로 터져 내리쏟고 있었다. 신라 화랑들의 화살같이. 빗줄기를 맞은 모랫바닥은 자그마한 입 모양들을 하늘로 쭈뼛 내밀고 발랑발랑 뭐라 말하고 있는 것 같았다. 열심히 뭐라 말을 하는데 나는 알아들을 수가 없었다.

차를 마셔 목을 축였다. 이제 나는 어린 소녀가 아니었다. 느긋한 나이의 여인이었고 한 아내였고 엄마였고 교수였다. 공자님의 말씀에 의하면 이제 나는 하늘이 주시는 사명이 무엇인지를 깨달을 나이였고 '타인의 말'을 잘 알아들을 수 있는 나이였다. 마음을 가라앉히고 지혜로운 행동을 해야 했다. 그랬다. 모국의 문화권에서는 큰 삼촌이 조카를 양자 삼는 그런 경우 이외에는 양자, 양녀로 들어온 아이들에게 그 사실을 절대로 알려주지 않았지. 어린아이에게 입양됐다는 엄청난 비극을 충격적인 말을 어찌 말해 줄 수 있겠는가. 공자님의 말씀 속에 나오는 현명한 나이를 먹은 사람으로서 정신을 잃어서는 안 됐다. 그렇지만 식탁 밑에 잔뜩 꼰 다리 정강이가 뻣뻣해 왔다. 허리 척추도 은근히 저렸다. 그런데 이상하게도 머리만은 아무렇지도 않았다. 한 달 전에 컴퓨터가 얼어붙었을 때처럼 아무런 움직임이 없었다. 그 컴퓨터를 깨우기 위해 컨트롤 알트 딜리트의 세 키를 동시에 눌러봐도 아무 동작이 없었다. 그래서 다른 키를 다 마구 두드려 봤다. 그것도 소용이 없을 때 파워 버튼을 눌렀는데 그것조차 반응을 안 했다. 할 수 없이 컴퓨터 가게에 가서 물었더니, "파워 버튼을 팔 초 동안 눌러줘야 한다" 했다.

팔 초. 밖에서 요동치는 폭우에서 눈을 돌려 작은엄마를 봤다. 이제 눈물이 말라 있었다. 팔 초만 있으면 나의 두뇌가 다시 작용해서 인포매이션을 입력시키겠지. 백지 사방으로 줄행랑을 놨던 혼이 다시 들어와 정착하겠지. 그러고 나면 작은엄마가 말해 준 것은 다름이 아니었고 작은엄마의 가족 뉴스였다는 게 밝혀지겠지. 앞으로 다가올 손녀딸의 결혼식이라던가, 그런 것. 팔 초가 지나갔다. 그런데 작은엄마가 해줬던 말들이 아직도 그대로 똑같이 머릿속에서 윙윙하고 있었다. 이젠 빗소리가 끝났다. 주둥아리같이 생겼던 조그만 모래 컵들이 이제 납작해져 있었다.

작은엄마가 내 손을 자신의 손으로 덮었다. 또다시 그 여인의 입에서 파도와같이 쏴 했다가 속닥속닥하면서 조용해지는, 리듬이 있는 말이 나왔다.

"미나가 이제 머리가 큰 애들의 어머니이고 게다가 교수이니 알아도 되고 알아야 할 때라고 생각했어. 생부모에 대한 것은 별로 아는 게 없지만 몇 가지 들은 건 그 집은 아들이 셋이었는데 미나는 중간 애였대. 그리고 쌍둥이 오빠하고 같이 태어났고."

"쌍둥이요?"

"그래. 할머니가 그런 말씀을 하셨어."

그렇지! 아들과 딸이 쌍둥이로 나면 보통은 같이 기르지 않는 것이 또 하나의 관습이었지. 계집애가 아들한테서 복을 다 뺏어갈까 봐 무서워했지. 둘이 너무 친해져서 근친상간을 범할까 두려워도 했었지.

그렇다면 여자로 태어났다는 그 자체가 내 평생의 문제가 된 것이 아니었다. 즉, 남자애들이 걸을 때 뛰어야 했고, 그 애들이 뛸 때 날아야 했던 고통, 그건 여자로 태어났기 때문에 직접 겪은 수난이 아니었다. 아들이 셋이나 있던 어느 집의 딸로 태어난 사실을 귀용과 음천의 딸로 태어났다고 믿게 했던 주위 사람들의 거짓말이 문제였던 것이다. 생부모와 살았더라면 이미 아들들이 있는 집이었으니, 내가 아들이었던 딸이었던 중요하지 않은 삶을 살았을 것 아닌가. 그렇지만 결국은 내가 계집아이라는 것 자체는 치명적인 문제이긴 했다. 여자였기 때문에 남자 쌍둥이가 아니라 내가 남의 집 문전에 버려졌으니까.

"내가 그냥 대문 앞에 있었어요? 그 사람들은 어디서 산대요?"

이런 뒤죽박죽이 된 질문에 대한 대답이 무슨 소용이 있었을까? 불쏘시개같이 말라 바삭거리는 입술을 비볐다. 생부모를 '그 사람들'이라고 불렀다. 그렇지 않으면 뭐라 불러야 하는데?

"그분들이 어디서 살았는지, 지금 뭘 하고 사시는지 난 몰라. 엄마와 아버지도 할머니도 모르신 것 같았어. 할머니의 친척 이웃이었다던가 그 비슷하게 연결이 있었던 것 같아. 아무도 미나한테 말을 감히 못 해줬지. 리호까지도."

아, 리호는 알았구나. 그래, 그랬을 거다. 그 애는 흥얼거리는 노랫가락 속에, 속삭속삭 재잘거리는 잔소리 안에, 비밀을 파묻고 사는 애였으니까. 작은엄마가 직원에게 오라고 손짓을 했다.

"차 좀 더 주세요."

하얀 바탕에 파란 용이 꿈틀거리는 무늬의 주전자가 왔다. 둘이 다 차를 들이켰다.

에밀레종을 지나 길가에서 작은엄마에게 택시를 잡아드리고 기사에게 금액을 낸 후 작은엄마에게 인사를 했다. 아무도 알려주지 않는 비밀을 나에게 알려주는 어려운 일을 하신 분이었다.

"작은엄마. 걱정하지 마세요. 저 괜찮아요. 전화할게요. 애들하고 다같이 우리 저녁 한번 같이해요."

오늘이 여름철에 가장 무덥다는 삼복 중 하나인지 모르겠어도 펄펄 끓는 온도와 높은 습도가 숨을 막히게 했다. 그런데 오히려 그것이 제대로 된 것 같았다.

별안간 새파래진 하늘의 믿어지지 않는 색깔과 지옥을 두 번 갔다 와도 믿을 수 없는 오늘 일어난 일과 아주 걸맞지 않은가. 폭우에서 쨍하는 햇빛으로 변하는 '여우가 시집' 가는 날이었다.

남편 맺이 이 소식을 들으면 어떻게 나올까? 신촌 방향에 있는 아현고개로 가리라. 거기 리호가 살고 있으니. 그 애가 어떻게 그 비밀을 말하지 않을 수가 있었을까? 씀바귀 맛이 입에서 맴돌았다.

중년 넘은 여인이 걷기에는 불가능한 거리를 발이 부르트도록 한없이 걸어보면 어떨까? 부글부글 끓는 녹물 속으로 던져질 수만 있다면 그 속에서 살이 익을 때 그 팔팔 뛰게 찔리는 느낌에 빨려 다른 생각은 할 여유가 없을 테니까 그것도 괜찮겠다. 작은엄마하고 먹은 점심은 없던 거로 휭 날아가 버릴 테니까.

이제 불법이라 정식으로 파는 곳이 없어 구하기 힘든 개고기 보신탕이라도 한 그릇 후루룩 들이마시면 걸음을 계속 걸을 수 있는 힘이 날 것 같았다.

작은엄마가 그 혼이 빠질 말을 했기 때문에 더 물어보려고 했던 질문들을 해보지도 못했다. 차라리 잘 된 거지. 작은엄마는 대답을 안 하거나 어떻게 할지 알지 못하고 있는 것이었다. 아마도 나는 대답을 이미 알고 있었던 것 같았다. 아버지는 작은엄마와 사이가 좋은 편이었고, 거기서 낳은 아이들을 아꼈다. 그들을 먹여 살리고 학교를 보내기 위해 아버지는 기꺼이 자신의 몸을 부쉈다. 작은엄마는 호적에 올라 아버지의 이름과 나란히 있고 싶어 했다.

매년 작은엄마의 이름을 아버지 호적에 올리려던 노력이 수포로 돌아갈 때마다 서류를 냈던 막내가 "왜 우리 엄마는 평생을 시집가지 않은 처녀로 부모의 호적에 남아 있어야 해?" 하고 가슴을 쳤다고 경진이가 편지에 썼다.

창경궁 담을 끼고 내려가는 길, 아까 왔던 길을 다시 걸었다. 돌담도 벽돌도 은행나무도 도토리나무도 소나무도 다 조금 전과 같았다. 사철나무 향도 같았다. 그런데 뭔가 새로운 것이 움직이고 있었다. 얼굴에 손을 대고 땅을 둘러봤다. 뜨거웠던 아스팔트 길들이 비를 맞았다가 해가 쬐니까 김이 올라오고 있었는데 여기저기 한 움큼씩 수십 덩어리가 머리카락같이 허옇게 만발을 하고 있었다. 어찌나 펄펄 많이 올라오는지 땅속에 묻혀 있는 망자들의 머리에서 훌훌 뽑혀 나오는 것 아닌가 생각됐다. 속삭이기까지 했다. 가, 날아가, 훌훌 털고.

인터넷에 에밀레에 대한 이런 말이 있었다.

오백오십 년 동안이나 신년의 첫 순간에 에밀레종을 울려 왔다. 그런데 종의 보존을 위해서 1992년을 마지막으로 더 이상 울리지 않게 되었다.

갑자기 획 돌아서서 왔던 길로 걷기 시작했다. 음식점에 있던 에밀레종에는 원본처럼 '젖꼭지'들이 있던가? 아까는 그것을 자세히 보질 않았다. 그럴 이유가 없었고 지금도 역시 꼭 그럴 이유는 없다. 그럼에도 불구하고 알아봐야겠다는 강박관념이 풀풀 났다. 아스팔트에서 오르던 머리카락처럼 풀풀.

인터넷에 에밀레의 젖꼭지에 대해서 이런 말이 있었다.

에밀레종의 원본에는, 아홉 개의 젖꼭지로 구성된 젖꼭지의 무리가 있는데, 거기에는 총 네 개의 무리가 있고, 종의 어깨쯤을 돌아가면서 자리잡고 있다. 어떤 학자들은 이 젖꼭지들이 순전히 장식적인 역할을 한다고 해설하는가 하면 다른 학자들은 에밀레의 특출한 여운 조성에 기여한다고 결론을 내렸다.

왜 하필이면 젖꼭지들이 어깨를 둘러 가며 있을까?

나에게 거짓말을 한 모든 이들에게 배신감을 느꼈다. 한국 사람들은 거짓말한 사람과 직면을 했을 때 "입에 침이나 바르고 그러냐?" 하고 물었다. 처음에는 그것이 무슨 뜻인지 의아했다. 침을 바르고 하면 거짓말이 좀 괜찮아진다는 말인가? 나중에 생각하니 그 말은 습관적으로 거짓말하는 사람과 할 수 없이, 또는 들을 사람의 안위를 위해서 할 수 없이 하는 사람을 분리하려는 행위였다는 걸 알게 되었다. 습관적으로 하는 이는 한순간의 주저도 없이, 즉 입에 침 바를 새도 없이 거짓말을 척척해 낸다는 의미였다. 그럼 엄마는 나를 잉태하기 전에 하늘에서 연꽃이 내려오는 태몽을 꾸었다고, 그래서 내가 자신의 핏줄이라는 것을 믿게 하려고, 수시로 얘기했을 때 입에 침을 발랐을까?

아버지도 나를 배반했다. 찡긋 놀리는 식으로 웃을 때마다 드러내고 웃던 이빨 사이로 거짓을 쑥쑥 뽑어냈던 거다. 진희 이모도 배반했다. 내가 자기의 오직 하나인, 제일 좋아하는 조카딸이라고 그 예쁜 입술을 움직여 말하지 않았는가. 리호도 배반했다. 같이 한 이불 속에서 잤던 수많은 날을 매일 매일 나를 속인 거다. 변소에서 같이 앉아 노래하면서 볼일을 보던 수 없는 낮과 달밤에 아무 말도 튕겨 주지 않았다.

종에 대해서 또 이런 기록이 있었다.

원래의 에밀레종에는 장수와 다남을 상징하는 당초와 잎 무늬가 종을 돌아가면서 조각되어 있었다. 밑 쪽에는 연꽃 네 개가 있었고, 중간에는 비천 선녀들이 날고 있었다. 선과 곡선이 하도 세밀하고 부드러워 종이 구리로 만들어진 게 아니라 마치 비단 옷감으로 만들어진 것 같은 환상을 관객들에게 주었다.

그러한 악의 없는 감탄의 대상이 되는 기만을 맛보기 위해서 매년 수백만 명의 관객들이 국립박물관으로 밀려 왔다. 그런 환상은 보통 인간들이 신이 숨 쉬고 있는 신비의 세계에서 뿜어 나오는 초자연의 향을 냄새 맡을 수 있게 했다. 그 후 박물관에서 집으로 갔을 때, 그 인간들은 자기 삶의 허무감을 초월할 수 있는 힘이 생긴 것을 알게 된다. 그런 변화는 그들의 눈에 보이거나 자신이 확실히 깨닫지 못하는 것이더라도.

그러나 내가 지금 에밀레종을 다시 보러 가는 이유는 환상을 경험하기 위해서가 아니었다. 왜냐하면 결국 나의 삶은 거짓이 낳은 환상의 아슬아슬한 서커스 줄 그 자체였으니까. 에밀레종의 젖꼭지가 어떤 진실을 나에게 홀랑 보여주지 않을까. 내가 알고 싶어 했는지 그 자체도 몰랐더라도.

엄마는 나를 어금니같이 아꼈다. 외국인들에겐 어금니가 별것 아닌 것 같을지 모르나 튼튼한 이를 인생의 다섯 복 중에 하나로 쳐왔던 나의 동기들에게 어금니는 엄청난 보배였다. 엄마는 내가 좋아하는 양보다, 더도 아니고 덜도 아닌 만큼의 파, 마늘, 후춧가루를 넣고 육회를 양념해서 입에다 한 모금 넣어 주셨다. 그때 나는 네 살. 지렁이가 기어오르는 꿈을 꾸고 기절한 나를 엄마가 배 위에서 올려놓고 해가 눈에 반짝할 때까지 재웠다. 그때 나는 다섯 살. 내가 잠이 든 줄 알고 뺨에다 살짝 입을 맞춰 주셨다. 그때 나는 열다섯 살. 옛날 이야기에 나오듯이 내가 머리를 다 뽑아 그것으로 엄마가 신을 신발을 짜 만들어 드린들 엄마가 나한테 퍼부은 사랑에 비교나 될까? 천만의 말씀이었다.

사진관 앞을 지나면서 창문에 비친 나의 모습을 봤더니 진열된 사진들 때문에 얼굴에 나타난 표정이 절망인지 거부감인지 증오인지 고마운 마음인지 분간이 안 되었다. 에밀레 레스토랑이 저기 보였다.

아빠는 또 나를 얼마나 사랑해주셨던가. 아빠의 무릎에 앉으면 아빠 다리가 따끈한 군밤으로 만든 방석 같았다. 그때 나는 세 살. 아빠의 숟가락으로 받아먹은 밥은 왜 더 달았을까? 아빠가 먹여준 멸치볶음은 더 바삭바삭했다. 그때 나는 네 살. 아빠가 작은엄마와 애들을 낳아서 그 애들 이름을 전부 '경' 자 돌림으로 한 뒤에도, 아빠는 귀엽다는 눈빛으로 나를 쳐다봤고 우스운 소리로 놀려 주셨다. "너 그렇게 튀어나온 이마로 어떻게 좋은 신랑을 잡냐?" 하셨다. 그때 나는 다섯 살, 열 살, 열여섯 살이었다.

아스팔트에서 계속 김이 올랐다. 그것들은 속삭이고 있었다. 가 날아가 떨어버려. 뭘 떨어버리라나?

재잘거리고 훙얼거림의 여왕이었던 리호도 나를 끔찍이 생각했다. 그 애가 아침잠이 없다고 해서 "리호는 닭을 베고 잔다"라고 했듯이 꼭두새벽에 잠을 깨서는 자는 내 귓속에다 별별 얘기에, 노래에, 들은 농담을 재잘거렸다. 시끄러워 밀쳐 버리길 얼마나 했었던가. 그런데 그 수 많은 말을 지껄이면서 나의 업둥이 이야기는 입을 싹 씻었다. 분명 어른들이 엄포를 놨을 거다.

"네가 미나한테 그 말을 하면 미나가 죽어버릴 거다. 넌 언니가 죽어 없어지면 좋겠니? 그래? 그럼 언니한테 말하고."

그랬을 거다. 불쌍한 것. 그 비밀을 말하고 싶은 걸 참느라고 그 가시나 심장이 사그라져서 쥐색이 되었겠네. 피는 단 반 방울도 섞이지 않았지만 리호는 나의 친동생이었다. 리호는 나라는 인간의 두 쪽 중 하나였고 리호는 나를 졸졸 따라다니는 '몸종'이었다. 난리 통에는 같이 코 흘리는 어린애였고 셋방살이하던 중고등학교 육 년 동안은 어떤 때는 전깃불 밑에서 어떤 때는 남포와 촛불 밑에서 같이 사춘기를 앓았다. 대학 시절도 같이 겪었다. 한해는 나한테 장학금이, 하나는 대학에서 또 하나는 가톨릭 호주 여인협회에서 나왔다. 현금으로 나온 호주 것은 리호의 등록금으로 들어갔다. 이제 진실이 밝혀졌다고 해서 동생이, 동생이 아닌 다른 사람으로 변할 수는 없었다.

엄마의 옛 옷장은 부서져 리호가 없애버렸는데 그러기 전에 엄마가 매화꽃 모양으로 자른 창호지로 수리했던 거울을 조심히 떼어 푹신하게 포장해서 나에게 보내주었다.

"엄마의 유물로 이건 언니가 갖고 싶어 할 것 같아서 보내"라고 적어 넣었다. 집에 돌아가면 노래진 매화꽃들을 떼어 내고 새 꽃으로 붙여서 그 거울을 집에 장식해 놓을 생각이었다.

음식점 앞이었다.

왜 에밀레종에는 젖꼭지가 있었을까? 왜 서른여섯 개나? 음식점 문 쪽으로 들어섰다.

생부모 가족은 어떤 이들이었을까? 쌍둥이를 같이 기르지 않는다는 것 그것만이 나를 버린 오로지 한가지 이유였나? 그렇지만 여자와 남자 쌍둥이를 함께 기른 사람들도 가끔은 있었고 그 아이들이 자라서 근친상간을 범한 경우는 들어보지 못했다. 그렇다면 또 다른 이유가 있을 듯했다. 생부모들은 살아 있을까? 찾아보아야 하나? 그 사람들은 나를 찾아보려 하지 않았거나 아니면 찾아보기는 했는데 실패하거나 했겠지. 진희 이모가 준호가 이사 가서 사라지기 전에 준호의 유치원 담 밖에 숨어서 준호의 모습을 훔쳐보고 눈물을 닦았듯이 나의 생모도 학교 담 너머로 나를 훔쳐보고 눈물을 흘렸을까? 물론 진희 이모가 그렇게 한 건 준호가 아들이었기 때문이기도 했지만. 나를 떠나보낼 때 생모가 울었을까? 마지막으로 한 번 더 젖을 물렸을까?

에밀레 종각 앞에 섰다.

에밀레종에 대해 읽은 마지막 구절은 이랬다.

후일에 학자들은 결국 에밀레종을 일 년에 한 번 울리는 것은 종을 보존하는 데 큰 해가 되지 않는다는 결론을 내렸다. 그래서 2002년부터 매년 한해의 마지막 순간에 종을 울린다. 종을 치는 관리는 그 종을 어디를 때려야만 가장 멀리 파음이 퍼지는지를 알고 있어, 그 정확한 점을 쳐서 맑고 청량한 여운을 남기게 한다. '에밀레 에밀레'가 천지를 흔든다. "엄마 때문에 엄마 때문에"가 멀리 퍼진다.

내가 창살을 붙잡고 안에 있는 종을 자세히 들여다봤다.

양녀로 들어왔기 때문에 타고난 자신의 삶을 못 살고 남의 인생을 산 그 자체 속에는 어떤 혜택이 있었나를 캐내 보면서 그 과정에서 양녀가 된 '팔자'의 어두운 면에 대해서 처음 순간에 가졌던 모진 마음은 조금 가셨다. 결국은 "엄마 때문에" 그렇다. 엄마의 아귀같이 착 달라붙었던 집착 때문에 내가 똑같은 강도의 강박관념으로 아귀같이 공부했잖은가. 그래서 최고라고 할 수 있는 교육을 받지 않았는가. 작은엄마의 애들은 아무도 고등 교육 이상을 받은 애가 없었다. 그리고 나는 엄마와 아빠의 반짝거리는 사랑의 샘물을 마시고 그 사랑이란 샘물에 발을 담그고 찰랑거리면서 살아왔다. 그렇지만 이런 찬란한 유산을 받았는가 하면 내가 산 것은 거짓에서 솟아난 이방의 잡초였다. 공부했던 이유, 눈을 뜨고 눈을 감았던 이유, 밥을 먹었던 이유. 이 모든 이유가 그른 것이었고 남의 것이지 아니한가. 백 점을 받아 전교 일등을 해서 오줌을 지릴 정도로 기뻤던 순간도 엄마를 평생 아들 없는 여자로 개좆같은 팔자로 살게 만든 딸로서의 죄스러움도 전부, 전부 그렇게 느껴야만 했던 이유가 당치도 않게 그른 것이었잖나. 결국 나는 인간이 사는 땅에 발을 대지도 않고 붕붕 떠서 실제가 아닌 걸 실제로 전제하고 이상한 춤을 춘 것이 아니었나.

창살을 비스듬히 들어오는 햇빛에 서른여섯 개의 젖꼭지가 번질거렸다. 엉뚱한 자리—어깨—에서 튀어나와 있다는 사실 말고도 서른여섯 개나 된다는 숫자는 그 젖꼭지들의 용도가 순전히 장식적이었거나 우리 후세가 헤아려 낼 수 없는 미지의 목적을 무언하고 있는 것이 틀림없었다.

한참 응시하고 있었으나 어떤 환상도 떠오르지 않았다. 살을 흐물흐물하게 할 것같이 찌는 이 더위와 습기 속에서, 그 젖꼭지들은 그냥 동으로 남아 있었다. 비단 옷감으로도, 사람의 살로도 변해 보이지 않는. 오후의 태양이 어찌나 사정없는 강도로 열을 펑펑 쏟아 대는지 저 동을 녹여 풀딱풀딱 끓는 동의 죽으로 돌아가게 할 듯했다.

실컷 쪼그리고 앉아 있다가 마치 지구의 저 깊은 뱃속에서부터 뽑아 올린 듯하게 긴 숨을 쉬었을 때 나의 코로 사철나무 냄새가 솔솔 불어 들어 왔다. 그리더니 사철나무 냄새가 더, 더 질게 맡아졌다.

□ 작가의 말

살점이 베이는 듯한 고통과 한

1949년, 한국전쟁이 발발하기 직전의 시기에 시작되는 이야기, 『음천音天』은 제 유년기와 밀접하게 연결되어 있습니다. '너는 왜 아들로 태어나지 않았느냐?'라는 질문으로 저의 삶이 시작된 때였습니다.

저의 양모 음천은 "너는 왜 아들을 못 낳았냐?"라는 소리를 들어야 했습니다. 남아 선호 사상의 톱은 우리를 매일매일 질책했습니다. 조금씩 우리를 톱질했습니다. 이 소설을 쓰게 된 이유의 첫 실밥은 여기서 풀려나왔습니다. 그 톱질로 온몸과 영혼이 멍들어 하늘도, 밥숟갈에 얹힌 밥도, 어머니와 저의 얼굴도, 첩을 얻어서라도 "아들 낳아야 한다"라고 매일 고함지르던 할머니의 입술도, 듣고도 못 들은 척하는 아빠의 입술도 멍들어 갔습니다. 이 모든 몸 안팎에서 지워지지 않는 멍을 지우려고 이 소설을 썼습니다. 그리고 이 책을 읽는 모두의 멍이 서서히 녹아 없어져 숨을 시원히 쉬게 되기를 바라는 마음

입니다. 몸속의 모든 육체적 정신적 영혼의 응어리가 풀어져, 한여름 인정사정없이 내리쬐는 햇빛을 끌어안고 끝나지 않는 행복과 평안한 인생을 즐기시기를 기원합니다.

『음천』은 한국문학을 외국 독자들에게 소개하기 위해 2013년에 영문 『*The Voices of Heaven*』으로 먼저 출간되었습니다. 『*The Voices of Heaven*』은 〈포어워드 리뷰스〉 선정 '올해의 출판상' 다문화 부문 은메달과 군사와 전쟁 부문 동메달을 받았으며, USA 베스트 책 역사소설과 문화소설 부문에 최종 작품으로 선정되었습니다. 또, 소프 멘 문학상 우수상Thorpe Menn Literary Excellence Award과 미국 독립 출판도서상Independent Publishers Book Awards 전자책 소설 분야 동상을 수상했습니다. 이후 몇 년 동안 저는 한국어판 출간을 위해 한국어 번역 작업을 했습니다. 왜 한국어로 출간되어야 하는가? 이 소설이 담고 있는 한국 문화와 한국인의 삶, 그것을 현실화하도록 만든 인생

관, 생활철학 세계관 등 역사적 고유성과 특수성(예를 들면 세계적으로 고유한 한글의 지혜와 아름다움)을 철저히 믿기 때문입니다. 그러나 한국과 한국인의 특수성이 모두 자랑스럽기만 하지 않다는 것을 저도 잘 알고 있습니다. 유교적 가부장제와 남아선호사상이 여성들에게 준 심리적 피해를 생각할 때, 다른 여성들이 감수한, 감수하지 못해서 받은 피해를 생각할 때 이러한 현상을 덮어두기만 할 수 없다는 숙명을 해결할 방책을 모색한 지 오래입니다.

원고를 작성하면서 한글의 지혜로움과 아름다움에 눈이 부셨습니다. 저는 서강대학교를 졸업한 후 미국으로 유학을 왔고 남편과 결혼하여 미국에서 살았습니다. 한인사회와 접촉이 적었고, 자녀들을 양육하는 동안 집에서나 직장에서나 한국어를 쓸 기회가 거의 없었습니다. 한국어로 소설을 옮기기에는 실력이 부족하다는 생각에 사로잡혀 있었습니다. 우선 첫 다섯 페이지만 해보자 하고 시작한 작업이었는데 한국어의 눈부신 아름다움과 그 언어의 고유하고 매혹적인 신비에 빨려 들어가 몇 년 동안 원고 전체를 번역하게 되었습니다.

박상화 시인의 조언은 이 프로젝트에 큰 도움이 되었습니다. 박상화 시인은 한국어로 옮겨진 원고를 보고 "이 책은 반드시 한국에서 출판되어야 하고, 저자가 사용한 한국어 그대로 출판되어야 합니다. 다른 사람에게 번역을 맡기면 이 이야기의 거룩한 운명은 죽습니다!"라고 했습니다. 박상화 시인의 조언은 제가 한국어판 출판에 대한 희망을 포기하지 않게 한 중요한 동기였습니다. 박상화 시인이 『음천』을 한국어로 출판하기 위해 출판사에 보낸 제안서는 제가 간직하고 있습니다. 박상화 시인에게 감사한 마음을 가지고 있습니다

『음천』이 한국 사람의 인생, 전통, 역사와 문화에 대해 부정적이라고, 몇몇 한국 독자는 생각할 수 있다는 것을 저도 알고 있습니다. 심지어 제 친구 중 한 명은 이 소설의 한국 출판을 반대하기도 했습니다. 그러나 이러한 다양한 의견들은 소설의 가치를 더욱 빛나게 했고 그 창칼같이 날카로운 의견을 받아들이고 넘어갈 수가 있었습니다. 오랜 세월 동안 그 친구의 말이 마음에 걸렸었으나, 2013년에 『음천』의 영문판이 나오고 미국에서 여러 문학상을 받으며 그 가치를 인정받았습니다. 박상화 시인께서 『음천』에 대한 찬사를 아끼지 않으셨을 때 조용한 자부심의 씨가 땅속에서 싹을 트기 시작했습니다.

마지막으로 고통스러운 상황 속에서 서로 배려하며 가정을 지켜낸 저의 가족, 귀용과 음천 그리고 수양에게 감사드립니다. 귀용과 수양에게서 태어난 형제들에게도, 첩의 자식이라는 이유로 차별 대우를 받으면서 나의 어머니 음천에 대한 예의를 갖추어주고 저를 형제로 대우해 줘서 고맙게 생각합니다. 환경이 비인간적이고 삐뚤어

지기를 강요했지만 존엄성을 유지하고 피보다 진한 우애를 기르면서 관계를 유지했다는 점이 자랑스럽고 대견스럽습니다. 부모 앞에서 부끄러움 없이 처신하며 우리의 행복을 찾아 자녀들을 키우면서 보람 있는 삶을 살게 된 것에 진심으로 감사 인사드립니다.

2024년 이 매 자

음천音天

초판 1쇄 발행 2024년 2월 28일

지은이 이매자
펴낸이 김종해

펴낸곳 문학세계사
출판등록 제21-108호(1979. 5. 16)
주소 서울시 마포구 신수로 59-1, 2층
전화 02-702-1800
팩스 02-702-0084
이메일 munse_books@naver.com
홈페이지 www.msp21.co.kr
페이스북 www.facebook.com/munsebooks
인스타그램 www.instagram.com/munse_books

ISBN 979-11-93001-40-0 03810